大
方
sight

# 阿里阿德涅

[英]詹妮弗·圣特 著
赵思婷 译

中信出版集团 | 北京

图书在版编目（CIP）数据

阿里阿德涅 /（英）詹妮弗·圣特著；赵思婷译
. -- 北京：中信出版社，2024.5
书名原文：Ariadne
ISBN 978-7-5217-6282-2

I.①阿… II.①詹… ②赵… III.①长篇小说—英
国—现代 IV.① I561.45

中国国家版本馆 CIP 数据核字（2023）第 251537 号

Ariadne by Jennifer Saint
Copyright © 2021 Jennifer Saint
First published in 2021 by WILDFIRE
An imprint of HEADLINE PUBLISHING
An Hachette UK company
Simplified Chinese translation copyright © 2024 by CITIC Press Corporation
ALL RIGHTS RESERVED
本书仅限中国大陆地区发行销售

阿里阿德涅
著者： ［英］詹妮弗·圣特
译者： 赵思婷
出版发行：中信出版集团股份有限公司
　　　　（北京市朝阳区东三环北路 27 号嘉铭中心　邮编　100020）
承印者： 河北鹏润印刷有限公司

开本：787mm×1092mm 1/16　　印张：19　　字数：231 千字
版次：2024 年 5 月第 1 版　　　　印次：2024 年 5 月第 1 次印刷
京权图字：01-2024-0099　　　　　书号：ISBN 978-7-5217-6282-2
定价：69.00 元

版权所有·侵权必究
如有印刷、装订问题，本公司负责调换。
服务热线：400-600-8099
投稿邮箱：author@citicpub.com

献给特德和约瑟夫。

我希望你们知道,你们的梦想真的可以实现。

"你会活着走出迷宫,在众人面前讲述你是如何在石刻的环路上击杀牛头人的。那个时候,别忘了,这个故事里应该有我的名字。"

——阿里阿德涅写给忒修斯的信,奥维德《拟情书》

# 前　言

我故事的主人公是位正义之士。

他是克里特岛的米诺斯国王，为了给儿子安德罗格斯复仇，对雅典发动了一场大战。运动健将安德罗格斯在雅典举办的帕纳辛奈克运动会上大获全胜，最终被一头发狂的公牛开膛破肚，死在了一座孤零零的山坡上。米诺斯失去了一个勇士，他认定这是雅典人的罪过，是他们没有保护自己的儿子免受野兽的袭击，因而要血债血偿。

米诺斯在讨伐雅典的途中摧毁了梅加拉国，以彰显自己的力量。梅加拉国王尼索斯不败的传奇就这样被打破了，因为米诺斯剪断了他力量的源头——一缕猩红色头发。失去了它，可怜的尼索斯完全不是米诺斯的对手。

他怎么知道要剪掉尼索斯的头发？米诺斯得意地告诉我，美丽的斯库拉公主无可救药地爱上了他，不但愿意用国家和族人换取他的爱，还失言道出了自己父亲的软肋，敏锐的米诺斯一句不漏地记住了。

斯库拉背信弃义的行为自然让米诺斯心生厌恶，当他挥舞着血斧倾覆了整个国家之后，把这个痴情的女孩捆在船尾，在她对爱情的信仰破灭的悲号声里，大义凛然地将她送入了水形的坟墓。

米诺斯沐浴着胜利的荣光从雅典凯旋。他告诉我，是斯库拉背叛了自己的父亲和国家。这样离经叛道的女儿，对我的父亲、克里特的国王又能有什么用？

# PART I

# 第一部

# 第一章

我是克里特的公主阿里阿德涅,不过我的故事会带领大家远离那片崎岖的岩岸。父亲米诺斯常对我说:他以无可挑剔的品德战胜了梅加拉、颠覆了雅典,赢得了一次展示他完美判断力的机会。

有传言说,斯库拉在溺水的时刻变成了一只海鸟。她非但没有从残酷的命运中解脱,还被一只猩红条纹的老鹰寻仇追杀,永无解脱之日。我对这个传说深信不疑,因为神明的确喜欢延长苦难。

斯库拉真是个愚蠢的女孩,太像人类了。我想象着她在船尾浪花激起的泡沫里挣扎呼吸,让她坠入深渊的除了父亲捆在她身上的铁链之外,还有一个可怕的事实:她为之付出一切的爱情,像翻卷的浪花折射出的彩虹一样转瞬即逝。

父亲的暴行给斯库拉和尼索斯带去了血腥的磨难,雅典为了恢复和平也付出了可怕的代价。冷酷无情的众神之王宙斯喜欢在凡人之中显耀自己的神力,他毫不吝啬地答应了最宠爱的信徒米诺斯的请求,一场瘟疫降临,雅典人被疾病、痛苦、死亡和悲伤包围。整座城市想必都湮没在哭声之中,孩子在母亲眼前病死,士兵横死战场,伟大的雅典此刻与其他城市没有什么不同,使它强大的人类只是不堪一击的血肉之躯,在父亲发动的瘟疫中变成高高垒起的尸体。他们别无选择,只能答应他的要求。

然而，米诺斯想要的不是雅典的财富和力量，他要的是祭品。每年，雅典必须向克里特的怪物进贡童男童女各七名，以满足他的食欲。这只怪物本该是终结我们家族的耻辱，却将我们送上了传奇的神坛。地下常常传出的隆隆声就是他发出的咆哮，随着进贡时间的临近，他甚至可以撼动整座宫殿。他的墓地位于一座迷宫正中心的地下深处，那座迷宫错综复杂，进去的人都有去无回，永不见天日。

进入迷宫的方法只有我知道。

迷宫里困住的，是米诺斯最大的耻辱，也是他最大的财富。

我的弟弟，弥诺陶洛斯。

小时候，我对克诺索斯迂回曲折的宫殿十分着迷，经常于数不清的房间里流连忘返，手掌掠过蜿蜒走廊的红色墙壁，手指描画着石雕双头斧的轮廓。后来，我才知道，对米诺斯来说，双头斧代表着宙斯的力量，他以此来召唤雷电，显示自己至高无上的统治。可我在迷宫一样的家里乱跑时，双头斧看上去就像一只蝴蝶。从茧房一样昏暗的皇宫内殿步入阳光明媚的庭院时，我总会想起这只蝴蝶。庭院正中央有一块巨大的圆形木雕，我在上面尽情奔跑旋转，用脚步编织炫目的舞蹈，那是我人生中最快乐的时光。这块木雕是名工匠代达洛斯的作品。当然了，这不会是他最有名的创作。

他建造舞池的时候，我整天徘徊在他周围，急不可耐地盼着他快点完工，完全没有意识到面前的发明家即将名扬整个希腊，甚至是整个世界也说不定。不过我对外面的世界知之甚少，其实我连宫墙外面有什么都不清楚。虽然那已经是十多年前的事了，但每次想起代达洛斯，他精力充沛和灵感迸发的样子都会出现在我脑海中。他说自己周游世界学习手艺，终于以精湛的技艺赢得了我父亲的青睐，并心甘情愿停留在这里。那时候，我觉得代达洛斯什么地方都去过，无论是埃及炙热的沙漠，还是遥不可及的伊利里亚和努比亚王国，每趟旅途的故事都深深吸引着我。我望着数不尽的船只驶离克里特海岸，船的桅杆和船帆都是代达洛斯监督建造的，我想象自己乘坐着其中一艘船漂洋过海，脚下的木板吱吱作响，海浪呼啸着撞击船舷。

宫殿里随处可见代达洛斯的作品，那些栩栩如生的雕像用铁链固定在墙上，仿佛这样可以防止它们一跃而起。我母亲也佩戴着他打造的精美的黄金项链和手链。有一天，他注意到了我羡慕的目光，于是送给我一只小的金项坠，造型是两只蜜蜂包围着一块蜂巢。黄金质地的蜂巢在阳光下闪着饱满的光泽，蜂蜜金黄欲滴仿佛要融化了一样。

"这是给你的，阿里阿德涅。"他总是语气严肃，我非常喜欢。

我不是个麻烦的小孩，只是一个永远不会指挥舰队或征服其他国家的公主，因此对米诺斯来说没有任何用处和兴趣。如果代达洛斯只是在敷衍我，我也从未察觉，因为我一直认为我们是在平等对话。

我好奇地接过项坠，在手指间翻来覆去，惊叹于它的美丽。"为什么是蜜蜂？"我问他。

他摊开手掌，耸了耸肩，笑着问道："为什么不能是蜜蜂？众神都喜爱蜜蜂。蜜蜂用蜜喂养了藏身山洞的宙斯，让他变得强大，足以打败神族泰坦；酒神狄俄奥尼索斯在酒水中掺入蜂蜜，让人无法抗拒它的甜美；不仅如此，据说只要一块蜂蜜蛋糕就能驯服看守冥界的地狱犬刻耳柏洛斯！戴上它，你可以摆布任何人的心意。"

不用问我也知道需要改变心意的人是谁。整个克里特都受制于米诺斯不可动摇的判决，即便是最强大的蜂群也不能撼动他丝毫。不过我钟情这个礼物，因此一直戴着，甚至在代达洛斯的婚礼上，我也骄傲地展示着这枚耀眼的杰作。我父亲为他举办了一场盛大的婚礼，他很高兴代达洛斯与克里特岛的女人结婚，这样他又多了一个留在这里的牵绊，他可是米诺斯用来炫耀的发明家。代达洛斯结婚不到一年，他的妻子就死于难产，好在她留下了儿子伊卡洛斯，这对代达洛斯来说是个安慰。我喜欢看他抱着儿子散步，向怀里无知的婴儿展示花、鸟以及宫殿里的无数新奇的事物。我的妹妹淮德拉蹒跚学步的时候喜欢跟在他身后。淮德拉总能让自己置身于各种危险之中，当我受够了照顾她，就会把她交给代达洛斯，自己则偷偷跑回到圆形大舞池里。

开始的时候，母亲帕西淮会和我一起跳舞。事实上，是她教会我跳舞的，不是宫廷舞的固定舞步，而是在狂乱的动作里做出流畅摇曳的形态。她将自己的身体完全交给音乐，将旋律转化成优雅的癫狂，于是我也跟着做。我们常常做一个游戏，当她喊出一个星座，我必须要跳出她根据星象图和传说编出的舞蹈。当她喊出"猎户座"，我便疯狂地从一处跳到另一处，脑海里想象着天空中点点星光组成的不幸的猎人。"是阿耳忒弥斯把他放在那里的，这样她就可以每天晚上都看着他。"我们瘫在一边喘口气的时候，她心照不宣地对我说。

"阿耳忒弥斯是一位处女神，热衷于保护自己的贞洁，"帕西淮解释道，"但她欣赏猎人俄里奥，虽然他是凡人，但他的狩猎技巧几乎可以与她相媲美。"对人类来说，这是件危险的事情。神明喜欢凡人具有狩猎、音乐以及编织的技能，但他们对傲慢保持警惕，如果凡人的能力接近神，那绝不会有好下场。不朽的神明是绝不能容忍自己在任何方面不如其他人。

"俄里奥为了追赶阿耳忒弥斯高超的狩猎技巧，不顾一切地想要展示自己。"母亲继续说。她看了一眼在木地板边缘玩耍的淮德拉和伊卡洛斯。他们大部分时间都是形影不离的，淮德拉有了一个比她还小的同伴，能够对他发号施令让她兴奋不已。看着他们专注于自己的游戏，对我们的交谈毫不在意，帕西淮继续讲起了故事。"也许俄里奥认为，如果他屠杀足够多的生物，就可以赢得她的青睐，打破她独身的誓言。于是，他们两人来到克里特岛，开始一场盛大的狩猎。他们日复一日屠杀着岛上的动物，山头一样高的动物尸首见证了他们的本领。但是，浸透土壤的鲜血唤醒了安眠的万物之母盖亚，她被俄里奥和他崇拜的女神所制造的大屠杀吓坏了。盖亚害怕他继续荼毒生灵，因为杀红眼的俄里奥向阿耳忒弥斯吹嘘自己不会留下任何活物。于是，盖亚从地下密室中召唤出了她的造物——巨蝎，让它去对付夸下海口的俄里奥。谁也没有见过这种生物。它的盔甲像抛光过的黑曜石一样闪闪发光，巨大的钳子有成年男子那么大，拱起的尾巴戳向无云的天际，遮住了太阳神赫利俄斯的光芒，投下一个黑暗而可怕的阴影。"

她的描述让人不寒而栗，我紧闭双眼，幻想着这只狰狞残酷的传奇怪物在面前高高耸立。

"俄里奥并不害怕，"帕西淮接着讲，"就算他害怕，也没有表现出来。但他无论如何也不是这只巨怪的对手，阿耳忒弥斯没有出手把他从巨蝎的魔掌中救出来……"说到这里，她停下了，此刻沉默比语言更能生动地表达俄里奥无谓的挣扎。当她重新开始讲后面的故事时，他的生命已经被榨干了，凡人的弱点暴露无遗，他妄想用肉体凡身比肩不朽，最终精疲力竭不得不放弃了。"俄里奥的残骸散落在克里特岛各个角落，阿耳忒弥斯为了追悼自己的同伴，把它们收集起来放在天上。她的地位不可撼动，贞操完美无瑕，当她每晚独自一人挎着银弓出猎，抬头就能看到黑暗中燃烧的猎户。"

这样的故事不计其数。夜空中似乎挂满了与天神相遇的凡人，像一块块闪光的警示牌，向下面的世界展示着天神的威力。母亲对这些故事的投入不亚于对舞蹈的狂热,那时她还不知道这些无害的乐趣日后会被当作她失控行为的佐证。那时,没有人会说她缺乏女人味,也没有人指责她的感情背德、不自然。我们一起跳舞,不受任何约束,淮德拉和伊卡洛斯则在一起玩耍,沉浸在另一个游戏中,活在他们自己创造的世界里。唯一让我们感到害怕的是父亲不掺杂情绪的理性评价。我们二人、母亲和孩子,在一起用舞步驱逐恐惧。

当我成人之后,开始独自跳舞。我在脚步敲击木地板的节拍中,疯狂旋转,迷失了自己。即使没有音乐,舞蹈也能掩盖地面深处传来的隆隆声和巨大的蹄子发出的脚步声,声音来源于代达洛斯代表作的正中央。我展开双臂,伸向宁静的天空,在跳舞的过程中暂时忘记脚下的恐惧。

这就要说起另一个故事,一个米诺斯不喜欢讲的故事。那时候他还是克里特岛的新王,有两个跟他竞争的兄弟,他急切地想证明自己的价值。他祈求海神波塞冬赐予他一头雄壮的公牛,并坚定地发誓,他会用这头牛的牺牲带来更大的荣耀,从而获得海神的青睐,成为克里特岛唯一的国王。

波塞冬送来了公牛,表示对米诺斯统治克里特岛的神圣许可,但这头公牛如此美丽,以至于让我的父亲铤而走险,自认为可以用普通的替代品欺瞒神明,从而将克里特公牛据为己有。海神被这种挑衅和侮辱彻底激怒,策划了复仇计划。

我的母亲帕西淮是太阳神赫利俄斯的女儿。与外祖父灼热的烈焰不同,她身上散发着温和的金色光芒。我还记得她谜样的古铜色双眼总是温情脉脉,她的怀抱里有夏天的温暖,她的笑声中有阳光般的暖意,她为这个世界注入了光明。即使我只是个孩子,她也从未对我视而不见,我总能感受到被她实实在在看见。但是,她为丈夫米诺斯的骗局付出代价，从那之后，她变成一片半透明的玻璃，只是折射着光线，再也没有了宝贵的光芒。

波塞冬从深海破浪而来，藤壶盔甲滴着腥咸海水，复仇的怒意势不可挡，但他没有直接反击叛徒米诺斯的羞辱，而是把矛头指向了克里特的王后。母亲受蛊惑迷恋上了那头公牛，在兽欲驱使下，变得不择手段，她成功说服代达洛斯打造了一头能够以假乱真的木牛，发情的公牛骑到木牛背上和它交配，而我那发疯的母亲就藏身在木牛身体里。

他们的结合是克里特的禁忌话题，歹毒的传言像藤蔓一样缠绕着我。但对于其他人来说，这是天赐的礼物：贵族冷嘲热讽，商人幸灾乐祸，奴隶忧心忡忡；女孩虽然害怕，但是又忍不住想听；男孩则因为这诡异病态的惊人之举而着迷。波塞冬的计谋表面上偏离了目标，但实则是致命的一击。米诺斯毫发未损，但他娶了一个出轨野兽的疯女人，这个事实让他再也抬不起头。

帕西淮不但拥有美貌，她神圣的血脉对米诺斯来说也是联姻的巨大奖赏。正因为她的柔弱、精致和甜美是米诺斯炫耀的资本，她的堕落对波塞冬来说才如此美妙。如果，你拥有一件引以为豪的东西，它能够让你凌驾于其他同类之上，那么粉碎你骄傲的源头正是神明的乐趣所在。这是帕西淮出事后不久我想明白的一件事。那天早晨，我在梳理妹妹丝绒般的头发时开始止不住地哭泣，手中握着的金色的发卷恐怕会变成灾难的诱惑，统治上苍的圣神不可抗力随时应邀用不朽的手指把我们微不足道的胜利捻成灰烬。

女仆厄瑞涅看到我对着淮德拉凌乱的头发啜泣。"阿里阿德涅。"她的声音轻柔低沉。她一定很同情我纯真的世界被如此可怖地动摇了。"你怎么了？"

毫无疑问,她以为我是为母亲而感到羞愧,但我其实正沉浸在自我的悲剧里,为自己担心不已。"如果神明——"我抽泣着喘着气,"如果神明拿走我的头发,让我变得又秃又丑怎么办?"

厄瑞涅很可能憋着笑,但她没有让我看到。她轻轻地把我从淮德拉身边拉开,拿起梳子为她梳头。"神为什么要做这种事?"

"如果父亲再惹神明生气!"我哭着说,"他们也许会拿走我的头发,让我变丑羞辱父亲。"

厄瑞涅皱了一下鼻子,斩钉截铁地说:"公主绝不可能秃头。"

一个秃头公主是无用的。米诺斯常说将来我的婚礼一定要给克里特岛带来荣誉。他不应该自夸,这个觉悟让我全身发冷。我怎么可能因为他的错误免受牵连?如果众神因为他的亵渎而惩罚了他的妻子,那么凭什么放过他的女儿?

厄瑞涅坐到了我的身边,我察觉到了她的变化。她被我的反应吓到了。她原本以为我在为一件小事而心烦意乱,只需稍加安抚,像是黎明时分手指上的玫瑰色薄雾,轻轻一抹就消失了。我并不知道自己发现了作为一个女人的真相:无论女人多么完美无瑕、无可指摘,男人的激情和贪婪都能让我们走上毁灭之路,对此我们无能为力。

厄瑞涅无法否认这个事实。她给我们讲了英雄珀耳修斯的故事。美丽的达那厄被囚禁在一间铜室里,只有一扇天窗可以看向上空,宙斯化作金雨与她交媾生下了珀耳修斯。他不负所望,成长为让宙斯骄傲的儿子;他还跟随英雄的脚步,征服了一个可怕的怪物,让世界免受她的蹂躏。当他挥舞着神剑砍下戈耳工美杜莎的头颅时,她头上绞缠的蛇口吐毒液、发出嘶嘶怒吼。这件壮举最近才传到这里,我们都为他的勇气感到惊叹,一想到他把戈耳工的头挂在盾牌上就让人胆寒,任何人看它一眼就会瞬间被石化。

但是，厄瑞涅今天要说的重点不是珀耳修斯，而是美杜莎，她的蛇冠和致命目光的来历。我过早地知道了故事的另一面，从此我的世界里不只有英雄，还有在他们的英勇事迹里，承受了难言苦痛的女人。

"美杜莎很美。"厄瑞涅告诉我们，她放下了梳子，淮德拉爬到她腿上听她讲故事。我妹妹很少安静地待着，但故事总是能让她着迷。"我母亲曾在雅典娜的庆典上见过美杜莎，只是远远地看着。她引以为傲的头发像河流一样柔顺光泽，没有人会把她和别的少女弄混。她不但美貌惊人，还发誓要保持贞洁，对追求者嗤之以鼻……"厄瑞涅停顿了一下，似乎在仔细斟酌自己的话。她本该如此，因为这个故事并不适合年轻的公主听。但她自有考虑，于是把发生的一切都原原本本讲给我们听。"美杜莎在雅典娜的神庙里遇到了一位她不能蔑视和逃避的追求者。强大的波塞冬想把这个美丽的女孩据为己有，他无视她的恳求和眼泪，肆无忌惮地玷污了他们身处的神庙。"她缓慢刻意地深吸一口气。

我停止了流泪，全神贯注地听着。我只知道美杜莎是个怪物，从未想过除此之外的问题。珀耳修斯的传奇故事里容不下一个有苦衷的美杜莎。

"雅典娜非常生气，"厄瑞涅继续说，"她是处女神，绝不能容忍这样的罪行发生在自己的神殿里。她必须惩罚这个无耻的女孩，她竟敢让波塞冬得逞，她的毁灭亵渎了女神。"

美杜莎必须为波塞冬的行为付出代价，这没有任何道理可言，但我用神的逻辑想了想，一切都说得通了。这样的事对凡人来说非常可怕，就像美丽的蜘蛛网在苍蝇看来一定很可怕。

"雅典娜扯下了美杜莎的头发，用活蛇为她加冕。她夺走了她的美貌，使美杜莎的脸变得如此可怕，以至于旁观者看上一眼就被石化。美杜莎大开杀戒，所到之处留下了数不清表情厌恶、恐惧的雕像。曾经热切渴望她的人现在感到害怕逃离她。她最终被珀耳修斯断头，但在那之前，她已经复仇一百次了。"

我从无言的震惊中清醒过来。"你为什么要讲这个故事，厄瑞涅，这跟以往的不一样。"

她的手抚摸着我的头发，但眼睛却盯着远处。"我觉得是时候告诉你们一些不一样的故事了。"她回答说。

接下来的日子里，我反复想着这个故事，它就像熟透了的桃子里的核：在柔软的正中心突然出现了意想不到的坚硬阻力。我无法忽视美杜莎和帕西淮之间的相似之处。两者都为他人的罪行付出了代价。但帕西淮在萎缩，虽然她因腹中的胎儿，身型变得畸形庞大，但她显得越来越渺小。她低垂的目光再也没有离开过地面，口中再也说不出一句话。她不是美杜莎，没有张牙舞爪的蛇嘶鸣着表达自己的愤怒和痛苦。她藏在自己灵魂深处不可触及的角落。我的母亲变成了沙滩上的一只贝壳，几乎被海浪磨成了透明的躯壳。

我下定决心，如果这样的事发生在我身上，我要成为美杜莎。如果有一天，我要为别人的罪孽负责，如果神明因为一个男人犯下的罪而惩罚我，我不会像帕西淮那样躲起来。我将戴上那顶蛇冠，让整个世界因我而退缩。

## 第二章

厄瑞涅讲美杜莎的故事时，我只有十岁，之后不久，我那可怕的弟弟阿斯忒里昂就出生了。弟弟丢卡利翁和妹妹淮德拉出生后，我都照顾过母亲，所以我相信自己可以帮上忙。但阿斯忒里昂的情况完全不同。帕西淮的痛苦铭心刻骨，虽然太阳神的血脉使她死里逃生，但并没有减轻她的疼痛。我不敢想象那种痛苦，可是夜深人静的时候思绪总是不听使唤：我幻想着他挣扎的牛蹄、畸形的脑袋上长出的新角，因为恐惧不安而挥动的四肢。母亲像一束微弱的阳光那样孱弱，可想而知她受到了怎样的折磨。生产的痛苦像熔炉一样焚烧了温柔的帕西淮，早已是一具空壳的母亲经历了地狱般的折磨之后再也没有真正回到我的身边。

我想，自己既憎恨他，又对他充满恐惧，他的兽形是异常的存在。我蹑手蹑脚地走进母亲的房间，助产士惶恐无助，脸色苍白，摇摇欲坠，空气中弥漫着生肉的腥味。我仿佛被恐惧抓住了双腿，无法移动。

母亲像往常一样坐在窗边，产后疲惫的倦意也一如既往。虽然她眼睛空洞，面容憔悴，但她怀抱厚厚的毯子，用鼻子轻按孩子的头。我慢慢向前移动，他哼了一声，打了个嗝，黑黑的眼珠盯着我看。他有着浓密的睫毛，胖乎乎的手在母亲的胸前挥来挥去，手指的末端是小小的、完美的粉红色指甲。毯子遮住了他的下半身，本该是婴儿软嫩粉红的腿和脚,被深黑色皮毛和坚硬的蹄子取而代之。

婴儿是个怪物,母亲是个空壳,但我还是个孩子,被房间里这温柔的一幕所吸引。我试探性地靠近,伸出一根手指,从母亲的表情中寻求默许。她点了点头。

我向前一步,母亲叹了口气,换了个位置,重新坐好。我感觉呼吸变得沉重,无法吞咽。那只圆圆的、黑黑的、没有感情的眼睛仍然紧紧盯着我。

我迎上他的目光,走完了最后一英尺,弥合了我们之间的距离。我抚摸着他的眉毛,眉毛上方微微隆起的角从太阳穴处长出。我手指轻轻扫过他两眼之间的柔软部位。随着一个几乎无法察觉的动作,他的下巴松开了,一小股气息吹拂着我的脸,很温暖。我抬头看了一眼母亲,虽然她的目光停留在我们身上,但是眼神是空的。

我看了看孩子。他回望着我,目不转睛。

母亲开口说话,我被吓了一跳,那粗重沙哑的声音仿佛是个陌生人。"阿斯忒里昂,"她说,"意思是星星。"

阿斯忒里昂。无尽黑暗中一道遥远的光。如果你靠得太近,那是一团熊熊燃烧的火焰。一个让我的家族成为不朽的向导。一个针对我们所有人的神圣复仇。我当时还不知道他会变成什么。我母亲抱着他,照顾他,给他取名,他认识我们俩。那时,他还不是弥诺陶洛斯。他还只是个婴儿。他是我的弟弟。

\* \* \*

淮德拉不想和他有任何关系。每次我说起他,她就把手指塞进耳朵里。他长得飞快,出生后才不久就想走路,但蹄子总是打滑,巨大沉重的角总让他失去平衡,一次又一次地摔倒,但他坚持要走路。这些她都不想听。她尤其不想知道我们给他喂了什么。他出生几个星期后就拒绝吃奶,当帕西淮面无表情、一言不发地把带血的肉扔在他面前时,他狼吞虎咽地吃完了,之后用光滑的头蹭我们。这些事我都没有告诉淮德拉。

丢卡利翁想看看他,虽然他仰着下巴,试图模仿父亲的硬汉姿态,故作镇定说着关心的话,但我知道他心里害怕极了。

米诺斯一次都没来过。

只有我和帕西淮一起照顾他。我从来没有考虑过未来——他能有什么未来呢?我想帕西淮和我一样,希望唤醒他身上的人性。或许,她没有想那么远,她只是受母性的本能驱使。我仅专注于此时此刻:教他直立行走,吃饭的礼仪,温和地回应谈话和触摸。但这些都是徒劳,难道他能被驯化吗?未来某一天,他会彬彬有礼地穿行于宫廷之间,用雄壮的公牛头向贵族微微颔首,以显示他是克里特岛的王子,应该受到崇拜和尊重。当然不是,我没有如此异想天开。我只希望这些努力能打动波塞冬,让他惊叹于自己的造物,想要把他据为己有。

也许那就是我们最初的想法吧,我显然没有考虑过神真正重视的是什么。波塞冬绝不会要一个假装拥有人性和尊严,却连路都走不稳的牛人。神喜欢的是凶狠和野蛮,是咆哮、撕咬,还有恐惧。永远都是恐惧。当祭坛的烟雾袅袅升起,恐惧渐渐露出獠牙,恐惧是我们向上苍喃喃祈祷和赞美发出的高音,是向着祭品举刀时内心深处原始的悸动。

凡人的恐惧滋养着神,让他们变得强大。我的弟弟不到一岁,迅速成长为恐怖的化身。奴隶不愿意接近他,怕有性命之忧。吃饭的时候,他高亢的尖叫声仿佛一只冰爪在我后背抓刮。血淋淋的生肉块已经无法满足他了，只会引起他低沉的咆哮，凝结我的五脏六腑。帕西淮对他的悲鸣无动于衷，只是面不改色地抓起老鼠，将手里蠕动尖叫的活物扔给儿子。我们把他关在马厩里，他喜欢追赶着惊慌失措的食材四处逃窜，随时准备扑上去把它们撕成碎片。

他的成长速度比人类婴儿快得多，猎杀老鼠时，腹部的线条隐约可见，黑色皮毛下遮盖着泛红的大腿肌肉，胸膛像庭院里的大理石雕像一样坚实，紧绷的二头肌和紧握的拳头充满力量，当然了，最引人瞩目的当是头上的重角和血染的口唇。

我当然怕他，傻子才不怕，或者是疯子，像帕西淮一样。但恐惧并不是我唯一的感觉。当他不满地哼哧鼻子，用蹄子拍打地面，迫不及待地开启蠕动的盛宴时，我感到厌恶。但内心深处，有一丝无可否认的怜悯。这种感觉如此痛苦，让我时常喘不过气。当看着他因嗜血而痛苦哀嚎时，我眼眶总是因为痛苦而发涩。这不是他的错，我愤愤不平地想，这不是他的选择。这是波塞冬的残酷玩笑，是为了羞辱那个甚至都没有看过他一眼的人。帕西淮和我才是真正面对这一切的人。无论我的恐惧有多么强烈，都无法抹杀怜悯；除此之外，还有一股慢慢升腾的愤怒，我为什么不能趁早结束他的存在。在他吃东西的时候，用砖砸他的头；用长矛刺穿他身侧柔软的地方。即使我是个女孩，也能在他还是一只小牛犊的时候对付他。但我做不到。当我真正认识到他是什么，当米诺斯也认识到这一点之后开始利用他时，这一切已经远远超出了我的力量。

阿斯忒里昂越长越难以控制。几个月之后，只有帕西淮能进入铁栓加固过的马厩。我不进去，只是坚持在外面探望，感到不知所措。自从他出生那天起，我就不再跳舞了。我身心因焦虑而绞痛，脚步依旧狂放，但再也找不到内心深处那个解放自己的地方。我不知道自己在等什么，我这样告诉自己，但我知道。

我没想到厄瑞涅会主动靠近马厩。她那晚为什么选择那条路回去，我再也无从得知。当时，阿斯忒里昂压低自己的头，全力撞向往常一块木屑都没有掉下来过的大门。他生角的过程，闻者无不落荒而逃，我们相信他在里面是安全的。我不去想象他是如何冲破大门的，厄瑞涅一定试图逃跑了，但她逃不掉。我们到达马厩的时候，门已经被撞破了，忙着修补的工人发现了屠杀的现场。我捡起庭院里被疾风吹散的碎布片，脸上没有了知觉，泪水堵在喉咙的某个地方。

淮德拉把脸埋在我的裙子里，我抚摸着她的头发，发麻的嘴唇咕哝了一句："别看。"

家仆目睹了一切，充满怨恨的眼睛让我们如芒在背。面对围观的控诉者，我顿时变得瘫软无力。我那凶残的弟弟还在"砰砰砰"不停撞击着我身后的大门，我们之间只挡着一个铁栓。

我不知道这种情况持续了多久，米诺斯的出现终于打破了骇人的死寂。他大步流星地走来，丝质的斗篷发出嗖嗖的声音，人群在他两侧分散开来，像是为鲨鱼让道的鱼群。

母亲在我身边，颤抖着缩成一团。

打人的拳头和伤人的话语迟迟没有落下，我冒险抬起头，看到米诺斯表情很平和，没有一丝要发怒的迹象。寒风卷动长袍在他的脚边打转，他的脸上露出了微笑。"爱妻！"他高喊一声。

她的眼睛依旧像雾色玻璃黯淡无光，但身体又向内蜷缩了一圈。

他双臂大张，显得热络又兴奋。"我每天都听人说我们的儿子长得多快、多么强壮，尽管他还很小，但已经非常优秀了，他的神力远近闻名，让人心生敬畏。"他对着血迹斑斑的碎布和"砰砰砰"的撞击声不住地点头赞许。

我们的儿子？我还不明白他的意思。我难以置信地看着他因骄傲而变得柔和的面部轮廓。他为我们在宫殿里养育成功的怪物感到骄傲,他为怪物的名声感到骄傲。波塞冬不仅没能给戴绿帽子的米诺斯致命的羞辱,反而送给他一件可怕的武器,一头能够稳定他地位的神圣野兽。

"他需要一个名字。"米诺斯宣布,我没有说出他的名字叫阿斯忒里昂。米诺斯怎么可能在乎我和帕西淮起的名字呢?

米诺斯走近木门,听到他的脚步声,我弟弟越来越兴奋,撞门的"砰砰砰"声也越来越大。米诺斯把手放在门上,手掌感受着蓄满力量的门框传来的震动,脸上露出了满意的笑容。"弥诺陶洛斯,"他大声把我的弟弟据为己有,"这是个与野兽相称的名字。"

就这样,阿斯忒里昂成了弥诺陶洛斯,他不再是让母亲绝望但无法割舍的专属耻辱,相反,他成了父亲统治力的展示。我明白他为什么接纳弥诺陶洛斯。他在这个神圣的怪物身上刻上自己的名字,从它出生那一刻,它的传奇地位就与他紧紧相连。他意识到再结实的马槽也关不住他了,于是说服代达洛斯建造出他最具野心和最伟大的作品——一座巨大的迷宫,位于皇宫正下方,无数蜿蜒曲折的小道,死路和岔路都通向迷宫黑暗的中心——弥诺陶洛斯的栖身之处。

帕西淮的孩子被关进了暗无天日、充满恶臭的隧道迷宫里,陪伴他的只有怒吼的回响和蹄下咯咯作响的腐骨,帕西淮因此流露出了少有的情绪,她曾经散发着欢笑和爱意,现在却被苦涩和怨愤所笼罩。

母亲因为波塞冬的诅咒被放逐了,终日与他的神圣野兽为伴,彻底抛弃了我。即使她无法回到从前的样子,我还是希望唤醒她,把她带回到我的世界。我绝望地尝试,感到无能为力,一次又一次地失败。她房间的门多数时间都锁着,我们相隔几英寸的距离,但她从未回应过我的呼喊。有一天,我依旧不抱任何希望地去找她,往常堵死的房门竟然被我轻轻一推就开了,多亏了代达洛斯,门没有发出任何声响。

避难所一般的房间没有了防守，她也没有听到我进来。房间里一片漆黑，胡乱挂在墙上的厚重织物挡住窗外温暖的阳光。一股刺鼻的草药臭味熏得我直流眼泪。我困惑地四处张望，试图在昏暗的光线中寻找她的身影。

她一动不动地坐在房间中央的地板上，看上去还不如代达洛斯的雕像有生命力，凌乱的头发下，眼白依稀可辨。

"母亲？"我低声说。

她没有任何回应的迹象。房间里闷热的空气让我窒息，我后退几步摸索着去开门。我无法解释喉咙快要闭合的窒息感，眼前诡异的一幕让我感到透心的凉意。我只想从这里出去，呼吸新鲜的空气，回到薰衣草飘香、蜜蜂嗡嗡劳作的舞池边，回到自然、纯洁和甜蜜的世界里。

我磕磕绊绊向后退，注意到她面前的地板上躺着一尊小雕像，像是蜡像，也有可能是黏土，我不能确定，小像的四肢扭曲畸形，甚至无法确定那是人形。母亲的手无力地悬在小像上方，苍白的手腕上挂着一个陌生的饰物，我想是一块骨头，她从未戴过这样的东西。

弟弟的出生让我对恐怖的事物并不陌生，但现在我一刻也不想再待下去了。也许那只是一个娃娃和一只手镯，仅此而已。我没等看清楚就转身离开了，之后也没有询问她。我尽力不去想它，但我无法控制别人的想法和说法。

流言蜚语如潮水一般瞬间传遍整个克诺索斯。无论我走到哪里，都能听到一两句揣测。洗衣妇在河边喊喊喳喳敲打着亚麻脏衣服，商人在集市里往来交流，女仆在皇宫里窃窃私语，大殿里的贵族用青铜大碗喝着酒说笑，他们戏谑道：圣女巫要报复她的丈夫，米诺斯在床上寻欢作乐之时，他会在女人痛苦的尖叫声中达到快乐的巅峰，直到身下的人因刺痛而身亡。医师在米诺斯的授意之下剖开尸体调查原因，这时，一群毒蝎子会从死者的身体里一拥而出。他们说这是帕西淮的诅咒之一，毕竟没有人会怀疑她的能力。诸如此类的谣言无处不在，像蛇芯子一样嘶嘶地试探着：她是自愿的，自愿和那头公牛、那头野兽交媾，她肯定兴奋地大叫，那个杂种跟它的母亲一样是个怪胎……

恶毒的话像黏稠的油一样无声渗透。一团肮脏的瘴气笼罩着我的家族，附着在大理石和黄金的宫殿上，玷污了挂在墙上的华毯，使奶油变质，它特有的酸味使蜂蜜变得酸涩，腐蚀、毒害、毁灭一切。丢卡利翁作为儿子非常幸运，他被送去吕基亚，和我们的叔叔待在一起，在他温和的指导下长大成人。我和淮德拉是倒霉的女儿，只能留下来。代达洛斯即使想要逃离，也没有选择了。米诺斯把他和伊卡洛斯一起囚禁在一座塔里，只有在守卫的监督下才能出来。米诺斯不会让迷宫的秘密离开自己的港湾，赋予另一个王国力量。

整个克里特岛都鄙视我们。虽然他们臣服在我们脚下，争夺着宠爱，但同时他们也谈论着我们的变态行径和不自然的习惯。他们对米诺斯避之不及，虽然一个个俯首帖耳，但仰视的眼神里充满了鄙夷。我并不责怪他们。如今克里特岛的囚犯只有一个下场，他们心知肚明，任何僭越行为都有可能遭受惩罚，被关进克诺索斯宫殿下方的迷宫里。米诺斯无疑知道贵族背地里看不起他，但他选择陶醉在他们的恐惧里，把他们的仇恨当作盔甲。

于是，我开始跳舞。我将一条长长的红色缎带缠在身上，踏着复杂的舞步在宽大的木地板上不停旋转，赤裸的双脚在抛光的地砖上敲出规律的节奏，缎带在身边灵动地翻飞。我越跳越快，脑海中的脚步声越来越响亮，盖过了如影随形的讥笑声。我甚至听不到弟弟低沉的嚎叫和囚徒的哀嚎，那些不幸的人被囚禁在装饰着双头斧的镶铁栅栏后。我跳着舞，愤怒使我的血液沸腾，推动我不断前进，直到在舞池中央瘫倒，被缎带胡乱地缠绕着；我喘着粗气，等待脑海中的迷雾散去，眼前重新变得清明。

时光飞逝。多年来一直在外磨炼运动技能的安德罗格斯回来了，但我的哥哥只短暂停留了几天。毫无疑问，他被家里的状况吓坏了，于是匆匆赶去参加帕纳辛奈克运动会，赢得了所有的荣誉，并在雅典的山坡上被一头野牛刺伤，孤独死去。我父亲并不是真正的悲伤，而是得到了一个开战的借口，开始了毁灭的步伐，所到之处播撒下绝望和痛苦的种子，那当中有一个爱他的女孩，一个被他淹死的女孩。

他为克里特岛的居民带来了好消息：囚犯不会再被献给弥诺陶洛斯，因为雅典人已经被米诺斯踩在脚下，他们每年必须上交十四个孩子喂给我最小的弟弟，以慰藉我哥哥的亡灵。

每年，七个年轻的男孩和七个年轻的女孩被迫乘坐驶向死亡的黑帆船漂洋过海来到这里。恐怖的迷宫里弥漫着死亡和绝望的恶臭，伴随着牙齿撕咬肉体的声音。我试着不去想这些。季节更替，斗转星移，我凝望着黄昏的天空，寻找众神在无垠的苍穹之上嵌挂的星星，那是他们玩弄过的凡人，闪烁着美丽的光芒。

我不想思考。我跳舞。

# 第三章

我 18 岁了，还是个女孩，我很幸运还能这样称呼自己。我被保护着，藏在高墙后面，不轻易露脸。我还是父亲尚未赐予的奖赏。终有一天，他会把我绑在驶向远方的船上，换取与彼岸另一个国家的联盟，扩大他的影响力，仿佛在市场上贩卖一头牲口。我很庆幸这一切还没有发生，但一切很快就会改变了。

米诺斯以冷静、无情的判断力闻名。他从未冲动丧失理智。同样的，我也想不起来他什么时候大笑过。他不喜欢情绪带来的屈辱。对于我未来丈夫的人选，他不会让爱或者仁慈影响自己的选择，冷酷的理性是做决定的唯一标准。

"我希望你未来的丈夫不要太老。"有一天我们坐在院子里俯瞰大海时，淮德拉对我说，每个音节都带着厌恶。"像拉达曼迪斯那样。"她十三岁的脸皱成一团，认为自己无所不知，对大部分事都嗤之以鼻。

我忍不住笑了出来。拉达曼迪斯是克里特岛的一位长者。虽然米诺斯不接受任何人的建议，但他却允许尊贵的老牌贵族参与评判宫廷日常事务。他混浊的眼睛依旧能看穿一切，当他用苍白干枯的手指颤颤巍巍指着你，即使是最野蛮、最委屈的申诉者也会忌惮他的话。

我想起了他稀疏的灰发、混浊的眼睛和松垮下垂的皮肤。有一次，农民欧格斯的妻子阿玛耳忒亚来到法庭,恳求拉达曼迪斯干预她丈夫的暴力行为,欧格斯振振有词地坚称他有权用自己的方式管教家人,旁观者都点头称是,并对阿玛耳忒亚的大胆行径感到震惊。但是,拉达曼迪斯眯起了眼睛,意味深长地看着眼前自视甚高的男人:他挥舞着双臂,紧握着拳头,大放厥词。一旁柔弱哭泣的女人蜷缩着身子,脖子上的伤痕像花朵阴影一样绽放。

他说:"欧格斯,就算你鞭打一头驴子,它也无法变得更强壮,驮更多的重物。相反,它不敢再吃你手里递过去的粮草,变得瘦弱不堪,以往能够轻松驮动的货物也驮不起来了,变得一文不值。"

欧格斯认真听着,妻子恳切的请求丝毫没有打动他,但拉达曼迪斯的话却引起了他的注意。

拉达曼迪斯靠在高椅上。"这个女人可以为你生儿子。在你年老的时候,你的继承人会承担起农场的劳动。对一个女人来说,生养一个强壮的儿子是一个沉重的负担,如果你继续像对待一头牲畜那样对待你的妻子,你是无法得到儿子的。"

大多数女人可能不会因为被比作驴子而感到庆幸,但我看到阿玛耳忒亚的眼睛里闪现出微弱的希望之光。欧格斯咀嚼着拉达曼迪斯的话。"我明白您的意思,尊贵的大人,"他终于开口,"我回去好好想想您这番话。"说罢转向妻子,不再狠劲拽她的肩膀,而是伸出胳膊让她挽着,有些笨拙地讨好她。

围观的男人们发出了一阵失望的叹息,他们原本等着看更精彩的场面,急切的眼神一直盯着这个绝望的女人。"拉达曼迪斯已经很老了,说不定有比他还糟的。"我暗示淮德拉。

"呕——"她发出了一连串反胃的声音。

"那你希望是谁呢?"我笑着问。

她叹了口气，哀怨地思索着那些经常出入宫廷的贵族。她双手捧着脸，手肘放在矮墙上，望着远处的岩石。"克里特岛的人都不行。"

她想象中漂洋过海的船只是什么样的呢？克里特岛有一处繁华的港口，迎来送往宾客，他们来自迈锡尼、埃及、腓尼基，以及我们难以想象的地方。驾驭海浪的船长和商人面颊晒得黢黑沧桑，在克里特岛正午明亮的阳光下眯着双眼，随行的还有能言善辩的王子和优雅的贵族，他们穿着精致的丝绸外衣、戴着闪闪发光的宝石；船上载着精美织物，成吨的橄榄，双耳瓶里装着橄榄油，鼓鼓囊囊的粮食袋堆积如小山，惊惶失措的动物在甲板上乱跑。虽然我们家族的尊贵血统能够带来威望，但与之相伴的丑闻也同样刺激，不过谁能确保这些达官贵族不会用财富求取米诺斯国王的女儿。他们既害怕又好奇，希望能沾染那份荣耀和恐怖，让它所代表的力量庇护自己。到目前为止，任何向我或者淮德拉求婚的人都被米诺斯拒绝了。他有大把时间慢慢挑选能够带来最大利益的联盟。

"阿里阿德涅，"她转头看着我说，"想象一下坐船离开这里，到大洋边去，住在一座大理石宫殿里，坐拥数不尽的财富。"

"我们现在就住在一座富有的宫殿里，"我抗议道，"你能想象到的一切这里都有。"

她的目光在地面短暂停留。我知道那是什么意思。她所说的宫殿，地板下面只有谷仓和酒窖，睡觉时永远不必担心被饥饿的咆哮惊醒，地面永远不会因为困兽的暴怒而震动。

"我想远离那些偷窥的眼睛，"她不耐烦地说，"远离流言蜚语和喋喋不休的傻瓜。我想成为女王，受万人敬仰，我不想每次离开房间都要竖起耳朵听身后的人在说什么闲话。"她绷着脸咬紧下巴再次看向远方。

婴儿时期的淮德拉时常尖叫着挥舞四肢，挣脱襁褓，绝不忍受任何束缚与不适。她不想安安静静待着，蹒跚学步起便处处跟着我；学说话之后，她高亢刺耳的声音常常回荡在宫殿里，霸道地诉说着她的要求。小女儿的活力总是让帕西淮真情实意地大笑，直到淮德拉出生的第五个年头，波塞冬送来了那头公牛，她的童年戛然而止。

她还那么小，我搂着她的肩膀，她纤细的骨架像小鸟一样脆弱。

她全身紧绷，长长地吸了一口气，然后慢慢放松。"我只希望，无论我们去哪里，离这里能有多远就走多远，我们都要在一起。"她抓着我搭在她肩上的手，十指紧扣。"我无法想象你把我留在这里。"

但决定一切的是米诺斯的命令，不是我们的希望。因此，当他在一个阴天的下午召见我时，我猜他终于选出了最有利的联盟。所以当我进入大殿，毫不意外看到一个陌生人正站在米诺斯的猩红王座前。

大殿中只有一束阴暗的光线从隔壁庭院廊柱间的空隙照进来，那个人站在阴影中。我在大殿门口停住脚步，努力想透过挡在眼前的面纱看清前面的人。

"这是我的女儿阿里阿德涅。"米诺斯的声音毫无感情。

我看了看地面。我的脚下，一头公牛正在鹅卵石铺就的路面上欢腾跳跃，它甩动犄角，疯狂的黑色瞳仁盯着前方被抛向空中的扭曲的身躯。

"她的身体里流淌着太阳神的血液，来自她母亲的家族，还有我的、宙斯的血统。"

"惊人的组合。"那人回答，口音不像是克里特岛人，我对岛外的世界了解甚少，无法判断他来自哪里。"但我感兴趣的并不是她的血统。"他走向我，"我能看看你的脸吗，公主？"

我抬眼看向米诺斯，他歪着头。我的心狂跳不止，伸手去解面纱，但手指不受控制，动作笨拙缓慢，那个对我血统不感兴趣的人擅自先解开了。他的手掌在我的太阳穴上拂过，我急忙后退，指望父亲会出面斥责他的无礼，但米诺斯只是微笑。

"阿里阿德涅，这是塞浦路斯的希尼拉斯。"他说。

塞浦路斯的希尼拉斯离我如此之近，我可以感觉到他的呼吸。我迅速移开眼睛，但他用手指捏住我的下巴，把我的脸转了回去。昏暗的房间里，一双黑色眼睛盯着我看。他满头黑色的卷发，嘴唇莹润，离我只有几英寸。

"很高兴认识你。"他低声说。

他的气息扑面而来，我忍住提起裙子逃跑的冲动。米诺斯依然赞许地微笑着，我只能一动也不动地站在原地，凝视着前方。好在身边的人终于后退了几步。

"她很可爱，名不虚传。"他喃喃的声音像油脂一样附着在我的皮肤上，眼神上下打量着我的身体，吞咽时发出了湿润的咕隆声。我感到胃部有东西顶着。

"当然。"米诺斯毫不犹豫地回答，"阿里阿德涅，你下去吧。"

我试着保持优雅，但迫切地渴望外面干净、温湿的空气，我在鹅卵石和石板路交界处磕绊了一下，走到庭院的阴凉处时，听到大厅里响起了两个人的大笑声。

我茫然无助地走向母亲的住处，上次那可怕的一幕之后，我就没有去看望过她。我犹豫了片刻，不知道自己会看到什么。幸运的是，她的房门开着，走廊的光被吸了进去。她知道这件事吗？如果她知道，她在乎吗？

"母亲，现在和父亲在一起的那个人——希尼拉斯，那个塞浦路斯人——"我大声说。

"他是塞浦路斯的国王。"她轻飘飘的声音在屋子里回荡，语气没有一丝起伏。"他统治着帕福斯，那里所有的国王都是阿佛洛狄忒的祭司。"

阿佛洛狄忒,爱的女神。很久以前,她诞生于帕福斯湾的水中,赤身裸体,完美动人,从海浪的泡沫中走到岩石地面。她强大的兄弟姐妹统治着天堂、天空和冥界时,阿佛洛狄忒统治的是人类和神明的内心。

我紧紧抓住帕西淮的手臂,试图让她看到我。"这个国王、祭司,父亲为什么要见他?"我问道,"他为什么来这里?"

"米诺斯想要塞浦路斯的铜,"她说,"克里特岛需要矿,更需要他们的忠诚一起牵制雅典人。"

我不知道她是否明白自己在说什么,她显然在重复自己听到的话,但声音和她的眼睛一样空洞无神。

"那希尼拉斯想要什么?"我问,"他想娶我吗?"

"是的,然后米诺斯就能得到铜矿。"她的语气像是在谈论灰色的天空或仆人们准备的晚饭。

我沉重地坐在她身边的沙发上。"但我不想嫁给他。"

"收获的季节过后,他的船就会启航。婚礼将在塞浦路斯举行。"她鹦鹉学舌,仿佛我没有说话。

"我不想去。"我重复道。但她没有回答。当我抬起头时,淮德拉正在门口,她惊恐地张着嘴,盯着我的眼神中满是痛苦。

我双腿颤抖。"他令我感到厌恶。"我尝试跟帕西淮沟通,但她神情恍惚,沉浸在自己的思绪里。淮德拉怜悯地看着我,不知道该说什么。"如果你不帮我,我就去找米诺斯。"我说。淮德拉惊讶地瞪圆了双眼,甚至帕西淮也抬起头。我知道这很可能是徒劳的,但我必须试试。

我没有勇气走出房间。因为不作反抗接受命运安排的下场比对峙米诺斯要糟糕得多,这怎么能算是勇气呢。

我走了出去,淮德拉握住了我的手说:"我和你一起去。"这一高尚的举动使我内心十分感动，父亲的怒火很可能会牵连她。

我自然不能允许她这样做。"我自己去，"我告诉她，"谢谢你。"

她不满地甩了甩头发。"我不需要你的保护。"她说。

"不需要，"我回答，"如果我们一起去，只会进一步激怒他。"

于是我独自去了王宫。米诺斯高高坐在猩红色的王座上。他身后的彩砖壁画栩栩如生，海豚跳跃和俯冲的瞬间被永远定格。他的顾问、贵族和各路趋炎附势的人都在宫殿内徘徊，不过没有希尼拉斯的身影，这让我松了一口气。

"女儿。"他平淡的语气让我感到自己不受欢迎。

我双手握拳，紧紧攥着裙子，指甲深深陷在手掌肉内。"父亲。"我低下了头。没有一个人朝我这边看，对此我很感激。

米诺斯盯着我，他似乎不仅看穿了我的想法，还感到十分无趣。他无意跟我私下小声交谈，而是沉默等待，直到我不得不开口。

我深吸了一口气。"母亲说，我要嫁给希尼拉斯。"

米诺斯点了点头。这时宫廷里的男人向我们投来好奇的目光，周围谈话的声音慢慢变小。

"父亲，我请求您——"我说。

他不耐烦地挥挥手，打断我的话。"希尼拉斯是个有用的盟友。这场联姻对整个克里特岛都有好处。"

我知道这一刻是我仅有的机会了。"可是我不想嫁给他！"

房间里顿时一片寂静。

米诺斯笑了。"明天，等一切结束后，你就和他一起出发。"

我嘴唇微张，脸颊发烫感到有些刺痛。有些话似乎不受控制要脱口而出。

就在这时，我感到有人在拉扯我的袖子。是淮德拉，她人小胆大，一直跟着我。我迎上她的目光，看到她微微摇头，最终还是什么也没说出口。

他只在乎宫廷政治、对农民的统治，大脑中无时无刻不在算计、权衡利弊，寻找能给他带来最大价值的东西——金子、铜，以及因恐惧而发出的美丽绝望的喘息。我要说什么才能吸引他的注意力、让他第一次真正看到我？

希尼拉斯的船即将起航，远离迷宫，远离米诺斯。

仇恨像沸水一样在我的喉咙里翻腾，此刻我的脸如大理石雕塑一样无动于衷，眼睛像帕西淮的一样无神。我不带任何感情迎上他的目光。他克制地点了点头。

我由着淮德拉带我离开，漫无目的地走，直到手中温暖的触感离开才停下。我疲惫地环顾四周，发现我们又回到了岩石边，就在不久前，我们最担心的是自己的丈夫太老或者太丑。淮德拉没有说话，也许她知道已经没什么可说的了，但我希望她明白，她的陪伴对我来说是一种宽慰。我们已经没有多少机会能够并肩站在这里了。

我们眺望着大海，我太过专注，没有注意到淮德拉在一旁拉着我的手臂、呼喊我的名字。

"是雅典的船，阿里阿德涅，快看！"

在我们正下方，悬崖直插入海湾，我顺着宽阔的海域往远处望去，终于看到是什么吸引了她的注意力，让她暂时抛开了我们共同的绝境。一艘挂着黑帆的大船正在靠岸。她说得没错，是今年的人质送到了。

"我从来没见过。"我说。

"你总是逃跑。"她回答。

的确如此。到目前为止，已经来过两艘大船，共载着十四个哭泣的雅典儿童。每当那个时候，我都藏在宫殿最角落的房间里。我曾瞥见过几张因恐惧而变得苍白的脸。每当我听到他们身上铁链发出的声响，都会尽可能地跑远。当父亲强迫我跟着他游行，炫耀他的财富时，我总是直视前方，故意不去看他们的眼睛——我无法想象自己会看到什么。

不过，现在我要看看。因为这是我最后一次在克里特岛看到这个场景，也或者是因为我竭力逃避事实的压力终于不在了。明天，我会站在令人厌恶的希尼拉斯身边，被一艘船带走。比起这些雅典人，我的厄运只是来得慢一些。他们从甲板缓缓走上岸，最后一次感受着阳光照在身上的温暖。我感到下唇微微颤抖，于是逼着自己保持镇定，看着他们从面前走过。

他们跌跌撞撞依偎在一起，克里特士兵一边粗暴地拉扯他们，一边大笑。我压抑着怒火，感到十分无助。这些年轻的生命即将走向灭亡，难道这还不够残忍吗？为什么要如此粗暴对待他们，为什么要陶醉于权力的残酷？

队伍后面，一个男人扶住了一个快要摔倒的女孩。他比其他人质都要高大，起初我以为他是雅典的船员，或是来监督祭品的使者。他动作轻柔，环在她身上的手臂十分可靠，在这残酷的时刻看到这一幕颇让人欣慰。这趟旅途，陪伴他们走到人生终点的是一张友善的面孔。但看到他身上挂着铁链跟其他人质锁在一起时，我一时间不知所措。

他突然抬起头来。

阳光非常刺眼，他不可能看清我们。但似乎有一瞬间，我遇上了他的眼神，那是一片冷酷、沉稳的绿色，是骚动中突然出现的静止。

之后，雅典人走了，消失在港口墙外。我瞥了一眼淮德拉，看她是否也注意到了那个人。她的表情跟我一样，因为目睹了眼前的一切而变得扭曲。

"我们走吧。"我说，带着她离开。

"停下!"她的声音清晰而尖锐,"阿里阿德涅,不要再逃跑了,这已经是第三年了!"她紧紧抓住自己的头发。"我们怎么能让这一切继续下去?"

阳光炙热,烤得后背发烫。我的视线中渐渐出现了黑点。"我们怎么可能阻止?"我问道。

"一定有办法的。"她说。

淮德拉永远无法接受不符合她意愿的事情。但我知道,在米诺斯的意志面前,她的决心也算不了什么。"什么方式?"我问道,忍不住就要抽泣,但最终还是把情绪咽了下去。"我们怎么可能阻止米诺斯想要的东西?"

"一定有办法的。"她重复道,但我能听出,她的信念也在动摇。

"走吧,淮德拉,"我说,"已经是第三年了,还没有人找到任何解决的办法。我们无法改变他们的命运,就跟我们无法掌握自己的命运一样。"

她无言地摇摇头,甩开我的手,独自走开了。我疲惫地打起精神,准备跟上。

我转身离开之前,望向悬崖边。我知道他们已经走了,但我忍不住又看了一眼。

他绿色的眼睛没有温度,一眼望去仿佛突然被冰冷的海水淹没,那种冲击就像是脚下的陆地突然消失才惊觉自己已经游得太远了。

# 第四章

　　第三次祭祀如期而至，我无论如何也无法再逃避了。我父亲要向他的新女婿炫耀自己的公主。每年，当人质被带来时，克里特岛都会举行葬礼运动会，以纪念安德罗格斯。今年我也要参加，不能再躲在角落里了。虽然淮德拉比我小好几岁，但她说服米诺斯让她参加。女仆给我戴上王冠，帮我绑好银凉鞋的束带，将我裹在丝滑如流水的蓝色绸缎里。虽然这些衣服很美，但我觉得它们并不属于我，那些因此而聚焦在我身上的目光也使我感到害怕。我已经受够了处处被监视和议论的生活，于是我总是悄无声息地坐在竞技场的最边上。

　　希尼拉斯在等我，他舒服地躺在一堆软垫上，手肘边放着一壶酒，他已经喝了不少，脸上泛着红晕。我犹豫地望向站在中心讲台准备宣布仪式开始的米诺斯。他看着不知所措的我，那露出满意的表情的脸，像一枚明亮的硬币。我的双腿不听使唤，但我不会让父亲看到我的动摇，也不会让他享受我的不情愿。当我僵硬地坐在希尼拉斯身旁时，他的脸上露出了轻浮猥琐的笑容。

　　竞技者们将在烈日下进行比赛，看着他们，我对遮蔽自己的荫凉心生感激。阳光十分刺眼，我几乎什么也看不清，当人群的吵闹声逐渐散去，我听到了公牛惊慌失措的鼻息和低沉的吼叫，它戴着花环被牵到了场上。虽然一开始它瞪着圆圆的大眼睛，不安地挣扎冲撞，但当它靠近祭坛时，平静缓缓降临到它身上。我曾多次目睹濒临死亡的动物被这种平静所安抚。它看不到隐藏的刀刃，即便看到也无妨，也许它知道自己的血是为了众神的荣耀而流淌，这种死得其所似乎是一种奖赏。公牛迎上前去，温顺而平静，随着仪式的结束，刀尖刺入了它光滑纯白的喉咙。鲜血从祭坛上涌出，被阳光镀上一层金光。献祭完成，诸神必定会对我们的庆典露出满意的微笑。野兽高贵的头颅耷拉着，血流形成了一条红宝石河流，让装饰牛角的深红色绸缎显得更加有光泽。

一时间，我仿佛看到了被囚禁的弥诺陶洛斯，除了明天，他终年都孤独地待在迷宫里；我还看到了安德罗格斯，他英俊的身影在记忆中变得模糊不清，我们虽然是血亲，但他对我来说是个陌生人，死在了另一头公牛的角下。我的哥哥和弟弟有着相似的悲剧，是他们把围观者和祭品聚集在此时此地。明天，其他不幸的人将在黑暗中被一头野蛮无情的野兽撕成碎片，迎来他们生命的最后一刻。我曾试图驯服那头野兽，但一切都是徒劳。

比赛开始了。参赛者徒步或驾车赛跑，扔标枪，投掷铁饼，打拳击。每位选手的鬓角都冒着汗。我感到一颗汗珠从后背流下，不自觉地晃了晃身体，希望一切早点结束。希尼拉斯在一旁边喝彩，边一只手放在我的大腿上，我隔着衣物也能感觉到沉重、汗湿的触感。我咬着牙，忍着羞辱，试图移开，但这只会让他的手握得更紧。另一边的淮德拉正看得入迷。

"还要多久才能结束？"我喃喃自语道。

她不理解我的冷漠，甩了甩金发表示不满。"阿里阿德涅，这是我们见过的最有意思的事了！"

我怀念舞池的安静，只有跳舞能够让我发泄此刻的苦闷，暂时忘却明天的到来。明天，这座孤独的迷宫会短暂地恢复生机，追逐、尖叫以及血肉从骨头上剥离的声音将一年一度再次响起。之后我就要登上离岛的大船，驶向塞浦路斯开始新的生活。我吞咽了一下口水，强迫自己看比赛分散注意力，不要再去想那些绝望的画面。

太阳被云层遮住了片刻，我终于能看清竞技场上发生的一切。"那是谁？"我问。

参加比赛的很多人我都认识，他们是克里特岛的杰出青年，跃跃欲试证明自己的能力。但是，此刻走上前摔跤的年轻男子，我一点也不熟悉。难道——我身体前倾，仔细观察他的脸——我见过他，但这不可能。

他身材高大，肩膀宽厚，轻松的姿态蕴含着巨大的力量，肌肉的纹理让人联想到宫殿里最好的大理石雕像。他的步伐如此自信和坚定，在这个陌生的地方，却显得是在自己的主场。

"雅典王子，忒修斯。"淮德拉小声说。怎么可能？雅典人理所当然憎恨我们，他们的王子为什么要参加我们的比赛？我猛地转向淮德拉，虽然她的话令人难以置信，但她语气中的某种东西迫使我对峙她的回答。她的目光一刻也没有从场上那人的身上移开。"他请求米诺斯让他参赛，所以下午不用被铁链锁起来。"

雅典人。不用被铁链锁起来。"你是说，他是祭品？"我将信将疑地问，"这个被铁链锁着当作祭品的人，是王子本人？雅典为什么送来自己的王子？"

"他是自愿的，"她心不在焉地说，"他不能让同胞的孩子自己来送死，于是代替了其中一个人。"

"一个傻瓜！"希尼拉斯嗤之以鼻。

淮德拉的话让我陷入沉思，我们默默看着忒修斯。这样的勇气从何而来？一个人能够抛弃财富、权力和任何他想要的东西，在最好的年华为自己的子民献出生命，不畏险恶，心甘情愿走进我们的地下迷宫，成为野兽的活祭。我盯着忒修斯，仿佛只要认真看他，就能看穿他的伪装，他表面泰然自若，只是为了掩盖内心的波澜汹涌。一个人真能理智面对自己的悲惨结局吗？

当他的对手出现之后，我似乎有了答案。陶洛斯是我父亲的将军，一个魁梧笨重的男人。他面带讥笑，鼻头像一只癞蛤蟆，丑陋的相貌跟忒修斯的美形成鲜明的对比。他隆起的肌肉上青筋暴起，闪着可怕的油光。他生性傲慢，没有同情心，克里特岛人知晓他的残忍，他野蛮的程度不输我那个正在地下咆哮的弟弟。也许忒修斯权衡了利弊：与其在漆黑的迷宫里被当作饲料吃了，不如跟陶洛斯在阳光下对战一场，死在他手里。

他们相撞爆发出惊人的力量。陶洛斯比忒修斯高大壮硕，输赢似乎没有悬念，但我低估了技巧在格斗中的重要性。淮德拉坐在椅子边缘，探出大半个身体，双手紧紧抠住椅座的木板，我突然意识到自己跟她一样紧张失态，于是调整自己的状态。场上的两个男人死死锁住对方，扭动着身子，竭力试图扳倒对手。汗如雨下，青筋暴起，两人痛苦地僵持着。陶洛斯目眦欲裂，露出难以置信的表情，因为忒修斯缓慢但势不可当地占了上风，将他越逼越远。我们屏息凝神盯着场上，心中满是期待和兴奋，我确信自己听到了骨头断裂的声音。

当陶洛斯仰面重重倒下时，人群中爆发出震耳欲聋的欢呼声。这位勇敢的王子赢得了众人的敬佩，但我知道，这丝毫不会影响他们等着明晚看忒修斯被弥诺陶洛斯撕碎的热切愿望，今天的比赛为原本血腥的盛宴注入了更多的兴奋点——他是皇室贵族，英勇无比，战无不胜，这一切都让人难以抗拒。

比赛继续进行，奖品也陆续颁发。直到忒修斯站到了领奖台上，我才再次提起了兴趣。米诺斯热情洋溢地搂着忒修斯的肩膀。"我们往常会给胜利者戴上橄榄花环作为最高奖赏，"他宣称，"但今天是例外，非凡的成就要配非常的奖赏。忒修斯，雅典的王子，为了表彰你今天的伟大胜利，我给你自由。明天你可以自由离开，回到你的家乡。"

我长舒一口气，身旁的淮德拉也放松了身体，她的手揪住胸口，仿佛要按住狂跳不止的心脏。

忒修斯神情严肃。"米诺斯国王，您的仁慈我铭记于心。但我不能接受这慷慨的奖赏。我发誓要陪伴雅典的子民踏上明天的黑暗之旅，我会遵守自己的誓言。"

希尼拉斯悠闲地抿着红酒，听到这句话呛了一口，红色的酒水洒在长袍上，消失在艳丽的绛紫色中，他用一脸难以置信的蠢相看着场下的人。相比米诺斯冠冕堂皇的演讲，忒修斯简短的拒绝出人意料。父亲隐去了脸上的震惊，但我知道他眼中的怒火在燃烧。"你的勇气和荣誉果然名不虚传，"他回答说，"克里特岛接受你的牺牲。"他突然转身，"阿里阿德涅。"

我吓了一跳。我做了什么？难道米诺斯冰冷的目光看穿了我的想法——我叛逆的心竟然对这个公开羞辱米诺斯的人充满了敬畏。

"我的大女儿。"米诺斯继续道，示意我站起来。

我迟疑地站起来，感觉到数百人的目光突然落在自己身上。

"克里特岛的公主将为比赛的胜利者加冕。"

我感到不知所措。米诺斯以前没有让我做过这样的事，不知道他是为了向希尼拉斯炫耀，还是害怕自己面对忒修斯时会失态。

米诺斯盯着我，我别无选择，只能强迫自己走向领奖台。众目睽睽之下，我畏手畏脚，当我看向忒修斯，迎上了他沉着冷静的目光。一瞬间，周围的人群消失了，我眼里只有他的身影。

当我站在他面前时，再也无法与他对视。不知是米诺斯还是仆人将花环放在了我手中，我唯一在意的是他距离我只有几英寸。他低下头，我手忙脚乱地给他戴上花环，差点被自己的长裙摆绊倒。我在零星的掌声中回到座位，希尼拉斯手晃着酒杯，醉醺醺的脸上有一丝责备的神情。

庆祝的氛围在这之后慢慢消散了。我们不理解忒修斯为什么选择维护自己的尊严。我想有些人肯定十分乐意看着他完好无损地活着回去，当然了，肯定也有人对他的选择表示怀疑，认为这是在侮辱米诺斯和整个克里特。

这一天就要结束了，淮德拉和我起身准备离开。希尼拉斯粗鲁地从我们身边挤过去。淮德拉十分沮丧，眼里闪烁着未流下的泪水。我的妹妹是个心软的人，她对弥诺陶洛斯没有任何爱或忠诚。忒修斯的表现打动了她，我很难过，她的期待就这样破灭了。

我回头看了一眼忒修斯站过的地方，不是因为我同情淮德拉，是别的东西吸引着我，使我朝反方向踏出的每一步都沉重不堪。

\* \* \*

山峰另一侧，太阳如一团橙色的火焰慢慢落下。太阳神赫利俄斯的战车驶向地平线深处，把世界留给了黑暗。

大殿正在举行宴会。装饰着宝石和彩绘垂纹的青铜碗里盛着肉、鱼、水果、蜂蜜、油亮的橄榄和咸白奶酪碎。宾客觥筹交错，乐师在一旁吟唱神、英雄、宝藏和怪物的故事。

这是米诺斯炫耀财富和权力的场合，他甚至下令让雅典俘虏在一旁观赏宴会。

我惊恐地看着站成一排的男孩和女孩，他们都非常年轻。正中间的男孩使劲抿着嘴，但依旧难掩惊恐的神情。整整十四张脸，我逼自己记住他们每个人的样子。十三个人都吓坏了，红着眼睛，双手颤抖。我无法想象他们站在这里需要多大的勇气。至于第十四张脸，我没有必要去想。

比起竞技场，我在这里能更仔细地观察忒修斯，但此刻我内心五味杂陈：他明天就要死了，现在看清楚有什么用？米诺斯以献祭者的名义举行宴会，让他们在一旁注视着大殿里的一切。一边是宾客兴奋的交谈和欢声笑语；另一边是被绑着手脚的祭品因为恐惧而不停颤抖和祷告，等待着第二天日落时分被吃掉。

雅典人不是米诺斯展示的唯一对象。我们一家人坐在大厅最前面的大桌子旁，旁边坐着代达洛斯。他看上去比实际年龄苍老，头发已经花白。克诺索斯到处都是他的杰作，昭示着米诺斯的至尊地位。代达洛斯的建筑才华举世无双，而他属于克里特岛。不过他最著名的作品很少有人见过。人质也许会感到荣幸，因为他们不仅能看到，还能亲自探索复杂的设计。不，不会的，天太黑了，他们无法欣赏它的妙处，而且还有一只疯狂的野兽紧跟在身后，想要把他们一点一点撕碎。我知道代达洛斯也是这样想的，这个事实重重压着他，让他变成了现在的样子。他不再是那个意气风发、热情洋溢的发明家，来克里特岛实现自己的抱负。他是迷宫的主人，虽然没有链子拴着他，但米诺斯要守住迷宫的秘密，代达洛斯就永远无法离开克里特岛。

不过，那天晚上我看的不是代达洛斯。我的眼睛无法从雅典人身上移开，特别是其中一个人。

我想知道，吟游诗人所歌颂的英雄在成功之前是否知道自己将改变历史。在做决定的关键时刻，他们是否察觉到空气因为这命运的一刻而变得明亮？抑或是，他们只是不顾一切前进，没有意识到人生方向转变、命运铸成的关键时刻？我不知道自己看着忒修斯有什么感觉。当然了，我充满好奇。他不卑不亢，高昂着头站起来，没有颤抖，也没有啜泣。他冷冷地注视着我，仿佛我不是公主，他也不是祭品，这里的一切只是平常。然而当我把目光从他身上移开时，感觉什么都不一样了。世界仿佛是分崩离析后以相似的方式重组在一起，就像是看着一动不动的瀑布，冲刷岩石的流水永远是新的。

# 第五章

"你觉得他会反抗吗?"希尼拉斯的声音因为酒精和期待变得更加慵懒、含糊。

我鄙夷地瞪了他一眼。我真的想激怒他吗?让他重新考虑米诺斯的交易——用我换取一座铜矿。不行,如果我这样做,那就太愚蠢了。他这种人只会被冷漠驱使,被不加掩饰的不情愿刺激。"你什么意思?"我用想象中最冰冷的语气说。

希尼拉斯发出一阵充满恶意的笑声,说道:"那个王子,真是个英雄啊!他不像其他人一样哭哭啼啼,难道他觉得自己可以单枪匹马对付弥诺陶洛斯吗!"调侃的话引起周围一片嘻笑。

忒修斯在人群中非常显眼,将来会有无数的传说讲述他的英雄事迹。他身材高大魁梧,容貌非常英俊,不仅有王子的风度,还有猎豹一般蓄势待发的力量。他是诗歌的灵感源泉,他的名字将永载史册。我当时就看出了这一切吗?我只是被他发达的肌肉、浓密的头发和闪亮的眼睛所吸引了吧?我听到的是命运齿轮转动的声音,还是自己的心跳声?我并不是唯一这样想的人,淮德拉专注的神情说明了一切,她手肘撑在桌子上,微微斜着头,蓝色的大眼睛里满是迷恋。

但是,他并没有看向她。我确信他炽热的目光正落在我的身上,而且我确信这不是虚荣心,也不是单方面的乐观。

看着我的不只有忒修斯。当我再次抬起头,看到了代达洛斯精明的目光,他注意到我和忒修斯之间的火花,我顿时红了脸,四下张望、不知所措。于是我呵斥淮德拉,试图转移注意力。"淮德拉!你的嘴再张大点,都可以抓到一只苍蝇了。"我语气咄咄逼人,专横无礼。但她只是翻了个白眼,朝我吐了吐舌头。我笑了,但是无法停止胡思乱想,思绪从一个死胡同拐入另一个死胡同。那十四个年轻人都还只是孩子,他们真的要在几个小时内被扔进那个黑暗的洞里吗?我无法想象那个恐怖的画面:阴暗狭窄的迷宫里到处是哭泣声和腐败绝望的气味;野兽的蹄子震撼地面,急切地寻找着鲜嫩的祭品……我不能忍受这样的事发生,但是有什么办法吗?

帕西淮干坐在一旁,她没有留意她面前的食物,高脚杯里的红酒她也没喝。我站起来、碰了碰她的肩膀。"母亲,可以出来一下吗?"我问道。

带走她很容易,没有人会注意到我们离席。希尼拉斯正在和我父亲交谈,他陶醉在自己的俏皮话里,米诺斯在一旁附和,但眼底没有任何笑意。火把的光闪烁着,在他棱角鲜明的脸上投下了深色的阴影。我想他看着希尼拉斯时,满脑子都在想马上可以拥有取代我的铜矿。他当然不会在意我和帕西淮离开。

在外面的走廊里,呼吸都轻松了许多。我从来没有唤醒过帕西淮,但现在也许是个机会。"母亲,求求你,"我祈求道,声音变得越来越歇斯底里,"求求你,告诉我,我们可以做些什么。求你了,告诉我有办法阻止这种暴行!"我重复着淮德拉几个小时前被我反驳的话。

她沉默不语。但这次终于跟往常心不在焉的沉默不同。

"你是我的母亲,淮德拉的母亲,丢卡利翁的母亲,"我艰难地吞咽了一下,"阿斯忒里昂的母亲。"听到这个名字,她的眼睛猛地眨了一下。"想想那些雅典的母亲,"我低沉的声音显得非常严厉,"她们知道自己的孩子将要面临什么样的命运。母亲。想象我是他们其中的一个,是我要被扔进迷宫里。你知道阿斯忒里昂变成了什么,你也知道他会做什么。求你了!母亲,告诉我该怎么做。我们不必为了满足米诺斯的贪婪而夺走十四个母亲的孩子!"我近乎疯狂地喊着。

她过了很久才开口,十分费力地让游离的思绪集中在此时此刻,她的精神仿佛因为极大的恐惧而变得涣散,漂浮在绝望的风中永无归日。"我们能做什么?"她反问道,"没有人能对抗他。"

一瞬间,有什么东西连接了我们。我握住她瘦弱的手。"也许有人可以。"我说。

"没人能对抗你的父亲。"她回答。

她的眼神开始游离,意识再次变得松散。但是她说的话让我意识到了什么。

没有人可以和我的父亲对抗。因为他有层层保护:军队,权力,不可动摇的自信心和凶恶的野兽。用蛮力对抗他是无济于事的。

如果我们不需要打败他呢?万一米诺斯可以被智取呢?他赤裸裸的暴政是基于简单的恐惧。但他对计谋没有防备,因为没有人敢尝试。

我深呼吸一口气。宴会厅外比较凉爽,空气中有一股石板的味道。我终于冷静下来,整理了恐慌和怜悯的心情,突然觉得豁然开朗,一个清晰的想法出现在脑海里:我母亲不能帮助我,但我知道谁可以。

\* \* \*

克里特的贵族沉浸在父亲营造的奢华美梦里,大家小声猜测每个人质能在迷宫里坚持多久，这样持续了几个小时之后宴会终于结束了。我看到代达洛斯在侍卫的陪同下离席，于是急忙追上他。

"晚上好。"我向他打招呼，稍微有点气喘。

他彬彬有礼地点头。"你好，阿里阿德涅。"

我感觉到他对我有所防备，他知道有什么事情不对劲，但他有工匠的耐心，等着我先开口。

"我的舞池有一块松动了，"我大声说，确保旁边警觉的护卫能够听到，"我想请你帮我看看，那是你的作品，我不信任其他人。"

"当然可以。"他恭敬地低下头，"公主殿下，明天一早我就去。"

"不行，我现在就需要你。"我用不太熟练的命令口吻回应，"不需要太长时间。我必须在明天日出时跳舞。这是一个神圣的日子，我要以最熟悉的方式供奉神明。我没有多少机会在那里跳舞了，也许永远都不会有了。塞浦路斯没有这样伟大的作品。"

代达洛斯听了这话，眼神变得柔和，但这些都是给监视的警卫看的。代达洛斯不能在无人看管的情况下去任何地方、与任何人交谈。我不能引起怀疑，但明天太晚了。他是唯一能帮助我的人。我知道他无意助纣为虐，但他对帮助米诺斯驯服弥诺陶洛斯感到愧疚。迷宫就像一颗明亮的水晶，一个挂在他脖子上的脆弱的负担，这是他一手打造的，他无法亲手毁了它。

我在前面带路，凉鞋在光滑的石板地面发出清脆的声响，我们穿过绵长的宫殿走到了我的院子。卫兵一动不动站在大门两旁，代达洛斯跟着我走到舞池的另一边。夜晚的空气舒缓了我发烫的脸颊。

代达洛斯看了看脚下完美的地砖，疑惑地看着我。我跪下，停顿了一会儿，他也跪在我身边，假装检查地板的精致边缘。旁边有一座大理石喷泉叮咚作响，应该可以盖过我们的说话声。

"代达洛斯,我想知道离开迷宫的方法。"我急切地问。

他似乎并没有感到惊讶。代达洛斯能够洞悉万物的结构,也许这个天赋也能让他看透人心。或许他只是非常了解我。"你想救那些人质,"他喃喃地说,"你想救忒修斯。"

我点了点头,甚至没有试图去掩饰。"是的,这太残酷了,我不能让它再次发生。"

"阿里阿德涅,"他回答,"这件事已经发生过很多次了,只不过从来没有发生在一个英俊的雅典王子身上,已经有很多年轻人因此而失去了生命。为什么忒修斯的生命就更加珍贵?"

我不知道如何回答,想说的话太多,喉咙仿佛打了结。难道我真是为了那张英俊的脸吗?如果人质中没有人拥有深海一样的眼睛和丝绸般的头发,我就视而不见什么也不做了吗?

但现在没有时间纠结这些问题。"你能帮我吗?有没有办法可以逃离迷宫?"

"我想是不可能的。"他疲惫的语气让我感到惊讶。我以为除了逃离这个岛,什么都难不倒代达洛斯。

"迷宫的建造者都没有办法吗?"我感到难以置信。

他深深地叹了口气。"我可以告诉你怎么带忒修斯离开迷宫。"他无奈地回答。我在短暂的雀跃之后,突然觉得有什么不对劲。"问题是,阿里阿德涅,你觉得这是他想要的结果吗?"我疑惑地看着他,"一个想要成为传奇的雅典王子甘愿被一个美丽的女孩拯救吗?你想怎么救他呢?用毯子盖住他、牵着他的手,把他当作谷物一样从克里特岛偷运出去吗?"我终于明白了他的意思。

"可是,那时他看着我……"我结结巴巴试图解释那一瞬间的联系,他向我无言传达了一个讯息。"他想要我的帮助。我非常确信。"

代达洛斯摇摇头，难过地笑了。"我对此毫不怀疑，阿里阿德涅，"他善意地回答，"他不想明天死在迷宫里，可他知道，一旦进入迷宫就无法活着出来。没有弥诺陶洛斯，他也会在里面迷路，就算绕几年都不会找到出路。我建造这座迷宫是为了把你弟弟永远囚禁在里面。"他特意强调了"弟弟"这个词，"他需要你——克里特岛的公主，只有你才能帮助他。关于你的传说早已流传到了雅典，甚至到了世界上最遥远的角落。弥诺陶洛斯婴儿时期是你一直照顾的，你有着最温柔的内心，你肯定知晓别人不懂的内幕和秘密，也许你可以被说服，揭露这些秘密。相信我，忒修斯想要你的帮助，但不是帮他逃离。他的意思是让你帮助他打败强大的弥诺陶洛斯。他要夺走克里特岛最伟大的宝藏，让迷宫变成空城，戳破一个神话传奇。从今往后，人们会传颂忒修斯的勇气，而不是你父亲的王权。"

身后的卫兵骚动起来。虽然代达洛斯做事一丝不苟，但修补一块地砖花费这么久非常可疑。他从衣袍里抽出一块布，擦拭我们跪着的地方，假装完成了任务。"我会帮助你的，阿里阿德涅。"他低声说，声音微不可闻。他站起来，彬彬有礼地伸出手扶我站起来。我握住他的手，感到有一团粗布压在手心。"自从我囚禁了那只怪物，就一直带着这个。我一直在等待这个机会，以纠正我助纣为虐所做的一切。我一直在等待一个有力量和勇气的人结束这一切。"他的表情阴沉，月光照在他过早沧桑的面部线条上，"但是，公主，我不希望我所背负的罪恶之中再增加一条您的性命。想想斯库拉，阿里阿德涅。如果你真的要这样做，你绝不能留下来。你必须离开克里特岛，永远不要回来。"说完他迅速离开，回到他的侍卫身边，没有回头看一眼。

我一动不动，夜晚的凉风吹拂着我刺痛的脸。青蛙呱呱叫着，庭柱藤蔓上的鲜花散发着浓郁香味，仿佛什么都没有发生，世界依然如故。

他低沉、严肃的话不断在我脑海中重复着，我终于意识到这一切的严重性。警卫的脚步声渐行渐远，直到消失在黑暗中，我这才敢松开手指，看看自己握着什么。顿时，仿佛有一道光从缝隙里射出来，驱走黑暗，抹去了我所惧怕的未来，打开了一条意想不到的胜利之路。

我的手中拿着一团红色的麻绳，它的正中心是一把沉重的铁钥匙。

# 第六章

未来某一天，我会不会觉得自己着了魔、不知道在做什么？我跟随命运的指引完成了自己的使命，但不负任何责任。

我只能说，当我从那个院子里跑出来时，我清楚知道自己的方向和目标。我没有停顿、没有犹豫，一直跑到了宫殿中心的庭院边才停下来。

月神塞勒涅的战车高悬于夜空，将石头沐浴在银白的光辉之下。我倚靠在一根深赭色的柱子上，强迫自己凝视手中的深红线团，直至心跳逐渐稳定，呼吸也平和下来。庭院中宁静无声，只有宫殿深处传来微弱的喧闹：歌声与男子低沉的笑声。然而在这里，在克诺索斯的最中心，一片寂静笼罩着我，而这短暂的平静独属于我。

牢房位于西北角，远离庭院。没有人看守，因为锁是代达洛斯亲自设计的，囚犯怎么可能跑得了。

男孩和女孩被分开关押，雅典王子待在一间单独的牢房里。虽然他是俘虏，是弥诺陶洛斯的猎物，但他没有被迫与其他人挤在一起哭泣和祈祷，随着天色越来越黑，大家的哭声无疑会越来越大。这间牢房是从石头里凿出来的，代达洛斯还没有来到这里之前就有了，他藏在红线里偷偷交给我的就是这扇门的钥匙。我面前是一大片空地，只有那扇紧闭的门和我，夜空的星星将见证我要做的事。我不禁好奇，那些遥远冰冷的星光是否还保有人性的温暖？那些特殊的人，被选中的人，被眷顾的人，离成为神只差一步之遥，他们又如何看待我这孤独的反抗、我的背叛以及即将到来的辉煌时刻？他们会反对我的行为吗？抑或他们的存在已经消散殆尽，如今只是漠然地散落在暗淡的天幕之中。

周围寂静无声，没有任何动静。青蛙呱呱叫着，我在中庭的阴影里穿行，微风像液体一样裹挟着我的全身。我像一个躺在床上不敢伸腿的孩子，害怕黑暗中的爪牙和利齿会把我撕成碎片。我飞奔在石板路上，感觉自己行踪暴露，我以英雄自居，但现在却畏手畏脚，像个懦夫。

然而，我必须承认，在我内心深处，有一种类似于恐惧的东西蠢蠢欲动，但充满了活力。我害怕被父亲抓到，但这并不是让我感到焦虑和燥热的唯一原因。忒修斯就在那扇门后面，我即将见到他那蓬松的头发，明亮的眼睛，以及他身上每一寸的肌肉。我认识的男人有限，只有米诺斯、弥诺陶洛斯和现在的希尼拉斯，我不想了解他们。至少在我遇到那个英俊的人质之前是这么想的，那一瞥燃起了我内心的火焰，烧毁了我之前所知道的一切。

我轻手轻脚地走到牢房门前，仿佛踩在天鹅绒拖鞋上。我把钥匙插进锁里，使劲全力扭动，甚至没有意识到门缓缓滑开。忒修斯就站在门口，平静而镇定，没有一丝惊讶，仿佛一直在等我。

"公主。"他简短地单膝跪地，然后迅速站起来挽住我的手臂。

他的碰触像滚烫的烙印。

"我们不能被人看见，"他的声音在我耳边低沉平稳，"你知道克诺索斯的每个秘密，能带我去个隐秘的地方说话吗？"

我犹豫了片刻。我原本计划在这间昏暗的牢房里把线团交给他，然后……离开，准确地说，我不确定之后该怎么办。但我也不是愚蠢到无可救药，我当然知道和一个高傲的年轻人一起私奔有多危险，尤其是这个年轻人刚刚被判处死刑。但他在引导我，温柔而坚定，代达洛斯的话在耳边响起：你必须离开克里特岛，永远不要回来。这些我都知道，当我握住那把钥匙的时候，我就知道我已经失去了一切。所以，我还有什么可失去的呢？

"有个地方，是个岩石堆，在那里可以俯瞰大海。"我低声说，不知道自己在做什么，不知道自己居然有这个胆量。我锁上门，拉起他的手走进一条通道，这条路十分隐蔽，如果不知道，绝对找不到。通道的尽头，扑面而来的是海边充满咸味的新鲜空气。

* * *

我们没被抓简直是奇迹。每次回想起来都能感觉到一阵让人晕眩的恐惧，当时只有抑制不住的兴奋。如果有一个卫兵、女仆或者迷路的宾客正好路过，我不敢想象米诺斯会如何惩罚我们。但我没有任何犹豫，我年少无知，迷恋给了我自信和翅膀，我带着情人飞奔到悬崖边上，躲在岩石之中，隐藏起来。那时，我不知道翅膀会融化，会从身体上剥落。我也不知道在一个人试图向自由飞翔的时候，会突然坠落，被贪婪的海浪吞噬。

我们到达岩石堆旁，兴奋地大笑起来。我在月光下看着他的脸，没有因为自己的大胆而感到脸红。

"我必须在他们发现我失踪之前回去。"他低头看着我的脸，我听到了他未能说出口的话：我们只有此时此刻，我只有这宝贵的几分钟决定我的未来。

"你想回去？"我问他，"你知道明天晚上等着你的是什么。"

他耸肩的动作优雅而流畅。一股饥饿流过我全身的血管，我本能地强烈渴望被那双强壮的手臂抱在怀里，远离猥琐的希尼拉斯。"我不会逃跑。"他的回答简单扼要，代达洛斯当然是对的。一个英雄不会在他的命运面前退缩，他不会从地牢里溜走，逃离战斗。那样的话，他无法名垂千古。"你了解迷宫，公主殿下，"他继续说，"你也了解迷宫里的野兽。如果你能给我一些提示，告诉我它有什么弱点，我将永远欠你一个人情。"

永远。忒修斯将永远属于我。我确信这是他所说的。我表面上保持矜持，但几个小时前在宴会厅里就下定了决心。他看似束手无策，但表现出的勇气是躲在暴政的保护罩里的米诺斯做梦都不敢想的。"那头野兽是我的弟弟，"我温柔地斥责他，"弥诺陶洛斯和迷宫都没有弱点。进去的人只有死路一条。"

他轻笑一声，眼神因喜悦而变得柔和，眼里的银色光芒似乎要溢出来，像月光在海面上洒下的涟漪。我想起了他生父之谜的故事。谣传他的父亲可能是伟大的雅典国王埃勾斯，也可能是银色的海洋之神波塞冬。无论是谁，他都有着传奇的出身。如果他的父亲是海神，也许是波塞冬派他来纠正错误的，他不该让阿斯忒里昂降生在这个世界上。我目睹海神逼疯了我无辜的母亲，如今忒修斯以相似的姿态，战胜了他父亲堕落的惩罚。我想，也许我是众神的工具，帮助忒修斯赢得荣耀就是帮助波塞冬达成目的——为我父亲米诺斯的背叛和贪婪赎罪。

"我不害怕，"忒修斯向我保证，"是你为我感到害怕，阿里阿德涅。"

听他口中叫出我的名字是一种难以承受的甜蜜。他说得没错，我唯一担心的是，我才刚刚找到他，他就要离开了。我松开紧紧抓着线团的手指，他的眼睛突然瞪大了。

他嘴角上扬注视着我，眼神里有一丝满意的神情。"公主，容我解释一下为什么我戴着镣铐来到克里特岛，以及我打算如何除掉岛上的祸害。"

就这样，我知道了忒修斯的故事。

他的名字将和其他英雄一起被载入史册，前有赫拉克勒斯，后有阿基里斯；他们与狮子搏斗，征服城邦，颠覆世界。但那晚坐在我身旁的是一个有血有肉的凡人。他轻描淡写地讲述了自己的英勇事迹，仿佛那些都是稀松平常的事：铲除一个杀人犯或者暴君，从他口中听来就像切奶酪皮或者给橄榄去核。他不懂巧言令色，也不油嘴滑舌。他无需为了赢得我的好感，将自己的经历添油加醋、夸大其词。那些事本身就非常了不起。

他和母亲埃特拉生活在特洛伊西纳，从未见过自己的父亲，有一天他推倒了那块命运之石，石头下面压着埃勾斯的宝剑和凉鞋。雅典国王亲自把它们埋在那里，并嘱咐怀孕的埃特拉：如果她的儿子能够搬动那块巨石，那么他将成为雅典真正的王子。

埃勾斯是否应该为她隆起的肚子负责引起了许多人的关注。传说，埃特拉与埃勾斯同寝之后，伟大的奥林匹斯女神雅典娜进入了埃特拉的梦中，把睡意蒙眬的埃特拉带到了海边，她倒了一杯酒，缓缓走进翻滚的海浪之中，波塞冬正等在那里。我不知道雅典娜为什么要为她的叔叔波塞冬——陆地破坏者、海洋霸主——安排这次见面。她是智慧女神，其他人是无法理解她的大脑是如何快速运作的。也许她想和波塞冬和解：他们曾经为了雅典人的供奉展开激烈的竞争，比起波塞冬的盐泉，雅典娜果实累累的橄榄树更符合人们的期望。也许雅典娜为了她偏爱的雅典人谋划了忒修斯的出生，让埃勾斯能够享受传奇私生子的荣光。不愧是智慧女神，奥林匹斯之神的青睐对任何凡人来说都是莫大的恩惠，即便是短暂的，能享受就及时享受。

忒修斯当然有国王的风范，但他不像不可预知的大海那样撞击岩石、吞噬船只，所以我倾向于认为他身上流淌的血脉是王室的，而非不朽的神。但是，当我仔细观察之后——我像一只饥渴的动物在河边喝水那样急切地吸收着关于他的一切，在他的眼里，我看到了大海的冷酷和深不可测。他不是一只在汹涌波涛中跳跃的海豚，在阳光下闪闪发光，而是一条在混浊平静的海面滑行的鲨鱼——专注、有力、不可阻挡。得到这样一个人的关注确实让人感到兴奋。他的平静和自信像冰冷的海水灌进我的血管，抚慰我过于激烈的心跳。

我不再因为每一点声音感到焦虑，如果我们突然被米诺斯的卫兵包围，我也不会逃跑，或者为自己的生命下跪祈求。我背靠着岩壁，在他的故事中迷失了自己。

# 第七章

"虽然母亲隐瞒了我父亲的身份,但她总说我的诞生是伟大的。小时候,我梦想父亲是个英雄,远走他乡做着艰苦卓绝的事业,我希望长大后追随他的脚步,征服世界,让他为我感到骄傲。我想打败野兽,拯救公主,惩罚恶人,我以为他一定是这样的人。

"我 15 岁时见到了赫拉克勒斯,我想象中的父亲就是他那样的人,他的故事没有让我失望。他如传闻中那样高大魁梧,几乎跟房顶一样高。他身上披着一条狮皮,吓晕了好几个女仆,赫拉克勒斯将它随意搭在沙发上,我第一次见到时,以为一只猛兽闯进了家中,准备跟它搏斗一场。

"我愚蠢的行为逗得他哈哈大笑,不过他赞扬了我赤手空拳与狮子搏斗的勇气,于是我们之间建立了某种友谊,我当然无法与他相提并论,但是我钦佩他,渴望从他那里学到尽可能多的东西。

"我有太多要学的:他用钉锤打死了涅墨亚巨狮,解放了被它侵扰的城市,现在还把它的皮毛当作斗篷穿在身上;打败九头蛇海德拉;消灭了以人肉为食的斯廷法洛斯湖怪鸟和狄俄墨得斯的牝马;在一天之内打扫干净三十年未曾清理的奥吉亚斯的牛圈。这些故事对我产生了很大的影响。赫拉克勒斯说他用火烧掉蛇怪的头,徒手擒拿了那只令克里特蒙羞的公牛——'唉，可惜已经太晚了，你母亲的子宫里已经孕育了那只可怕的野兽'——我想，我也能够拿起战锤、火炬和弓箭，将这些怪物送上绝路，或者用自己的双手掐住公牛的喉咙，结束它的生命。他告诉我的不仅仅是伟大战绩，还为我展示了一个未来。

"我们用最好的红酒招待他，他喝醉之后泣不成声地透露：多疑善妒的赫拉让他发疯，杀了自己的妻子和孩子。我知道成为英雄伴随着痛苦和牺牲，但我依旧渴望这样的人生……"

忒修斯突然停顿了一下，回忆起朋友的痛苦经历，他眼中闪烁的泪光、语气中充满的崇敬，这些都深深触动了我。

"他教了我一些摔跤的技巧，所以我今天能够在场上打败那个野蛮人。他还指导我认识武器，甚至允许我使用他打死狮子的那把战锤。他教给我很多实战的经验，但他也告诉我必须学会思考。当他还在西塞隆山为父亲放羊时，有两个女人曾经拜访过他，其中一位劝他与美德为伍，人生将是一次艰苦历练，他要走过无数崎岖的道路才能到达顶峰，但一旦到达那里，他将拥有不朽的美名。另一位年轻女子则用诱人的口吻为他描述了沉溺于世俗快乐的生活。那样的一生轻松平坦、没有苦役和痛苦……"

说到这里，忒修斯欲言又止看向远处，我知道他一定也遇到过同样的选择。他身上燃烧着牺牲和荣耀的火焰，无疑渴望那条巨石铺就的美德之路。

"赫拉克勒斯当然选择了坎坷的道路，他的旅途比任何人都要艰辛和危险，赢得了举世无双的成就，虽然他付出了可怕的代价，但是一切都是值得的。

"终于，我也等到了证明自己的那一天。我推开了那块巨石，下面压着证明我父亲身份的剑和凉鞋。我不止一次听说过这位高尚、睿智的领袖，他是一个伟大的君主，注定成为这座不朽之城的领袖。我现在必须证明我有资格成为雅典国王的儿子，于是我踏上了征讨王子身份之路。我可以选择走轻松无忧的海路；我也可以走陆路，这一路满是强盗、罪犯和野兽。跟赫拉克勒斯一样，我知道该选择哪条路。"

忒修斯描述了科林斯地峡的险境。独眼巨人派瑞费特斯挥舞着铁棒却依旧敌不过忒修斯的拳头。阴险的斯喀戎乞求路人帮他洗脚，然后将好心的人踢进海里喂海龟，忒修斯于是把海龟的主人扔进了海里，让他自食其果。恶毒的西尼斯把旅行者绑在两棵弯曲绷紧的松树之间，然后放开捆绑的绳子，让松树把可怜的受害者撕成两半，留下残肢断臂。

听到这里我惊恐地倒抽一口气，忒修斯满意地露出坏笑。他继续说道："我以其人之道还治其人之身，他被松树分尸的时候发出的凄惨叫声我现在还记得。就这样，我一直向着雅典城前进，清除了道路上所有的杀人犯和怪物。"

"那条路上的旅行者肯定对你心存感激，"我说，"你拯救了很多人的生命。"我知道，英雄应该是勇敢的、正义的、高尚的、可敬的。我从来没有想过自己能够亲眼见到这样的人。忒修斯注视着我，我没有移开目光，他继续说下去。

"我终于到了雅典，我的家，我的城市。我以为证明了自己的价值和勇气之后，最艰难的旅程就要结束了。但我不知道的是，雅典藏着一条毒蛇，这片土地已被她的罪恶荼毒。比起打劫路人、头脑简单的野蛮人，她要更加邪恶和危险。她不需要潜伏在光秃秃的悬崖边或是城市边缘，而是堂而皇之地盘踞在城市的中心，因为她是我父亲的妻子，雅典的女王：女巫美狄亚。而我最艰辛的磨炼才刚刚开始。"

提到美狄亚，他不再侃侃而谈，每一句话都充满怨愤和鄙夷。

"这一路上的强盗、杀人犯和野兽像白蚁一样多，我走了很久，花了很多时间清理这些害虫。这段时间里,我父亲埃勾斯开始担忧他是否能有个儿子继承王位,他不再对我母亲的子宫抱有希望,凄凉的绝望吞噬了他。他担心自己永远不会有继承人,而他死后,雅典的统治权会被他最痛恨的帕拉斯的儿子夺走。

"他因为绝望变得软弱,无法抵抗美狄亚的邪恶魔法。"提到美狄亚,忒修斯看到我脸上的变化,"你听说过她吗?"他问。

我吓了一跳。"她的父亲是我的舅舅,不过我从未见过他和他的女儿。他是我母亲的兄弟,是太阳神赫利俄斯的儿子。但他住在遥远的科尔基斯,一个充满巫术和魔法的地方。"我低着头,双手交握。这是我们家族的另一个耻辱、污点。世人都知道美狄亚与英雄伊阿宋私奔了。她偷走了她父亲珍藏的金羊毛,赠送给她的情人。但是,伊阿宋为了另一个公主、一个可敬的女人抛弃了她。美狄亚用下了毒的斗篷杀死了可怜的情敌,并杀了她和伊阿宋的两个儿子,之后坐着赫利俄斯的战车逃到雅典。

忒修斯点了点头。"我当时并不了解她做过什么,否则我会在埃勾斯的宫殿里杀了她。她趾高气扬地把那里当成自己的领地。我隐瞒了自己的身份,打算等一个合适的时机骄傲地宣布自己的身份,给父亲一个惊喜。"

"美狄亚接见了我。"他使劲儿咽了一下口水,"金碧辉煌的宫殿令人惊叹,玉石柱子,玛瑙地砖——但是,当她嚣张跋扈地向我走来时,周围的一切仿佛化为烟雾。她姿态魅惑,像一条毒蛇。她很美,我不否认。但她周身散发着恐怖的气焰,像是尸体周围的苍蝇。她伸出苍白纤细的手假意欢迎我,那双手沾着她儿子的鲜血,连空气都被玷污了。

"她的青铜手环叮当作响;她的眼睛也是棕色的,温柔的颜色掩盖了她眼里猩红的恶毒。你眼睛的颜色也是棕色的,阿里阿德涅,你们都是太阳神的后裔。我不明白，同一棵树上怎么结出两种完全不同的果实。她的一切都是你甜美善良的对立面。"

说起美狄亚的美貌，我突然感到有点紧张。虽然忒修斯语气不屑，但我怀疑这其实是为了掩盖他的爱慕，她的罪行令他感到厌恶，但她的魅力也同样具有传奇色彩。

"那天晚上我见到了父亲。他热情好客，干练谨慎，我知道他是一名战士，因为他总是不动声色觉察着周围的一切，准备好应对任何突发情况。但我不知道的是，他是因为女巫编造的谎言而对我十分警惕。她告诉我的父亲，我是一个罪犯、篡位者，一个卑劣的杀手，我潜入皇宫是为了用暴力夺走皇位。国王允许她在我的酒里下毒，让我的邪恶计划被扼死在摇篮里。

"美狄亚与宾客谈笑风生，脸颊因为兴奋微微泛红。她怀里抱着一个孱弱的男婴，这也是她拴住埃勾斯的魔法。男婴似乎知道他兄弟的悲惨命运，所以害怕母乳的滋养，仿佛那是蛇蝎毒物，只要喝下去就会从体内喷涌而出。

"最后，她棕色的眼睛微笑着看向我，一时间，我就像一只飞蛾扑向她，迷迷糊糊向自己的厄运走去。我伸手去拿杯子，她灵活地从我手里夺过去。'忒修斯，'她躬着身体说道，'你的杯子空了，让我帮你满上，这样才能向国王敬酒！'她倒酒的时候眼睛一直盯着我。"

我猛地坐直了身体。尽管忒修斯已经摆脱了危险，现在就站在我面前，但想到他曾经深陷险境，我还是感到害怕。夜晚的空气有一丝寒意，我揉了揉手臂上的鸡皮疙瘩。

"我晕晕乎乎站起来准备敬酒，只觉得一股热流突然涌向头部，我不知道该说什么，思绪一团乱麻，浑身感到燥热不堪，笨拙不知所措。酒水浓烈，我已经喝了不少，挂在身侧的剑仿佛有千斤重，我扯了一下皮带想要放松一点。

"当最后一滴晶莹的酒水滴进酒杯，美狄亚抬起头，我伸手去拿酒杯，露出了腰间金色的剑柄。我父亲的呼喊声顿时驱散了我脑中的迷雾，周围的世界像玻璃一样再次变得清明。

"我还没来得及拿起桌子上的酒杯，埃勾斯就把杯子从我手里打掉了。美狄亚的酒泼洒在地上嘶嘶作响，黑色的木地板在被腐蚀的过程中冒着气泡。我愣在原地，父亲的呐喊在耳边回响，像战斗的号角。'我的儿子！'

"我看向父亲，他正盯着我挂在腰间的剑。这把剑是他留在特洛伊西纳的，只有他的儿子才能使用。

"美狄亚猛地退后一步。'冒牌货！'她疯狂大喊，紧紧抓住丈夫的胳膊，祈求他的目光，但他的注意力全在我身上。'埃勾斯，这不是你的儿子！'她慌乱地继续编造谎言，'我看到了他的灵魂，那是一个黑暗、肮脏的核心。这个人给你带来的只有伤害，你必须听我的，埃勾斯！在他跨入大门的那一刻，我就看到了你的死亡！我看到你在门外喘息，在冰冷的海洋深处喘息着，从高高的悬崖上跌落，都是因为他！'她开始惊慌失措地尖叫，可这些话显然没有任何用处——"

"埃勾斯认出了你！"我激动地打断了他。

他严肃地点点头。"美狄亚的孩子无法继承他的王位。我和埃勾斯都明白，那一刻我们达成了共识，我知道他把一切都看在眼里。他命令美狄亚逃跑，她被自己的裙子绊倒，泣不成声。她并没有暴跳如雷，没有施展魔法，也没有再次释放灵魂深处弑子的暴力。她逃跑了。她仿佛真的感到害怕了。这个强大的女巫被打败了，在我们面前的只是一个弱小无力的女人。"

"她去哪儿了？"我问。她背叛了自己的丈夫，让他失去了一个儿子，还蛊惑他去杀死自己唯一的继承人，还有哪个城市会接纳她。

忒修斯无所谓地耸了耸肩。"谁知道呢？但雅典已经摆脱了她可怕的存在，我立刻开始向埃勾斯学习如何统治这座城市。我要成为一个公正的国王，就像他一样，维护法律，确保正义与和平的统治。"

我突然意识到自己离他很近，他轻描淡写地说着自己惊心动魄的事迹，我被他的故事吸引、越陷越深。面对邪恶，他奋力击溃，不去衡量如何利用。他用灼热的光芒驱散恐怖和黑暗，注定会成为一位正直的统治者。他不会像米诺斯那样碌碌无为、冷酷无情，满足于用仇恨和恐惧统治克里特。我感到了一种从未有过的确信和安全感。我身边的忒修斯像一个锚，把我牢牢地固定在地面上，让我沐浴在阳光里。

就在这时，一个黑色的身影从岩石的另一边跳了下来，落在我们面前，手中笨拙地拿着一把沉重的战锤。

# 第八章

心跳骤停一拍的时间里,我知道自己还是能够感到恐惧的。我愣住了,语塞了一秒钟之后,难以置信地脱口大叫:"淮德拉?"

"阿里阿德涅。"她答应道,试图让自己的声音听起来很有把握,但音调高亢,暴露了她的兴奋。

"你怎么……在哪儿……你看见……其他人了吗?"我恨不得把所有的疑问一次性都问出来。

一旁的忒修斯熟练从容地接过她手中的战锤。他的身体蓄势待发,目光扫视着黑暗的地平线,仔细聆听。我只能听到海浪拍打岩石的声音和淮德拉急促的呼吸声。

"没人会来的,"她自信地告诉他,"皇宫里的人都在睡觉。每个人都喝多了,现在像猪一样在打鼾。我敢保证黎明前没有一个卫兵是醒着的,我们还有几个小时的时间。"

我们有几个小时。我们?

忒修斯在庇护我们的岩石周围巡视,身手像猫一样灵敏,几乎全程都躲在阴影里。显然他不相信淮德拉没有被跟踪。在他巡逻的时候,我抓住她的胳膊,小声训斥道:"你来这里干什么?你疯了吗?"

"不比你疯。"她回答,任性的语气使她的反驳更加尖锐。

"你怎么知道我们在这里？"我问道。

"我跟踪了你。"看到我惊讶的表情她感到无比自豪，"我跟着你去见代达洛斯，我跟着你到了监狱。我知道你想做什么。你看到他的那一刻我就知道你打算帮助他逃跑。"

"你跟踪我？那你这段时间都在哪里？"我问道。

她扬了一下眉毛。"在偷听。"

我很生气，并且对她轻易识破我的计划而感到难堪。她在月光下偷偷行动，虽然她身材瘦小，但充满了活力。我叹了口气。为了不让她卷入其中，我愿意付出一切。如果她受到伤害，那将是我的错。"你从哪里找来的这把战锤？"现在就算她胆子大到去搜刮军械库，我也不会感到惊讶了。

"这是我的战锤。"忒修斯插话说。他行动谨慎，我没有注意到他回来了。"她说的没错，没有人。看来宫殿是真的沉睡了？"他问她。

听到忒修斯的问话，她的声音就像奶油一样光滑。"哦，是的，狂欢过后，外面的世界对这里来说都不存在了。"她向他保证。"我从储藏室里取回了你的战锤，雅典的贡品都放在那里。"

我感到内脏一阵紧缩。如果有人找它怎么办？但忒修斯看起来很轻松，战锤在他手中显得那么自然，仿佛是他手臂的延伸，我感到更安全了。

"这把战锤使我成为雅典的王子。"他的声音让我联想到清凉的流水以不可阻挡之势穿过石头。"没有它，我根本不会在这里。谢谢你把它还给我。"他对淮德拉表示感谢，即使在昏暗的灯光下，我也能想象出她的脸有多红。

"你能继续讲下去吗？"她几乎是羞涩地问出口。她一方面为自己的胆量感到得意洋洋，另一方面却犹豫自己是否该要求他继续讲她本不该听到的故事。

他笑了。"当然,"他说,"我在雅典非常开心,我完成了试炼,未来是光明的。我开始履行王子的职责——照料畜牧场,主理争端,观察埃勾斯,努力成为和他一样伟大的国王。但此时,战争爆发了,帕兰提代向雅典进军,他们不服埃勾斯坐镇王位,对我这样一个强大的王位继承人感到不满。帕兰提代是帕拉斯的五十个儿子,他们不满足统治阿提卡,希望在埃勾斯死后夺取雅典。现在他们的希望破灭了,于是想用武力夺取。

"是帕兰提代杀死了你哥哥安德罗格斯。他们嫉妒别人的成功,安德罗格斯在比赛中取得的胜利激怒了他们。他们把他引到了那头公牛发狂的山坡,他在那里孤独地死去。我想让你知道,我当着帕拉斯的面,把他的儿子一个接一个都杀了,之后我把帕拉斯也杀了。是我为你哥哥报了仇。"

美狄亚的故事让我感到全身发冷。但这件事让我心中燃起一种骄傲和羞耻纠缠的怪异感觉。骄傲的是这个英雄手刃了杀害我哥哥的凶手;羞愧的是,我父亲用铁链锁着他,让他补偿已经不存在的债务。

忒修斯继续说:"我消灭了威胁这座城市的另一个敌人,给它的子民带来了足够的希望和信心服从我未来的统治。但是,可怕的哀愁依旧像乌云一样笼罩着这座城市。目之所及,都是黯淡绝望的面孔和女人的哭泣声。我问父亲,'他们在烦恼什么?是什么让他们哭泣、嚎叫、咬牙切齿?雅典城富裕繁华,法律公平公正,安全有保障。他们为什么深陷于这种绝望之中?'

"在过去几个月里,埃勾斯脸上那些被喜悦抹平的皱纹又回来了,比之前更加深刻地刻在他苍老的脸上。他无法与我对视。'忒修斯,如果当年你在这里,我们也许还有一线希望。差不多三年前,克里特岛的米诺斯国王派海军攻打我们，我们毫无招架之力。他的船只并联起来有地平线那么长，船帆气势汹汹地扬起，士兵们手持白蜡木长矛和坚实的盾牌，密密麻麻的弓箭和刀剑在阳光下闪闪发光。这样的武力对我们来说过于强大。我们战斗了，我们勇敢地战斗，甚至有可能打败他们，因为雅典人的勇气比克里特岛所有的财富都要强大。但宙斯偏爱他的儿子，应米诺斯的要求，给我们送来了一场瘟疫。'

"埃勾斯沉默了片刻，回忆往事，接着低声说着可怕的事实，'我们最强壮的士兵像苍蝇一样死去，尸体都来不及烧，臭气熏天堆在海滩，就像搁浅的鱼，因为太大，不能吃，在阳光下腐烂。整个国家的人在几个小时内就病倒了。葬礼跟不上死亡的速度。没有安葬的灵魂哭喊着，悲鸣声与幸存者的嚎哭混在一起。'埃勾斯说到最后声音颤抖，雅典再也坚持不住了，于是在所有人都死之前投降了。"

听忒修斯讲述我的家族对他的人民造成的伤害让我更加厌恶米诺斯，这种翻腾的感觉像是肚子里长了一个畸形的胎儿，远远超过我母亲所经历的噩梦。弥诺陶洛斯每年都会杀死雅典送来的祭品，我的愤怒已经可以把城市烧成灰烬。但是，尽管我恨米诺斯，我仍然是他的女儿，我忠诚于克里特岛和我的父亲对忒修斯来说也是意料之中的，他说不定认为雅典的苦难会给我带来欢乐。如果我哭了，他很可能会认为我是个骗子。我咬紧牙关，静静听着。

"埃勾斯仅仅是说起这件事都感到很痛苦，但他向我解释了你父亲提出的和平条约，"他摇了摇头，"我见识过强盗和小贼的堕落，其残忍的程度远无法与你父亲相比，当一个国王拥有了无尽的财富和不加限制的权力，他可以将最肮脏、最疯狂的复仇手段付之于行动。埃勾斯向我描述的情况超出了我迄今为止遇到的任何邪恶。"

十四个孩子，七个男孩，七个女孩，他们的人生还未开始，就被迫离开父母的身边,被带到这个地方,在米诺斯面前游街,以满足他的权力欲望,然后被活生生地喂给我的弟弟。

看得出来,忒修斯知道自己该做什么。怀疑和恐惧也不会让他退缩。他是毫不犹豫剔除人生道路上每一处威胁和不公正的那种人。

"抽签的那一天终于到了。皇宫里是令人窒息和压抑的沉默。我能感觉到它的重量压在我身上,就像是擎天之神阿特拉斯用肩膀支撑起天空的重量。赫拉克勒斯也曾承受过这种负担。我知道国王的职责是为他的子民撑起天空,即使他的背弯了,肌肉被撕裂,也要保证下面的人不被压垮。"

但米诺斯从未提起过特权和统治的可怕代价,也从未说过一个国王应该为自己的国家献出生命,可忒修斯显然认为这是一个不可否认的事实。

"第十三支签抽完之后,宫殿里黏着的紧张气氛开始慢慢消散,只剩下一个人就可以把这种耻辱抛在脑后一整年了。我站了出来,我不想再让另一个孩子面对这种恐惧,我要代替他去。"

淮德拉全神贯注地在一旁听着,沉迷于他坚定果断的英雄主义。毫无疑问,他肯定会为了自己的国家作出牺牲。他不会动摇或者困惑,也不会冷眼旁观或不情愿。他大步向前,一刻也不怀疑一个人的正确方向,也从不害怕挫折和障碍。如果他是我,肯定会斩断困住我的荆棘:我对那个怪物既反感又怜悯,我害怕米诺斯,但同时又忠于他;我对帕西淮充满了愤怒与爱。这些忒修斯都能用剑一扫而光。我渴望那种简单的认知,让我前方的路变得坦荡。

虽然他是出于正义的信念勇往直前,但我敢打赌,不是每个人都能像他这样看待问题。"你的父亲,"我问道,"他肯定不会允许你做这种事吧?"

他的眼睛扫过我，几乎是带着轻蔑的神情。"允许？他如何阻止我？为什么要阻止我？当然了，他劝我不要去，试图说服我留在雅典，帮助他建立海军，使我们能够对抗克里特。我留下可以做更多的事。但这可能需要数年的时间，这期间很多孩子会被送到米诺斯的迷宫里去送死，我不能允许这样的事情再继续下去。"他冰冷的目光投向我。

我想走进那道冰冷的光，让它熄灭我体内炙热的耻辱感，是我的父亲、我的弟弟、我的家族给他带来了如此多的痛苦和折磨。我想为自己的懦弱赎罪，一想到他带领海军攻打我们，站立在船头寻找战利品，我的脊背就充满凉意。我可能会跑到海滩上，匍匐在他的脚下，乞求这位伟大的指挥官烧毁我的宫殿，夷平我的土地，带我一起离开。幻想着过去、现在和未来可能发生的事，我就心潮澎湃。我渴望淹没在他清澈如水的信念之中。

"但是，埃勾斯说得没错！"淮德拉恳切的声音打破了此刻连接我和忒修斯的莫名情绪，"你应该组建一支军队！与其现在为一个人而死，还不如等到你能获胜，拯救所有人！"

她不明白。她不知道他为什么要来。她以为这是一种高尚但徒劳的行为。我差点笑出声来。听了他的故事，她仍然认为忒修斯是有去无回。

"淮德拉，"他的声音里有了一丝温暖和笑意，他的目光也不再冰冷，"你的胆量让我惊讶。你已经取得了与你的年龄和性别不相符的伟大成就。"他歪着头看着淮德拉送来的战锤，"但是，小公主，我下面要做的事，即便是对你来说也太过危险。我感谢你今晚所做的一切。我对你的感激难以用言语表达，我向你保证，我会千百倍地偿还。但我必须再请你帮一个忙，可爱的淮德拉，请你现在回到床上去，不要对任何人说起此事。"

他温暖的话语让她激动不已，但他用错了方法。"回到床上去？"她难以置信地回答，"我跟着你是为了帮助你逃跑。阿里阿德涅和我会引导你回到船上，这样你就可以回雅典，带着军队回来！这就是计划，不是吗？阿里阿德涅把你带到这里不就是这个原因吗？"

"公主，我想你不知道军队是干什么的，"忒修斯说，"如果你知道，你绝不会希望在自己的海岸看到任何军队。我并没有把战争带到克里特岛。我是来送孩子们一起进入弥诺陶洛斯的巢穴。这是我作为雅典王位继承人的职责。"

"如果你的骨头被碾碎撒在迷宫的地板上，你要怎么坐在王座上？"她反问。我不敢想象这个画面，但她无所顾忌。"你们所有的人都要被那个怪物吃掉，你的陪伴有什么用处？"

我想纠正她，那个怪物叫阿斯忒里昂。但她有权利不认可。他不是闪亮的星星，他是个野蛮的猛兽。她没有被母亲照顾他的记忆蒙蔽。她可以自由坚定地抛开这一切向前走。

忒修斯继续微笑着。她的质疑似乎并没有冒犯他。"我向你保证，公主，事情不会走到那一步。但我不能告诉你更多。我不会让你冒险。你必须置身事外。"

"那阿里阿德涅呢？"淮德拉大叫，"她无法对父亲撒谎。我可以保守秘密，即使用野马将我分尸我也一个字都不会说。但阿里阿德涅一被问到就什么都说出来了，你为什么不把她送走？"

"阿里阿德涅不会留在这里被盘问的。"忒修斯说。

淮德拉沉默了。"为什么？"

忒修斯瞥了我一眼。代达洛斯的话还在我的耳边回响，我知道忒修斯也是这么想的。"阿里阿德涅会和我在一起，"他平淡地回答，"今晚她冒了巨大的风险放我出来。她不能留下来。"

淮德拉喘着气说。"那我可以吗?没有阿里阿德涅?你……她……"她惊慌失措地来回看着我和忒修斯,"没有她,我不能留下!"急切的语气难以忽视。

忒修斯正要说话,我一只手扶上他的手臂阻止了他。"她说得没错,"我轻声告诉他,"她跟我一样不能再留在这里了。"我深吸一口气,"当你明天杀死弥诺陶洛斯之后——"淮德拉闻言倒抽气。我继续说着,这些话来自内心深处的某个地方,我今晚才说了出来。"当我离开时,米诺斯会怀疑她。我们必须带她一起走。"我们去哪里,我还不知道。忒修斯和我还没有讨论过这个计划。直到这一刻,我才确定他要带我一起走。此前我只知道我必须走。可我是以什么身份和他一起离开呢?他的人质?他的同伙?他的妻子?

忒修斯叹了口气:"阿里阿德涅,我不会拒绝你的请求。但她绝不能靠近迷宫,你也只能在迷宫外面等着。我杀了那头野兽之后就把人质带出来,我们一起带着他们上船。淮德拉那时必须在船上等着。"

她僵住了,以胜利的姿势握紧拳头,眼睛闪闪发光。"我一定准时在船上等着。"

"我的人离这里不远,"他告诉我们,"从这里看不到任何船帆的影子,但明晚,他们会划小船潜到东边的一个港湾等着,然后带我们上大船。我们要在其他人警觉前起航。第二天,东窗事发之后,我们已经远离这里了。"

淮德拉认真听着忒修斯的叮嘱,我却想着明天离开时脚下起伏的深红海浪。她捏了一下我的手,把我的思绪拉了回来。"姐姐,明天早上见。"她的眼睛像星星一样明亮,说完向宫殿的方向跑去,裙摆在身后飘荡。

淮德拉一下就不见了人影,跟她来时一样突然。只剩下忒修斯和我两个人。

"我很抱歉，"我说："我不知道她会跟着我们，我没有意识到——"

忒修斯笑了，还是那种无忧无虑、轻松的笑容。"这对你有好处，"他说，"她可以陪伴你。"

我吞咽了一下口水，不知道他是什么意思。如果我们到达雅典，我会变成孤身一人吗？他打算去哪里？

他向我靠近，用手指轻捻我的一缕头发。我感到无法呼吸，忒修斯占据了我存在的空间。"你应该会很高兴，"他继续说，"你的妹妹可以在我们的婚礼上跳舞。"

然后他吻了我。仿佛一道闪电，击碎了天空，颠覆了地面上的一切。他抽身用双手捧着我的脸，目光坚定地注视着我，我再次感到周围的世界静止了。虽然未来充满了混乱和迷茫，但我前方的路变得无比清晰。

我带他走出迷宫，他牵着我的手一起走剩下的路。我会成为他的妻子，站在雅典王子的身边，我们的生活将不同于我在米诺斯的大理石宫墙内经历的一切，也不同于塞浦路斯所能容纳的一切。

我把那团线递给他，过去几个小时里，我一直紧紧握着它，手掌上留下了深深的印记。"你明天进入迷宫后，"我告诉他，"把绳子的一端拴在门上，另一端牢牢地绑在身上。迷宫里没有光源，没有它，你永远找不到回来的路。克里特人绝不会进入那个地方，所以侍卫不会跟着你，但我可以进去，我会把你的战锤留在门边。如果你的同伴试图逃跑，他们会死在那里。让他们留在原地，你走在最前面。直走，不要拐弯。"

我能想象到他在黑暗中大步前进。腐肉的气息和骨折的声响不会让他却步，我弟弟的脚步声也不会惊动他。他根本无法想象自己可能会死。但我望着眼前鲜活的生命，感受着指尖稳定跳动的脉搏，我能想象出他被我弟弟撕碎、吞噬的场景。迷宫的永夜是不可摧毁的屏障，如果阿斯忒里昂在黑暗中冲向忒修斯，那可怕的犄角瞬间就会刺穿他，他甚至没有机会拿起武器反抗。

"我知道你经历过许多战斗，"我说，"但你不了解弥诺陶洛斯。你不知道他的力量。"泪水模糊了我的眼睛，我眨眨眼让视线变得清晰，以便能够看着他的脸，把每一个细节都牢记在脑海里。我不想忘记此刻任何一个瞬间。

"我会回到你身边的。"他温柔的语气击中了我，到目前为止，他一直都坚定有力，突然的温柔让我毫无防备。我顿时哽咽了，我想像藤壶一样紧紧地抓住他。"你必须在外面等着，"他说，"我会回来的，当我回来时，我们必须立刻行动，不能拖延。弥诺陶洛斯死后，克里特肯定会马上发动攻击。因此，我必须尽快回去，在雅典还脆弱的时候组建起我的军队。最重要的是，我必须在你被发现之前带你离开这里。"

一切都计划好了。我本该有很多疑问，但我知道，我会背叛自己的父亲，把死神送到弟弟的身边，用一团红绳把杀他的凶手带出迷宫。抛弃我的母亲。当然，还要离开克里特岛，永远不再回来。

这不是个简单的决定，但这是我唯一能做的决定。世界在燃烧，忒修斯是一潭阴凉的碧水。

"你现在要把我关回去吗？"忒修斯问道。

我笑了。"我别无选择。"我不知道我们在岩石边待了多长时间。虽然很短暂，但足以改变一切。我想待在他身边，但下一秒就有可能完全失去他。明晚之后，我们才能有未来，未来的很多很多年。我将成为他故事的一部分：在克里特岛，是爱情帮助忒修斯赢得了胜利。

我们蹑手蹑脚地回到他的牢房，平静的喜悦在我的血管里沸腾。

"千万不要丢了这个线团。"当他推开沉重的铁门时,我小声嘱咐。

他把我拉进黑暗的房间。"我不会放手的。"他承诺,"无论发生什么事,我绝不会弄丢。"

他把我推到墙上,我并不在意石头刮伤我的皮肤。他的吻很急切,像是给我打上了烙印。

"明天,"他的唇印在我的鬓角,声音变得沙哑,"明天,我们就自由了,海浪会带我们离开这里。"

我现在就渴望和他一起站在那艘船上。我谋划背叛家人,但我的身体也背叛了自己,双腿定在原地无法移动。"走吧,阿里阿德涅。"他对我说,但双臂像铁箍一样紧紧圈住我。

我心里突然感到一阵恐慌,脑子里警铃大响。我知道自己必须离开,但不知道如何离开他。这仿佛是违背本能,我身体里的每一根神经都因为他的触摸而燃烧。他放手之后,我梦游般地离开,穿过门口,回到院子里,门隔在了我们之间。我想冲着这道屏障大叫,但还是把钥匙插进了门锁,门锁被我手心的汗浸湿,沉重的门缓缓关上了。

我把头靠在木头上休息了一会儿,等待眼前的黑点消失,让脑中的杂音散去。这块古老的木头和铁板将我们分开,不知道忒修斯是否跟我一样在另一侧煎熬着。

但不会太久了。

# 第九章

我醒来的时候，黎明的第一缕曙光已经缓缓亮起。我不知道过了多久，但我并不觉得累，紧张使我充满力量，我比以往任何时候都更清醒。

趁着天还没亮，我迅速穿好衣服，偷偷溜了出去。世界很平静，正处于昼夜交替的完美平衡点，我感觉自己正立于某个转折点。今天的日出昭示着我在这里的日子结束了，我不知道新的一天会是什么样的，昨晚过去得太快了，像杂乱的梦境，我只知道自己异常兴奋，一切都不一样了。

太阳接近地平线，粉红色和琥珀色的光线呈螺旋状照亮天际。我的外祖父太阳神载着这颗火球缓缓在黑暗中攀升，为世界带来光明的早晨。我体内流着他的血脉，注定就是为了做一些特别的事情。帕西淮改变了世界，但波塞冬的怨恨让她诞下一个丑恶的毒物，禁锢了克里特，我们所有人都受到了影响。现在，我要像赫利俄斯一样抹去那片黑暗。

当我到达舞池的时候，世界已经沐浴在金色的阳光中。生命的骚动打破了黎明的寂静，高亢的鸟鸣和空气里阵阵暖意都预示着炎热的一天即将到来。我跳起轻快的舞步，听到的人肯定认为这是押送囚犯进入迷宫的鼓点，是迎接死亡的舞蹈仪式。我的舞蹈是庄严的，舞步是轻快灵动的，就像照亮天际的阳光一样划过舞池。今天，我要把握住自己的命运。我有资格成为英雄的妻子，我要证明这一点。我的故事不会充满死亡、痛苦和牺牲。我会在忒修斯的赞歌中留下名字：是这位公主拯救了他，消灭了祸害克里特岛的野兽。

我为这注定的结局和未知的开端起舞。宫墙之外，献祭的公牛发出悠长响亮的叫声。神殿里焚着香火，烟雾袅袅升起，为接下来以诸神的名义而奉献的鲜血做准备。我脚下的野兽正不耐烦地来回踱步，当太阳攀升到顶点时，弥诺陶洛斯在迷宫的黑夜中发出吼叫。

时间过得十分缓慢。我渴望和淮德拉单独说句话，但找不到合适的时机。我走到她的房间，希望只有她一个人，这样我们就可以好好谈谈了，意外地看到帕西淮正在给淮德拉梳头，把她金色的长发编成辫子。

帕西淮过去总是为我们梳头发。我还记得她的笑声和手指划过我脖子时的温度。她心灵手巧，把我的头发梳成不同的样式。那已经是很久以前的事了。但现在淮德拉耐心地坐着，帕西淮安静地编着辫子。

今天，雅典会哭泣，克里特的黑暗力量会让整座岛屿沸腾，而帕西淮是这一切的源头。这对她来说有什么意义吗？她异于往常的沉默不语，不问世事，开始关注外表的重要性。她是否也感到一丝骄傲，所以想把自己的小女儿呈现给世界？淮德拉完美无瑕，充满生命力。帕西淮的孩子：一个是英雄的殉道者，一个是可怕的野兽，两个美丽的女儿，还有一个是王位的继承人。今天，其他人的孩子会无谓地死去，她则为自己的孩子感到骄傲。

母亲看到我在门口徘徊。"进来吧。"她低声说道，抬头看了我一眼。我坐在淮德拉的沙发边上。"真漂亮。"帕西淮说。我不知道她是在说我、淮德拉，还是在自言自语。

她把最后几条辫子拧成一个皇冠状，围在淮德拉的头上。我们都没有说话，但这种沉默让人感觉很舒服。我知道如果淮德拉开口说话，她会把一切都说出来的。她的兴奋可想而知。今晚就要举行一场活人献祭，一个年轻的公主显得异常兴奋，这似乎不符合礼仪。

淮德拉从座位上滑下来，帕西淮转向我。她的笑容很甜美，但眼神是空洞的。"该你了。"她说，示意我坐在她面前。

她用梳子轻轻滑过我的头发，我的卷发散落在她手上。她轻柔地压着我的头，这种感觉是如此熟悉，但几乎快被我遗忘了，我顿时感觉到眼睛里涌出了泪水。帕西淮似乎很满足，我沉浸在这种感觉里，仿佛自己还是个小孩，没有帮助一个誓要杀了他小儿子的人，在一夜之间抢走克里特岛的怪物和公主。

房间里很温暖，阳光照射在石墙上产生的热浪让空气变得沉闷，我感到有些晕眩。帕西淮将我的头发装饰成淮德拉那样的金冠，我的眼睛变得沉重，我想起忒修斯拥抱着我，像是一股清凉的碧水将我托起，带我离开。潮水将我带到了广阔的海面，将我推向白色的浪尖。半梦半醒之间，我置身一片空旷的海洋。我知道，在某个地方，阿里阿德涅正坐在一间华丽的房间里，任凭帕西淮把沉甸甸的宝石装饰在她的头发上。但那不是我，我正在湍急的水流中旋转，远离家乡，不知道去往哪个方向。突然间，我感觉到脚下有沙子，我知道自己站在海滩上，但我不认识这个地方，我孤身一人，孤独将我的身体撕开了一个口子，我低头一看，只能看到沙子。

我睁开眼睛，突然感到一阵一阵的恐惧。房间里热得令人窒息，帕西淮停下了双手，发冠压迫着我的头。梦里那片荒凉的沙地异常真实。我抬起头，看到帕西淮的青铜色眼睛直勾勾地盯着我，自从弥诺陶洛斯被囚禁以来，她就再也没有好好看过我了。那一瞬间，我的目光无法移开。在异常安静的对视中，多年来未说出口的话重重压在我们身上。我想对她大喊："我今晚就要离开了！我永远也不会再见到你。"但话到嘴边就泄气了，说不出口。她依旧无动于衷，难以揣测的目光没有丝毫反应。

"你的头发很美，阿里阿德涅。"淮德拉喃喃地说道，抓着我的手臂站了起来。周围一切天旋地转，然后慢慢落回原地。我感到淮德拉的手加重了力量，传递给我一个警告。不要搞砸了，他需要我。

我不知道这一天是怎么过去的，但终于过去了。我有一个任务要完成，把忒修斯的战锤放在迷宫的入口处，我昨晚把它带回来藏在了沙发下面。这件事很容易。迷宫没有人把守，谁也不会愚蠢到乱闯野兽的巢穴。他的牛蹄声和粗重的呼吸声都让人感到厌恶。迷宫建在地下深处，一条长长的楼梯沉入地底，石墙和楼梯尽头紧闭的大门像堡垒一样。

我赶到那里时，已是傍晚时分。空气中弥漫着祭坛香火的味道。每个人的注意力都集中在太阳下山后的祭祀活动。神庙和神龛前堆着高高的祭品，为克里特岛祈求永恒的荣耀。当我的父亲祈求神灵赐予他力量，继续让希腊屈服于他脚下时，我走下石阶，确保他的祈祷无法实现。

门锁非常结实，但开门有技巧，扭转和抬升的规律非常复杂，但我知道方法。代达洛斯建造这座巨石宫殿时向我展示了门锁的秘密，我可以轻易抽出门栓，并且，不发出一点声音开锁。那是他为今天所做的准备吗？也许吧。他总是提前考虑很多事，预见所有的转折和变故。否则他怎么能设计出迷宫呢？当他把我的弟弟关在这里的时候，是否就想到了，将来有一天，我将为他的杀手打开大门？

我依次滑动门闩，虽然很重，但如果按正确的顺序操作，可以悄无声息地打开。随着咔嚓一声响动，门松开了。里面没有任何声音。我额头贴着门，听不到声音和动静。但我还没有推开门。我可以把门闩插回去。我可以离开。没有人会知道。但是，忒修斯在几个小时内就会走进去，当他伸手去拿武器的时候，光秃秃的墙壁旁边什么也没有。那具骄傲、强壮的身体会被弥诺陶洛斯狠狠摔在墙上，之后他的尸骨会慢慢腐败，冰冷的双眼无神地盯着黑暗。

我的额头冒出了冷汗。太阳渐渐西斜，但空气中还是弥漫着湿热。

我看着自己的手仿佛脱离了身体去推门。我所要做的就是拿起放在我脚边的战锤，向前走两步。

我深吸一口气，迷宫内飘出了浓重的腐臭味。黑暗中可怕的温热令人窒息。我不停咳嗽，止不住流泪，突然一个声响传来，我的身体先于大脑做出了反应。那是摩擦冲撞的声音，嘶哑的咕噜声，牛角划过石墙的声音。深渊的尽头，弥诺陶洛斯被惊动了。

我没有时间思考了，于是拿起狼牙棒冲进臭气熏天的黑暗里，摸索着门边，放下了武器。铁器撞击岩石的声音在空旷的迷宫里回响，我双手捂住耳朵，咬着牙忍住尖叫，迷宫远处某个地方传来了牛蹄声，和弥诺陶洛斯的低吼。

门在我身后关上了，我慌乱地寻找把手，黑暗密不透光，我摸着光滑的木头，看不见自己的手指。我双腿发软，脑子里因为恐惧一直在祈祷。我像无数丧命于此的人一样用力拍打着这座无情的大门，不在乎外面的人是否能够听到这里的响动。

他还认得我吗？我的弟弟。如果他在我逃出去之前先找到我，他能记得我的气味吗？就算他记得，结局会有什么不同吗？我现在无法分辨自己脑海里的声音和他的咆哮。他距离我越来越近了，犄角重重地撞击着墙壁，下一秒仿佛就要扑过来了。我终于摸到了门闩，推开了大门，回到了甜美的新鲜空气里，按正确的顺序把门闩插进原位，重新锁上了门。我瘫坐在地上。隔着岩石、木头和铁门的另一边，距离我几英寸的地方，弥诺陶洛斯沮丧、不满地呻吟着。

我逼自己站起来。事情已成定局。我和弟弟最后一次见面，他因为嗜血的本能差点要了我的命，这是我对他最后的印象。虽然他的童年是一段充满了耻辱、恐惧和怜悯的奇特经历，但我知道，这个世界少一只嗜血的野兽会变得更好。

## 第十章

我再次站在迷宫外时,天色昏暗,神圣的仪式已经完成。人质排着队走进迷宫,他们颤抖着,抽泣着。负责祭祀的神职人员已经离开。迷宫里面还没有任何动静,等待的时间超过了我能承受的范围。

我能想象到那些反胃的细节。忒修斯在腐朽的永夜里挣扎,无法逃离弥诺陶洛斯无所不在的追逐,直到疲劳让他彻底放弃。他被牛角顶起,摔到墙壁上,骨头摔得粉碎。弥诺陶洛斯的口唇沾满了鲜血,将他活生生撕碎。

忒修斯可能已经死了一千次了。我责备自己居然认为这是一个可行的计划。在黑暗中与比人类强大十倍的野兽搏斗,即便是忒修斯这样伟大的英雄也是不可能的。是我给了他虚假的希望,不知道他在临死前是否在诅咒我。

我控制不住嚎哭起来,绝望将我牢牢禁锢在石阶上。我只顾着享受忒修斯的爱,它像一件珍贵的外袍包裹着我,我难以掩饰的喜悦神明肯定都看在了眼里。为了这份爱,我想谋杀自己的弟弟,背叛我父亲的王国。可我做的一切,使我心爱的人死在了迷宫里,他倒在血泊中,只剩下骨头,永远留在了令人窒息的黑暗中,没有埋葬,无法安息。

迷宫另一边传来的敲门声不知道持续了多久,我抬起头才意识到那是什么。那不是公牛角的撞击声,而是人类指关节叩门的声音。这只意味着一件事。

我飞快地跑到门口,像宙斯的闪电那样迅速行动,当我移动最后一个机关后,门开了,恶臭再次渗出,但我什么也不在乎了。忒修斯从黑暗中走了出来,没有颤抖,没有受伤,没有死亡!我不顾自尊和矜持扑向他,任他的双臂紧紧地抱住我。我狂热地亲吻他的下巴,把头埋在他的胸前哭了出来,那团红色的线绳还绑在他的手上。他喃喃地叫着我的名字,轻柔地笑着,试图把我拉开,但我被未知的疯狂支配,不愿意松手。

"阿里阿德涅,"他抗议道,"我的爱人,我们必须赶快上船!"

我注意到他身后的骚动,其余的雅典人惊慌失措,焦躁不安地等待着。忒修斯成功地救了他的同胞。当我抱着他的脖子啜泣的时候,我把所有人的生命置于危险之中。

我退后一步,看着忒修斯。他的脸色灰白,长袍也被撕破了,但除了右上臂的一道伤口外,几乎没有其他搏斗的痕迹。我伸手去抚摸他的伤口,但他把我推到一边,紧握住我的手。"走吧。"他命令道。

他另一只手里拿着一只鼓鼓囊囊的布包裹,旁边是他的武器。月光下,我失神地看着狼牙棒表面沾满了鲜血和软骨。他带着我们绕过克诺索斯的城墙,趁着夜色走在最前面,确保没有人看见我们。他手里提着的那个东西有着令人不安的形状。

同行的十三个孩子没人说话,忒修斯没有留下任何一个人。日后,关于他的传奇故事和赞歌里不会有污点。他的英勇像皎洁的月光一样明亮坦荡地照耀着我们,引导我们沿着蜿蜒的小路走到一处小海湾,在海浪中劈开了一条银色的小道。我想踩着那道月光一样明亮的光束,坚定地走到塞勒涅隐蔽幽静的宫殿里。

但现在不是这样逃避的时候。三艘小船停靠在这里，旁边有三个人焦急地等待着。看到忒修斯出现后，三人脸上露出了灿烂的笑容，忒修斯随意伸手拉着我翻过岩石。我踉跄了一下，在潮湿的沙地上稳住了脚步。忒修斯拥抱了他的同胞，拍打他们的后背，无声笑着。

雅典人陆续登上小船。我转过身，扫视周围一圈。她在哪里？

两个接应我们的人划着船桨向远处等待的黑帆船出发，忒修斯松开我的手，把布袋扔到地上。

"忒修斯，淮德拉在哪里？"我问道。

他看着我，那双绿色的眼睛再次冷酷地注视着我。"她不在这里，"他回答，"我告诉她地点，我的人从日落开始就在这里等着，但她没有出现。"

我膝盖发软。她被发现了吗？为什么她没有来？我十分确信她是不会改变主意的。我哽咽着："我父亲……她一定是……如果他知道了……"

忒修斯摇头。"如果她被发现了，米诺斯的士兵会在迷宫门口和这里埋伏我们，她只是被耽搁了而已。"

我试图平复自己的呼吸。"你是对的，她是被耽搁了。但还要多久？"

他继续摇头，阻止我说的话。"我们不能再等了，阿里阿德涅，"他语气急促，"你妹妹没有来，我们不能为了等她，拿所有人的生命冒险。"

我无法理解他的话。"没有她我们不能走！"我脱口而出，声音异常尖锐，他不得不警告我噤声。"我们必须等待，我们不能……"

忒修斯挥手打断了我，无视我要说的话，心思都在他的目标上。他抖了抖布袋，几个重物滚落在沙滩上。忒修斯双手举起狼牙棒狠狠砸了下去，借着月光，棒子上挂着的每一片血肉都能看得清清楚楚。他挥棒狠狠砸下，我感到呼吸急促，胃里一阵翻腾。我别开眼，听到粉身碎骨的声音。他不停地砸，一锤又一锤，发出令人作呕的撞击声，原本依稀可辨的骨肉变成肉糊和碎片。

我看着忒修斯把弥诺陶洛斯的血肉和碎骨抛洒在沙滩上，一股灼烧的酸液涌上喉咙。阿斯忒里昂的寓意是光明使者，但我弟弟的存在是对这个名字的一种亵渎，现在，他残肢的碎片被随意丢弃在了这片沙滩上。

忒修斯拉着我朝小船的方向走。我试图挣脱他的禁锢，但他像一块巨石一样无法撼动。他把我拉进小船里，我再也顾不上低调隐秘，想要大声尖叫。

"阿里阿德涅，"他严肃的表情再次扼杀了我想说的话，"我会回来，回来接淮德拉。我明天会回来的，"他指着前面两艘船航行的方向，"我必须把我的同伴送到安全的地方，我不能拿他们的生命冒险。他们今天在地狱走了一遭，已经非常勇敢了，阿里阿德涅，请对这些孩子有点同情心。"他一边说一边划动船桨，海滩渐渐消失在我们的视野中。

我无言地注视着克里特岛，在岩石的黑色轮廓中寻找淮德拉灵活的身影，一想到她望着大海等不到那艘接她的船，我就感到心碎。

"我会回来的，阿里阿德涅。"他又说了一遍。

我看着他，第一次听到他这种略带乞求的口吻，此时的脆弱与刚才手刃弥诺陶洛斯时的决绝相去甚远。

"她勇敢、机灵，留在宫殿里很安全。有守卫看着她，她不会泄露我们的事情。你父亲肯定以为我们所有人都离开了，当他发现你不见了，会把所有的事怪在你身上。没有人会质疑淮德拉，更不会想到我们还会回去。他们肯定认为我们已经返回雅典了。我们现在要驶向离这不远的纳克索斯岛休整，然后，我会半夜返回克里特岛，带走淮德拉。我会把你的妹妹送到你的身边，阿里阿德涅。"他的眼神自由、清澈，无比真诚,我颤抖不止的身体终于平静下来。"我会把她送到你身边,"他深吸了一口气,"这样她就可以在我们的婚礼上跳舞。"

他说得有道理,我们现在不能冒险回去。人们随时可能发现迷宫的门开着,里面被洗劫一空。只要引起米诺斯的警觉,我们就不安全了。忒修斯固然很强大,但他不可能一个人对抗一个军队。我妹妹的确勇敢聪明,她什么也不会说的,我希望她对我们有信心,安心等我们回去救她。

一艘大船的轮廓隐约出现在忒修斯身后,他动作利落地划着船桨,慢慢靠近挂在船舷上的绳梯。

我身处大海之中,感到世界在脚下分崩离析。我联合这些人杀死了父亲最骄傲的武器和快乐源泉,我身后的路就像此刻倒映在水面的月光一样虚幻,踩上去,等待我的将是万丈深渊。

忒修斯托举起我抓住绳梯,每爬一步,手掌的灼烧感都加深一点。我的裙子被海水打湿,变得非常重,母亲精心编的辫子也散开了。忒修斯的手下扶我上船之后,我觉得自己在做梦,我怕醒来自己还在克诺索斯宫殿,雅典人都死了,我们还是活在弥诺陶洛斯的阴影里,永远无法解脱。

但现实是,弥诺陶洛斯已经死了。我正站在敌人的船上,独自一个人背井离乡,与一群陌生的男人同行。没有骑士会追查我的下落,捍卫我的荣誉。来抓我的人是为了复仇。我突然想到了溺水的斯库拉。

忒修斯轻巧地跳到甲板上。黑帆在微风中飘荡着。船员熟练地操作,各司其职,同时配合彼此工作。船在海浪中滑行时,甲板开始晃动。

忒修斯向我走来,双臂环住我的肩膀。这次他动作轻柔,我顺势靠在他坚实的身体上。

"跟我来,"他轻轻地说:"你的衣服已经湿透了。我们好不容易从克里特逃走,我可不想让伤寒把你从我身边夺走。"他带我穿过甲板,走向通往船舱的楼梯。

我跟在后面,心情突然变得异常平静。已经发生的事情,什么也改变不了。我以为自己现在可以淡定面对所有的事,但看见堆在楼梯底层的财宝还是大吃一惊。这些东西我并不陌生——宝石、珍珠项链、镶嵌珠宝的剑,还有华丽的衣物,无论是剑柄,还是丝绸的刺绣,上面都有双头斧的标志。当忒修斯在迷宫中与牛头怪搏斗时,他的人在洗劫皇宫。

"这里面肯定有干衣服。"他说完彬彬有礼地离开了。

皇宫被抢劫对米诺斯来说无疑是另一层侮辱。我抚摸着一件曾属于帕西淮的长袍,她已经很多年没有穿过了。拥有一些家乡的东西真是太好了。我原以为代达洛斯的吊坠是我唯一能从克里特带走的东西。我拿起帕西淮的长袍,指尖感受着布料厚重的质感。当母亲穿着这件青铜色的丝质长裙时,总是光彩照人。不知道我是否能像她那样。

\* \* \*

夜晚,我们航行在一望无际的海面上,即便我和忒修斯几乎没有交谈,他的存在也让人感到十分安心。我疲惫不堪,中途好几次都快睁不开眼了,但是他一直保持警觉,似乎在等待什么。接近黎明时分,天际燃起一条粉红的细线,我们终于看到了陆地,纳克索斯岛就在前方,山脉的黑色轮廓映在玫瑰色的天空下。我从未离开过克里特岛,于是趴在船舷边上，急切地看着家门外的世界。船上的人开始忙碌起来，只有我被视线中越来越清晰的岛屿深深吸引，不知不觉中，我又回到了小船上，忒修斯划船驶向海湾。

当我踏上纳克索斯岛的金色沙滩时，过去两天发生的事已经让我变得麻木，我不再担心或者害怕，甚至不知道自己是怎么上岸的。岛上的风景很美，浅水湾的海水晶莹闪亮，四周群山环绕。焦黄的灌木随处可见，低矮的树木为旅行者提供阴凉。

在我看来，这里没有任何生活的迹象，我们在哪里藏身休息呢。"你知道这个地方吗？"我问道："这里有你的同伴接应吗？"

忒修斯笑了，紧握住我的手，带我穿过海滩。"这座岛上没有人，"他说，"我们去克里特的途中在这里停留了一天。因为逃亡的时候需要中途休整，所以先来侦查情况，确认这里是否安全。"

他走得很快，目标明确。我的脚总是陷进松软的沙地里，追不上他的步幅。"这里安全吗？"我问。

"我们没有发现野兽或者强盗，"他回答，"现在似乎是座无人岛。"

"现在？"强烈的阳光晒得我头晕。

"有人似乎曾经在这里生活，"他说，"但那是很久之前了，现在这个岛只有我们。"他瞥了我一眼，"马上就到了。"他的语气软了下来。"我们在这里很安全。我会保证你的安全。"

我对他深信不疑，他简单直接的说话方式总能安慰我。我不时回想着这件事的严重性：我无家可归，我失去了所有的家人，他们绝不会原谅我。我知道这是事实，但我除了意识到这一点之外，还是无法感觉到这是真的。这个难以想象的诡异事实让我无法思考，只留下片刻怅然若失的感觉。

我与这些混乱的思绪博弈的时候，没有注意到自己已经停下了脚步。我抬起头，忒修斯正看着我，我们的面前是一座石头建造的房子，虽然很小，但是看起来很舒服。"你不是说这座岛上没有人吗？"

忒修斯微笑着附和："是很久都没有人住了。"说完推开门示意我进去。

房子里面有一股发霉的味道，我感到喉咙发痒。

"我想这肯定是神建造的。"房子里面有些暗，忒修斯一直没有松开我的手。

我们来到了一间狭长的厨房，我用手指抹了一下屋子中央的橡木桌子，微尘顿时飘了起来，在灰白的光线中盘旋。

"神？"我问道，"这么简陋的地方？"我不禁觉得有点好笑。神住在大理石宫殿，躺在豪华的沙发床上，用金色的高脚杯喝水。他们不会住在孤岛的石屋里。

"这里与世隔绝没有人打扰，他们肯定满意。"忒修斯的声音里有戏谑的意味。

"为什么？"神并不喜欢孤独。神因为被崇拜而强大，喜欢堆满祭品的神坛，为凡人的祈祷而忙碌。

小路尽头出现了一条狭窄的石梯，我跟着忒修斯走了上去，石阶的表面已经被磨得平滑。

"为了藏起自己的情人，让她不被世界发现。"我们走到楼梯尽头绕过一个角落进入另外一个房间。

屋子中央的床十分宽大，上面铺着丝绸和天鹅绒。忒修斯说得没错，这里的奢华有别于其他部分的俭朴，这是一张神的床：也许宙斯曾在这里跟凡人幽会，远离他善妒的妻子赫拉。如果真是这样，这里的女人现在怎么样了。宙斯有很多风流韵事，但他不擅长保密，赫拉疯狂的报复成了无数传说故事的主题。无论是无助的女仆或是尊贵的公主，付出代价的总是女人，赫拉的妒火将她们烧成灰烬，或者把她们变成熊或者母牛，流放到没有庇护的地方。这值得吗？违背约束人类的规矩，与神躺在一张床上。

房间里的空气突然变得沉闷。我跟那些凡人女人一样，打破了所有的规矩。一束阳光从高窗洒进房间，远处传来海浪拍打海岸的轻响，但忒修斯的人和被释放的雅典俘虏不知去向。远在克里特的父亲发现我的背叛之后，会命令卫兵到处追捕我。但在这里，我和忒修斯不会被任何人发现。

我强迫自己迎上忒修斯的目光。我的确是打破了约束我们的社会规则，但这样做能救更多的人？事已至此，我还有什么可失去的吗？

我没有立足的地方，但我有忒修斯，他会保护我的安全。除了在他身边，我在这个世界上没有任何位置。而我自第一次见到他的那一刻起，就只想待在他的身边。

明天，忒修斯会把我的妹妹从克里特偷偷带到这里，参加我们的婚礼。今天只有我们两个人。

我重新燃起了勇气、叛逆和欲望，就像我在克诺索斯对他动心时的感受。我内心没有任何疑虑，拉过忒修斯，和他一起躺在了这张为神准备的丝绸天鹅绒大床上。

# 第十一章

我醒来之后，立刻感到有些不对劲。房间里漆黑一片，周围有异常的空旷的感觉。我知道忒修斯不在我身边，突然感到有点恐慌。

他在哪里？我裹着丝绸，走到窗前。窗户很高，窗口很小，我必须伸长脖子才能看到外面。星光已经变得微弱，现在是黎明时分。

房子里很安静。我不知道忒修斯的人前一晚在哪里休息，但这里只有我们两个人。忒修斯昨晚从储藏室里取出了一些食物——腌肉、干面包和橄榄，还有一种浓厚的甜酒，都是他们来时留下的。我感觉这是场宴会，忒修斯躺在我身边，一只手肘支撑着身体，啜饮着酒，眼睛在我身上游走。但我很肯定他现在不在储藏室，房子里实在是太安静了。

光滑的丝绸贴着皮肤有些冰冷，我渴望忒修斯温暖的怀抱。房子里黑影幢幢。"忒修斯？"我喊道，微弱的声音颤抖着。我知道不会有人应答，但我还是希望听到他令人安心的声音。有他在，与世隔离也变得令人向往，陌生的感觉变成了兴奋。感觉我和他是世界上最后两个人是很刺激的，但感觉自己是最后一个人是很可怕的。

房子里没有什么可找的。楼上只有一个房间，里面有一台被遗弃已久的织布机，上面落满了灰尘。坐在这台织布机前的女人是什么样的人呢？是多久之前的事了？她是否把这里发生的事都织进了挂毯里？看到这一幕，我突然感到很绝望。她已经不在了，关于她的所有证据都消失了。

我急忙走下楼。厨房里昏暗寂静，一切和昨天一样。我用拇指在桌子上画出的那条线还在。楼下还有一个放着一张躺椅的房间，但忒修斯不在那里。我推开走廊尽头的门，外面是一座正方形的小院子。院子中央有一座大理石雕像，那是一个留着卷发的年轻人，脸上洋溢着肆意的笑容。他一只手里握着酒杯，这是狄俄尼索斯的标志，他是沉迷美酒和享乐的酒神。此时此刻，在这个冷清的院子里，他的快乐变得极其可笑。

我走到支撑屋顶的两根柱子之间，望着黎明的天空，没有粉色或金色的日出。这个清晨被缥缈的云雾笼罩。我再次呼喊："忒修斯？忒修斯？"

他可能去岸边跟他的人汇合了。也许他计划今天一早出发，正在做准备工作。他肯定想让我多睡一会儿，当出发的时间到了，他就会赶回来叫醒我。今天是我们结婚的日子，我必须好好休息才能成为光彩照人的新娘。这个孤独的清晨说明我的丈夫体贴入微。

我把裹在身上的丝绸往上提了提，离开房子越走越远。太阳出来驱散了雾气，我四下看了看试图辨别方向。向西望去，夜幕仍然笼罩着岛屿，沉睡的山脉隐藏在黑暗中。我转向东方，用手挡着阳光迎着黎明，小心走在坑坑洼洼的路上，我扶着一块巨石环顾四周。

海面一望无垠，起起伏伏的海浪冲上沙滩再退下去。到小屋的路很陡，我靠着的石头摇摇晃晃伸出坡道边缘。初升的太阳在海面洒下橙色的光，我顺着那抹颜色看向远处，难以置信地看到一艘大船驶离。飘扬的黑帆毫无疑问是忒修斯的船。

他们把我们留在岛上了吗？他的手下背叛了他吗？为什么？这没有道理。忒修斯是雅典的英雄王子，他所做的一切都让雅典人为他感到骄傲。为什么不带他走？

如果，他的人没有离开他……

我口干舌燥，垂头丧气地靠在岩石上，几乎掉下悬崖掉进海里。"等等！回来！"我喊不出声。

忒修斯以为我会跟着他吗？如果他意识到我不在船上，会马上下令掉转船头，他会奋力划着小船来接我。

他为什么觉得我已经上船了？我对这里一无所知，怎么可能在天还没亮的时候找到去海边的路。

我愣在原地，感到全身冰冷。突然，我想到了什么，体内似乎有一股巨大的能量爆发，我必须到海滩去。我必须想办法把他们叫回来。也许他们留下了一艘小船，我可以追上他们。我跌跌撞撞地在悬崖边来回奔跑，试图寻找去海边的路，难以抑制的悲愤从胸口喷出。我大喊大叫，但黑帆船无动于衷继续航行，从我的身边带走了忒修斯。我从陡峭的山崖边滚了下去，石头划烂了我的双脚。我喘着粗气，在沙滩上踉踉跄跄。大船已经变成了海面上的一个小点。太阳升起来了，向四周投射出耀眼的光芒。

我四下查看，不明白发生了什么。海滩上没有人，火堆似乎也熄灭了很久。恐慌的利爪再次扼住我的喉咙。

船帆是黑色的。雅典人出发时挂着黑帆，是为了哀悼有去无回的年轻人。埃勾斯乞求忒修斯，如果他能凯旋，就换上白色的帆。船帆仍然是黑色的。难道忒修斯死了？他摔倒了，撞在岩石上，砸破了脑袋？几个小时前，我还躺在他温暖的怀抱里。

我不知道哪种可能性更糟糕——忒修斯抛弃了我，或是意外死了。我膝盖发软倒在地上，身上的丝绸已经破烂不堪，粗粝的沙子刺痛我的皮肤。我看着远处渐渐消失的黑点，声嘶力竭地呼喊，直到嘴里尝到了血腥味。

我宁愿被他绑在船后、扔在海里溺死,也好过这种残酷不见血的杀戮。我在滚烫的海浪中挣扎,还能看见他谴责我的眼神。而现在,他在我睡着的时候悄悄离开,甚至没有时间换上胜利的白帆就迫不及待地上路了。我胡思乱想,不知所措。

我双臂抱着膝盖让自己不再颤抖。肯定是事出有因,他肯定有什么别的理由。当我能站起来时,我肯定会找到答案。他们一定留下了线索,我能找到原因,他们会回来的。等我站起来,我就会找到答案的。现在,我只能坐在沙滩上,远方的船消失在无尽的蓝色深渊中,留下我一个人在纳克索斯岛。

# 第十二章

我盯着大海不知道过了多久,好像这样做能让忒修斯的船开回来。终于,我能控制自己的身体站起来。我心底仍然希望他留给我一个信息,一个保证:他抛弃我只是暂时的,一切都会过去。

但我找到的东西像冰水一样浇灭了这种焦灼的期待。熄灭的火堆旁放着一个捆得齐整的包裹。腌肉。树叶包裹的奶酪。一桶水,还有一些忒修斯和我前一天晚上喝剩下的酒。橄榄。面包。这些补给足够一个人生存五天,或者六天。

我告诉忒修斯迷宫的秘密,十四个雅典人都活了下来,我弟弟死了。作为回报,他把我流放到一座无人岛,给我一个星期存活的时间。

我摇晃着站起来,喉咙里溢出一声呜咽。我脑中砰砰作响,一时间仿佛听到了熟悉的牛蹄声。一座螺旋阶梯缓缓出现在我的面前,把我吸进了阴暗的深渊。不知道是因为阳光猛烈,还是我从早上开始就没有进食,突然眼前一黑,脸颊上传来沙子的触感,我终于失去了知觉。

\* \* \*

我醒来的时候已经是傍晚了。我的头发和脸上都沾满了沙子,泪水浸湿的卷发结成了块。我渴得厉害，拿起忒修斯的人留下的水桶，倒了一碗水，大口大口地喝。然后，我猛地停了下来。水温热，没有什么味道，但十分润喉，我想一直不停地喝。但我不能。我不知道这一桶水我需要喝多久。绝望给我的骨头灌了铅，让我的血液沸腾。如果我现在全部喝完，会有什么不同吗？如果我把它倒进沙子里，又能怎么样？水很快会蒸发，而我就在这里等死。除非……

我向海滩两边望去。忒修斯曾说过，他们在岛上没有发现任何野兽。但我不知道是否该相信他。

我拉紧裹在身上的床单。我现在有什么选择，渴死？被饥饿的野兽吃了？我把手塞进嘴里，遏制住想哭的冲动。突然间，一个更可怕的念头出现在脑海中：米诺斯的海军怎么办？他现在应该已经召集了一支舰队开始搜寻我们。我知道他对背叛父亲的斯库拉做了什么。他会怎么惩罚自己不忠诚的女儿呢？

我跌跌撞撞站起来，收集他们留下的食物。我害怕遇见一只饥饿的熊或者野狼，更害怕看到克里特海军深红色的船帆出现在地平线上。水桶的重量令人安心，我转身按原路返回。忒修斯昨天带我走的斜坡比较平缓，但我不相信自己能找到那条路，所以我必须爬今天早上的陡坡。

我拿着食物和水，还攥着床单遮住自己的身体。虽然没有人看见我，我也不需要保护自己的名节，但我还是不敢扔了这块遮羞布。这座岛昨天还让人觉得如此亲切浪漫，现在却充满了敌意和危机。我哽咽着，知道自己一旦开始哭就停不了，像厄科一样，为虚荣、冷酷的那耳喀索斯哭泣，最后变成了一声微弱的回响。那样的死亡充满了诗意。没有痛苦。在这座孤岛上，等待我的恐怕是截然不同的终结。

我艰难地爬着陡峭的岩石小路，呼吸急促。我看不清面前有什么，但满脑子都是恐怖的画面，一想到弥诺陶洛斯的血肉散落在克里特的沙滩上，我刚灌下去的水就变成酸液涌上来。我手按在满是汗的额头上，闭上眼睛，一下接一下深呼吸。继续走，阿里阿德涅。我对自己说。当我抬起头来时，松了一口气，房子就在前面不远的地方。

我把水和其他东西放在院子的阴凉处。现在，黑暗几乎完全笼罩着这座岛屿，地平线上只有一条微弱的橙色线条，没有米诺斯的船的迹象。

当米诺斯得知忒修斯一个人返回雅典，他会来找我吗？他肯定怀疑是我帮助了忒修斯，我的失踪毫无疑问证实了这个猜测。但是，如果他听说忒修斯独享荣耀，身边没有协助他的新娘，他能推断出发生了什么事吗？

如果他知道了真相：我众叛亲离相助的英雄抛弃了我，把我一个人留在纳克索斯岛，他会浪费一艘船来接我走吗？他还能想出什么比这样的流放还要残酷的惩罚。我感到心脏猛地一揪。米诺斯的冷漠将是对我的惩罚。我在这里自生自灭，无人安葬和悼念，他根本不需要抓我回去。没有人给我举行葬礼，就意味着我不能进入冥王哈迪斯的幽暗国度。如果，不，当我死在这里，我孤独的灵魂将永远被困在这个孤岛。米诺斯根本不需要来找我。

我木讷地转过身，走进屋子。床铺凌乱，一切都保持着早上离开时的样子。我解开沾满污渍的丝绸床单，爬到柔软的床上。我的四肢因疲劳而疼痛，心脏因痛苦而燃烧。我抚摸忒修斯昨天躺过的位置，描画着他的轮廓，那种快乐是无法想象的。我把被子紧紧裹在身上，假装那是忒修斯的手臂，在这种永恒的痛苦里，疲劳压倒了绝望，我睡着了。

我梦见地平线上出现了一艘黑帆船，离我越来越近。我跑到海滩上，头发披散在身后，悸动的心怦怦直跳。忒修斯乘浪而来，我扑向他，海水把我们俩都淋湿了。他的怀抱温暖、安逸，他双臂环着我越抱越紧。海浪汹涌澎湃，但忒修斯牢牢抓住我，我们一起掉进冰冷的海水中。昏暗的水中几乎看不见任何东西，但忒修斯仍然抱着我。我不需要空气或阳光，只要能被他紧紧抱在怀里，我可以永远待在这冰冷的海水中。当我回抱他时，除了水什么都没有，鼻子、嘴巴里都灌满了水。我疯狂尖叫，但在海水的重压之下，只吐出了几个无声的气泡。我就这样，孤零零地坠入黑夜一般的深渊。

我从梦中惊醒，喉咙因为尖叫变得沙哑。金色的阳光透过床头狭窄的窗户照进来，但我的悲伤仿佛冰冷、无尽的海水，冲走了所有希望。

忒修斯走了，他走了，他走了。

我无处可去，但我不想在这张床上多待一分钟，不安的情绪侵蚀着我，我穿好衣服——我仅有的一件青铜色丝绸礼服。对于一个被流放的囚徒来说，这是个不常见的选择，我不是公主，不是共谋，也不是妻子。

我手忙脚乱，动作僵直，笨拙不堪，每当听到轻微的声响，都不由自主寻找另一个人的身影，不知道是该惊恐还是高兴。这样的错觉会在未来孤独的日夜里困扰我。当我的意识逐渐涣散，我会听到楼梯上传来脚步声，我的心会因为忒修斯的归来而喜悦，然后又变得恐惧，因为来的人可能是一个强盗，一个海盗，或者一个绝望的水手。甚至有可能是来复仇的神，毕竟我犯下了很多罪行，应该受到惩罚。也许我懦弱的眼泪和绝望的祷告打扰了金色大厅里的宴会，某个神决定让我永远沉默。

夜晚，我被无尽的黑暗吞噬，耳边传来嗒嗒的牛蹄声音和哞哞的叫声，我抓着被子，拼命想把自己埋起来，屏住呼吸，直到眼冒金星，才不得不伸出头大口呼吸，但是害怕一旦睁开眼就会看见最恐怖的画面。

时间在漫无目的的散步中度过。我不敢去岛上别的地方探索。我在沙滩和悬崖边散步，望着宽阔平静的大海，不见任何船的影子。

我靠着忒修斯留下的物资勉强维生。肚子里的空虚感似乎并不是饥饿。嘴里的食物索然无味，像是咽下去一块石头，沉甸甸压在胃里。我很渴，但几口水不能缓解头疼欲裂的感觉。我每天在海滩和房子之间徒劳徘徊，身上的青铜色丝质长裙被晒得褪色，沿路的石头撕开了裙摆。

我以异常平静的心态考虑着尽快结束这一切，但是忒修斯没有留下好用的刀子，可以有效刺穿我不忠的胸膛，让我得到仁慈的终结。我站在悬崖边思考着从这里跳进贪婪的大海中，在失重下落的瞬间体会短暂的自由。不过，我害怕最后被淹没的瞬间。我尖叫着想要呼吸最后一口空气，冰冷的水灌进肺里。比害怕更可悲的是，我仍然抱着一丝希望。希望忒修斯会怜悯我，会心软，回来救我。

在一个沉闷的下午，我在院子里看着太阳从天空的一端移动到另一端，突然发现房子外面有一株葡萄藤。我之前怎么会没有注意到，弯曲粗壮的藤蔓缠绕在一起，青翠的叶子在微风中摇摆，藤上挂满了晶莹饱满的紫葡萄串。

我一直躺在石头上，虚弱无力，更别说在烈日下行走。但那些葡萄给了我希望。我的食物所剩无几——一小块变质的面包，也许还有一把橄榄。还剩下多少水？我只知道根本不够。我严格控制喝水的量，我知道没有水意味着什么。看着那串葡萄，我舌尖几乎可以品尝到甜美的果汁。兴奋和喜悦的感觉给了我力量，自从黑帆消失后，这是我第一次真正看到了希望的曙光。我不明白自己为什么现在才看见，它们仿佛是在我最需要的时候一下子出现的。我急忙走过去，生怕它们会突然消失不见。饥饿感突然袭来，我摘下一串葡萄，急切地塞进嘴里，我被压抑许久的食欲也回来了。

这些葡萄是个启示，是个教训，让我知道真正饥饿的时候，食物是多么珍贵。在过去几天里，我小心翼翼地吃着越来越少的腌肉，面前这熟透的水果简直是一个奇迹。如果岛上有更多这样的礼物，如果我能够找到足够的食物活下去……

我停了下来。希望一闪而逝。这有什么用呢？就算我找到了浆果、坚果和树叶维持生命，我一个人在这里怎么活？

我是一个流亡者。我是个叛徒。我被抛弃了。我一无所有。

忒修斯离开后，绝望像铅块一样沉重地压在我身上。我的痛苦像是被开膛破肚的伤口，劈开我的正是忒修斯。我现在有了另一种情绪，但我已经没有空间来容纳它，所以我尖叫，大声愤怒地尖叫。我语无伦次地漫骂着，向忒修斯发射浸过毒、燃烧的箭头，骂出我自己都不知道的话。我想诅咒的还有米诺斯、波塞冬。这些男人，这些神，玩弄我们的生命，当我们没有用了就抛在一边。他们嘲笑凡人的痛苦，甚至完全忘记我们的存在。

"如果不是因为我，你早就死了！"我在悬崖边大喊，"如果不是我救了你，你已经在迷宫里腐烂了！你不是英雄！你是个不忠的懦夫！"我瘫软在地上，没有力气再继续下去了。强烈的挫败感让我泪流不止。为了成全忒修斯的荣耀，我牺牲了自己的弟弟。当他吹嘘自己在克里特岛杀死牛头怪、将他挫骨扬灰的时候，不会提起我的牺牲、我为他做的一切。他也不会提起自己是偷偷从我身边溜走的。那次可耻的撤退不会出现在他的故事里。曾经，那些关于他的传说故事深深吸引着我和妹妹。究竟有多少内幕未见天日？在我之前，他已经有过多少个女人了？她们跟我一样，被他引诱，被他欺骗和背叛，被他夺走了所有的胜利和自己的生命。我想到了淮德拉。她也爱着他，都写在她脸上了。他也离开了她，毫无疑问，是故意的。他肯定从未想过带她走，她从来都不是计划的一部分。在他离开我之前，他先离开了她。

我跪在地上，呼吸因愤怒而变得困难，仿佛被浇了一盆冷水。我用手捶打着身下的石板。自从他离开后，我只想着一件事，就是当他回来的时候，我要飞奔进他的怀里，紧紧抱住他，乞求他留下。现在，他归来的幻想变成了猩红色，我不再去拥抱他，我要用双手把他的头给拧下来。

我又发出一声尖叫。葡萄有什么用，一点希望的碎片能有什么用？我抓起剩下的一串葡萄，扔到悬崖边的岩石上。我握紧双拳，葡萄汁像鲜血一样从指缝间流出。这让我想起了忒修斯手上沾染着我弟弟的血，而我下体流出的血说明我没有怀上忒修斯的孩子，他什么也没有留给我。我会孤独地死在这个岛上，没有人会为我哀悼。

# PART II

第二部

# 第十三章

## 淮 德 拉

我站在岩石上，搜寻着空荡荡的海面，一晃就是几个小时。忒修斯说得很清楚，我知道自己没有记错。所以我待在原地，安静地等着他。高大的克诺索斯宫殿立在身后，遮蔽了天上的月亮，周围什么也看不见，但我等了很久。我相信忒修斯绝对能成功走出迷宫。我知道阿里阿德涅有着怀疑和恐惧，但我姐姐总是什么都害怕。我跟她不一样。我出生在弥诺陶洛斯的时代。我不害怕美好的一切被毁灭，因为在我有记忆之前，一切已经被毁了。我在黄金时代的残余里长大。阿里阿德涅知道失去一切是什么滋味，但我一开始就一无所有。

我想着忒修斯讲的故事。他强壮，英勇，善良。我知道他不可能失败。我也不会让他失望。那一夜，我一直坚守在岩石上，直到黎明在我难以置信的注视下打破天空。天怎么已经亮了？没有夜幕的掩护，我们不可能逃离这里去希腊。

我从岩石上爬下来，搜寻海面上是否有船的迹象，身上的每一块肌肉都抽筋酸痛。我偷偷跑回宫殿。是船出现什么问题了吗？忒修斯、阿里阿德涅还有其他人此刻是否躲在某个地方，无法离开？如果是这样，我应该帮他们转移注意力，等到晚上再行动。我必须回去，假装对这一切完全不知情。他们的生命很可能取决于此。

我总是避开通往迷宫入口的台阶，但这次我鼓足勇气，蹑手蹑脚地走到边缘，向下看去。我很确定，非常确定，他现在已经死了。我很勇敢。我可以看一眼。

我俯身越过楼梯边缘，血液涌上头部。我闭了一下眼睛，然后逼自己睁开，凝视着黑暗。一阵微风吹过，天色渐渐亮了，迷宫常年上锁的大门被风缓缓吹开，门撞击石头的声音让我心头一惊，我双手紧握在胸前。

迷宫的门开了。也就是说，忒修斯成功了。他和其他十三个雅典人，还有阿里阿德涅都不在这里，但他们不可能凭空消失。我快速地思考。我应该绕到宫殿前面，那里可以从另一边观察海上的情况。我对这个计划很满意，趁着天还没完全亮溜过去。

我以为宫殿里还没有人醒来，当我绕过拐角，走到位于克诺索斯前方的柱廊时，宫墙上方传来一声喊叫，回声在长长的柱廊里回响，引起了所有看守的注意。我口干舌燥。难道他们在忒修斯逃跑之前就看到了他的船？他们是否在我刚才等待的海湾寻找我？我的心痛苦地扭动着，我应该待在原地的。

当我抬头观察离我最近的一个看守时，发现他正仰望着天空，而不是大海。他在看什么？我悄悄地靠近，手扶在一根粗壮的柱子上，海面上什么也没有。我抬起头，一只巨大的鸟突然出现在眼前，它身边还有一只体型较小的鸟，它们的白色翅膀笨拙地拍打着。我从来没有见过这种丑陋、怪异的鸟。但是，就在我眼前，难以置信的事情发生了，这只鸟变成一个我熟悉的东西。

一个有翅膀的人。穿过黎明时分迷蒙的天空，飞向初升的太阳。

"是代达洛斯！"一个守卫喊道，我离得太近，被他的声音吓了一跳，"是代达洛斯和他的儿子！"

我瞪大了眼睛。周围的士兵也是一样的表情。他们本应采取行动追捕，但你如何追上一个冲上云霄的人？我们能做的只有入迷地看着这个奇迹。他们飞行的动作很笨拙，但实在是不可思议。这位伟大的工匠一定是为他和小儿子发明了这对翅膀。可爱的伊卡洛斯总是羞涩地对我微笑，我们一起玩的时候，他时刻准备好执行我的命令。我为他感到难过，他在一只怪物的身边长大，但他没有我所拥有的特权——终有一天，我会跟着父亲为我挑选的丈夫离开这个被诅咒的岛屿。

我摇了摇头，清醒一下疲惫的大脑。代达洛斯和伊卡洛斯是囚犯，锁住他们的是黄金枷锁，但依旧是枷锁。米诺斯永远不会让一个天才的头脑挣脱他的控制。代达洛斯不会冒着失去儿子的危险逃跑，除非他想出一个万无一失的办法。虽然现在他们在天上起伏伏很是狼狈，但米诺斯的守卫却无能为力，旋风带着他们越飞越高。

我微笑地看着他们，但心仍然很慌乱，不知道这个计划的同谋会有什么下场。父亲和儿子在被囚禁了这么久后自由飞翔，这真是太壮观了。我从远处都能看出天空中两个小点的喜悦。较小那个飞得更高，伊卡洛斯轻盈的身体有些不稳。代达洛斯谨慎地停留在较低的位置，他抬起头看着儿子，伸手稳住他，伊卡洛斯失去平衡，俯冲了一下，接着向一边歪斜，再次恢复平稳。

伊卡洛斯却浑然不觉。太阳升起来之后，他大声欢呼，笑声传遍了整片海面。他追随着赫利俄斯令人眩晕的弧线，跟着那辆金色战车升入蓝色的天空。他欢快地大笑尖叫，听不见父亲在下面警告他，于是警告声变成了绝望的请求。男孩的翅膀上的白色羽毛开始脱落，起初只有一根、两根，然后像一场仲夏的暴风雪一样漫天飞舞。

伊卡洛斯的小身影最后挣扎着上扬了一个巨大的弧度,紧接着像石头一样坠入冰冷的海里,羽毛在他身后呈螺旋状散落。海浪淹没了他的头顶。他消失了。

我倒抽一口气。代达洛斯摇摇欲坠,不知道自己是否也会坠落。大海吞噬了他的儿子,他在混乱中旋转,巨大的白色翅膀包裹住他的身体,然后再次展开,他被风带走了。仅仅几秒钟,他就消失在了天空中。

我周围茫然的卫兵终于意识到发生了什么,大家开始行动,急着向米诺斯汇报。每个人都战战兢兢,生怕自己第一个说出来招致他的愤怒,但同时也害怕太晚报告而受到惩罚。甚至没有人注意到我目瞪口呆出现在这里。海面平静空旷,伊卡洛斯再也没有了踪迹,我的心都碎了。他刚刚那么充满活力和喜悦,但下一刻就消失了。我无法理解这一切。计划成功了:弥诺陶洛斯死了,代达洛斯也逃离了克里特岛。为什么我还站在这里,像这些惊慌失措的守望者一样迷茫和困惑?我别无选择,只能跟着他们一起进宫,打探一下是否有阿里阿德涅、忒修斯和其他雅典人的消息。我必须逼自己疲惫的大脑想出另一个计划。

*　*　*

我难以置信地看着王宫里的米诺斯。父亲一贯冷酷镇定,他的威严支配着我的一生,但此刻的他抓着自己的头,像个疯子一样大喊大叫,他狠狠地跺着脚,鞋都被踩坏了。我环顾四周,母亲站在离我几英尺远的地方,她头发松散披在肩上,目光定格在王座上方的海豚壁画上。蓝色的彩砖闪着光,她是否想象自己是一只海豚,在温暖的水中潜游,远离这座宫殿,远离这个在宫廷里咆哮的暴君?我确信看到她脸上闪过一丝微笑。

我慢慢向她靠近。"母亲?"我壮着胆子说。

她转过头看着我,眼睛里有一些我从未见过的东西。

"母亲,发生了什么事?"我问道。

"是忒修斯。"她说,我的心口一阵刺痛。"他不见了,消失了!迷宫的门开着,人质不在,也找不到他们的尸体。你姐姐阿里阿德涅也不见了。没有人知道阿斯忒里昂在哪里,也许是逃到山上去了?"她的声音突然充满希望,变得高昂。她还是第一次一次性跟我说这么多话。

"他们都不见了,没有任何线索吗?"我问,想要再次确认。

她摇了摇头。"宫殿里的财宝也被偷了,"她低声说,"黄金、宝石、衣服,所有的东西都被拿走了。"她听起来并不关心这些。她大概正在担忧,自己生下的怪物终于自由地在山上奔跑,连根拔起树木,吃它看见的所有的东西。

"他们为什么要拿走——?"我不明白,但我得小心说话。我用鞋尖描画着脚下的马赛克拼图,图案是弥诺陶洛斯的犄角和流着口水的下巴。一种可怕的想法出现在我的脑海里,我真希望打爆牛头怪的人是自己,而不是等着忒修斯为我们做这件事。

我又向帕西淮靠近了一步。米诺斯已经彻底失态,他气急败坏地详细描述着要如何报复、惩罚。但他心知肚明,我们这些看着他的人也都知道一个事实——如果他失去了地下迷宫里那头横冲直撞的野兽,这一切都将毫无意义。我确信他有能力造成一些威胁,但他现在的实力就跟他的迷宫一样空洞。他虽然有军队和武器,但他似乎突然变成了一个小孩,因为最喜欢的玩具被抢走了而乱发脾气。

在米诺斯的统治下，我们一生都活在恐惧中。我胆战心惊地等待着他的怒火，等待着滚烫的泪水在眼眶打转，抗议的话被打断。可现在，鄙视产生的邪恶快感流过我全身。他毕竟只是个凡人。

门外传来一阵骚动。信使喘着粗气、脚步匆匆地走进来，小心翼翼地递交报告，祈祷米诺斯的火不会撒在他们身上。我也鄙视他们，不过我也急切地想得到更多的消息。

"陛下，"第一个人喘着气说，"我们按照您的盼咐搜查了代达洛斯的塔。"

"然后呢？"米诺斯叫道。

"他有诱饵，陛下，他一定是把食物残渣放在高窗上喂海鸥。每当海鸥上岸时，他都设置好诱捕的陷阱，不会杀死它们，甚至不会伤害到它们，只是为了从海鸥身上取一些羽毛。"

米诺斯瞪着眼前无助的人。"多久了，需要多久才能收集到你们早上看到的那么多羽毛？"

那人垂下了头。"我不确定，陛下。也许是几个月。"

代达洛斯在忒修斯抵达之前就已经准备了很久。他预测到了多少，猜到了多少，花了多少时间猜测？我渴望拥有他不动声色的睿智，他了然一切的温和眼神，还有他温柔的声音。我真希望能跟他说说话。

"几个月，"米诺斯厉声说道，"他花了几个月的时间筹备背叛我，你们这些无能的傻瓜没有一个怀疑过！我不是下令要密切观察他的一举一动吗？难道你们没有每天检查他的住处吗？"

沉默的大厅里充斥着无言的指责、怀疑和恐惧，空气仿佛都要燃烧起来。每个人都知道代达洛斯头脑精明。米诺斯才是傻瓜，认为自己可以囚禁一个比自己聪明得多的人，并且想要永远利用他的聪明才智。

米诺斯继续问："那么，他是怎么把羽毛变成可以飞的翅膀的？"

回答的人似乎很后悔急着报信。他看着米诺斯不时低垂的眉毛和双头大斧旁紧握的拳头，迟疑地说："他用铁丝做了框架，那是建造宫殿时需要的材料，没有什么能引起怀疑的地方，陛下。他肯定要了多余的材料建构翅膀的框架。他用烛台上的蜡把羽毛粘在一起。这应该就是伊卡洛斯坠落的原因——太阳的热量融化了蜡。"他说完再次默默盯着地板。

"出去！"米诺斯吼道，"滚出去，你们这些白痴。"

无需说第二遍，所有人都争先恐后想离开。但另一支搜查的队伍已经回来了，最前面的人拿着一个沾满污渍的布袋。布袋里渗出恶臭的黑色液体，我感到一阵反胃，不想知道这个麻袋里装的是什么。

"米诺斯国王！弥诺陶洛斯的尸体找到了！"

帕西淮猛地转身。我别过头，无法承受她空洞幽暗的注视。

"在港口西边的海湾，就在外伸的悬崖下方一处隐蔽的地方。那一定是忒修斯逃跑的地方！他们一定是绕过纳克索斯直接向雅典出发。"

港口西边。忒修斯让我去港口的东边，那里的山崖刚好挡住了现在这个人说的隐秘的海湾。我头脑疲惫混乱，竭力试图理解这些信息。

说完，他举起了布袋，一股令人作呕的味道从里面飘出来，大厅里的人都后退了一步。"我们把野兽的头带回来了，只是一些残留的部分。"听到这里，众人纷纷用手捂住脸。

一颗连着皮肉和骨头的头颅闷声砸在了克里特贵族每天都经过的大理石地板上。我还没来得及闭上眼，就看到公牛的角裂开，断了。

帕西淮的尖叫声回荡在空旷的大厅里。她凄凉的嚎叫声越来越高，大殿里的每根柱子似乎都在颤抖，我以为房顶要塌下来，把我们全都埋葬在这里。但下一刻，她突然失声倒地，头骨撞击在坚硬的石板上的声音让我的脊背发颤，不知道为什么，我无动于衷地站在原地。

米诺斯跨过他妻子瘫倒的身躯。

"备船。"他命令道。

四周出现骚动,大家需要找点事做,任何事都行,只要能尽快离开这里。

米诺斯不再吼叫或咆哮。他冰冷的声音几乎像是耳语,"我们立即起航。"

# 第十四章

## 阿里阿德涅

我一时冲动毁掉了葡萄藤和上面的果实,我知道自己离死不远了,麻木的平静再次降临。这不是之前近乎昏迷的状态,我现在很清醒。我的眼泪已经流干了,我从诅咒和谩骂中得到了净化。冷静下来思考之后,发现我的物资只剩一些残渣。我在这里还没见过活物,除了偶尔一闪而过的蜥蜴,爬行的昆虫,以及在广阔的天空中快乐飞翔的小鸟。毫无疑问,水里有鱼,其他地方肯定有别的动物。但问题是我不知道如何找到它们,即使我能抓到一个,我也不知道该怎么做。无论是长着皮毛或者鳞片的,我不确定自己能够赤手空拳结束一个生命,生吃它的肉。我能变成一只野兽吗?

我不害怕——或者说不那么害怕。我已经接受了现实,取而代之的是理解。我是自愿离开克里特岛的,我也知道自己再也不能回去了。雅典的孩子不会再被当成祭品送来,颤抖着走向那个黑暗的地下深渊。也许用我的生命换取这样的结果的代价是公平的。

晚上我怀着平静的心情入睡,第二天早上我决定到海边去走走。大海一直是我的朋友,看到它总是能抚慰我的灵魂。但忒修斯弃我而去之后，大海变成了嘲弄我的敌人，我拼命祈求它把他带回来，但它回应我的只有空旷平坦的海面。今天，它将再次成为我的朋友。我要坐在温暖的沙滩上，远远望着闪闪发光的海浪。

  我鼓足勇气喝完了剩下的最后一点水。当我把空桶放下时，还是感到有些害怕。也许我应该继续探索小岛，说不定能找到泉水。但我犹豫了，"这对你有什么好处，阿里阿德涅？"我已经习惯了周围的安静，被自己的回声吓到。放弃似乎是如此轻松的选择——去海滩躺下，让睡意带我离开。真是这么简单吗？如果我仔细搜查这座岛，有可能碰上其他危险，最后神志不清、口吐白沫痛苦地死去？可我一旦找到泉水，就能延长我在这里孤独的日子。

  我突然觉得墙壁像坟墓一样包围着我，我需要离开这座房子。我匆匆穿过院子，来到悬崖边上，额头靠着岩石的粗糙表面，目光投向大海。我每天都搜寻着地平线，等待着救赎我的船帆出现，但什么也没有。只有一片代表厄运的蓝色的深渊。

  但此刻，当我看着那条海天相接的线时，一个小点出现了，那个点离这里越来越近，变得越来越大，最后，一艘船清晰出现在我的视野里。一艘驶向纳克索斯的船。

# 第十五章

## 淮 德 拉

在最初的震惊和混乱中,帕西淮一点用都没有。米诺斯离开后,她从王宫的地板上爬起来,发狂地收集那头野兽的遗体,把它们紧紧抱在胸口恸哭不止,不在乎头发、胸口和脸上都沾上可怕的血污。

我厌恶地转过身去,想要呼吸凉爽的新鲜空气,让它吹走恶臭和痛苦。但我向外看去,红色的廊柱外,太阳照在石墙上的热浪闪烁着微弱的光。

没有人问起阿里阿德涅。仿佛她只是忒修斯的人抢走的财宝一样。米诺斯根本没有询问我是否知道任何事,他们对我视而不见,发誓要报仇,不停诅咒代达洛斯和忒修斯。

我再次被遗忘了。忒修斯抛弃我是阿里阿德涅的主意吗?我不相信温柔的阿里阿德涅会有这种想法。但如果不是亲眼所见,我也不会相信她有能力把忒修斯从牢房里救出来,背叛米诺斯。是什么地方出错了吗?是误会吗?我脑海中充满了疑问,只有忒修斯的脸是坚定不变的。他看阿里阿德涅的眼神充满渴望,而她回望的样子,仿佛他是世界上唯一的人。

也许我恰好是挡在他们之间的人。

我没有阿里阿德涅那种对待帕西淮的耐心，她为了那头野兽的残骸狼狈地趴在地上，我感到愤怒而不是同情。她还有另外三个活着的孩子，但这么多年来她一直把我们当作空气。当丢卡利翁登船前往吕基亚时，她几乎没有意识到自己又失去了一个儿子，一个可靠的人类儿子。现在阿里阿德涅也失踪了，而她只为了一个一开始就不应该出现的异类而哭泣。我全身心都在抗拒地上那摊血肉模糊的东西，但我不能把她留在这里，我跪下来扶她站起来。她泣不成声、胡言乱语地说着什么，扶着我的手臂站了起来。

我本想让海水带走弥诺陶洛斯的残肢，但我把他带到了皇陵，让他与克里特岛的其他国王葬在一起。如果其他人跟米诺斯一样，那么弥诺陶洛斯不会是最坏的一个。我想她应该很感激我，但我不会和她一起待在埋葬死人的地方。我留下她一个人在黑暗中哭泣。

一直以来，等待事情发生都与我的天性相悖。但那一天，我不知道自己还能做什么。我去了海湾，寻找任何可能隐藏的信息，任何与阿里阿德涅或忒修斯相关的线索。海浪在沙地上翻滚，像往常一样，我没有得到任何启示。最后，太阳落山了，我一无所获地回到克诺索斯。

回去的时候，我绕道皇陵查看帕西淮是否还在那里。门开着，一个柔和的声音从里面传出来。不是哭声，是歌声，是一首低沉、朴实的赞美诗。弥诺陶洛斯出生前，母亲就不再唱歌了。几乎被遗忘的旋律勾起了一些模糊的记忆。她的脸一闪而过，但是面带微笑。我双臂抱着自己，拖着脚步离开。我不想靠得太近。她正跪在棺椁旁边，一块厚厚的布仁慈地遮住了堆在上面的东西。

月光照在墓园华丽的门楣上。帕西淮的歌声结束了，她的轮廓隐没在月光和阴影中，饱受摧残的美丽几乎让人无法忍受。她举起双手用指甲狠狠划破自己的脸颊，鲜血在脸上留下几道细细的血痕。我忍了一天的眼泪慢慢涌出眼眶。

"很快就会结束了。"

身后传来一个男人的声音，我猛地转身，呼吸变得急促。

"对不起，淮德拉，我不是故意要吓你的。"

我按了按被汗水打湿的额头，也许是感到良心不安。"拉达曼迪斯，我没有听到你走过来。"

他伸出一只布满皱纹的手，轻轻地放在我的肩上。"你累了，亲爱的。"他亲切地说。他朝着墓园的门点了点头，他灰色的发丝在微风中拂动着。"我的意思是，你母亲的守夜很快就会结束。"

"她真的爱那个东西吗？"我不知道自己被这个问题困扰至此，以至于脱口而出，"她知道它是什么，她怎么还能这么悲伤呢？"

他抿了一下薄薄的嘴唇。白纸一样苍白的皮肤皱在一起，脸上的皱纹越来越深。他问道："她是为那头野兽感到悲伤吗？也许它的死还有着其他意义。当年的事彻底击溃了她，弥诺陶洛斯的死代表一切真的结束了，她终于可以哀悼了。"

我惊讶地看着他。从来没有人这样理解帕西淮。我已经习惯了众人对她的猜忌和如影随形的流言蜚语。拉达曼迪斯充满同情心的话让我一时间哑口无言。我后悔曾经对他出言不逊，只看到他因年迈而颤抖的四肢和虚弱的声音，我称他是克里特最糟糕的丈夫候选人。米诺斯看中的希尼拉斯见证了我们家族进一步的堕落，现在已经回到了塞浦路斯。阿里阿德涅也找到了忒修斯，少女的最宏伟的梦想已经实现了。但我姐姐现在在哪里？

"你父亲突然离开，我暂时接替他的职责。"拉达曼迪斯见我对帕西淮无动于衷，说起了他的来意，"但我向你保证，公主，这只是形势所迫。我已经派船去吕基亚接你哥哥回来，王位是丢卡利翁的——至少在米诺斯回来之前。"他看起来很忧虑。不知道他对米诺斯草率的离开有什么看法。

我点了点头。"谢谢您。"

帕西淮微微挪动站起来。拉达曼迪斯向我礼貌地点点头，然后蹒跚离去。我站在原地，等母亲动作迟缓地走出来，她的脸上沾满了自己的血，头发凌乱地散落在脸上，衣服也被撕破了，但她的眼睛看着我，没有躲闪。

我搂着她，带她回去。

\* \* \*

米诺斯可以带领海军驶向雅典，但事实上我认为他不敢。忒修斯轻易地击败了他，打开了他的迷宫，把弥诺陶洛斯的头骨像鸡蛋一样敲碎扔在沙滩上。米诺斯不能冒这样的险再输掉一场战争。但他复仇心切。所以他出发是去寻找代达洛斯，抓住他或者杀死他，我想他自己都不知道。

可是谁能抓住这个最聪明、最狡猾的人？米诺斯这点自知之明还是有的。他知道代达洛斯可以轻易找到能保护他的强大的盟友，以他的学识和技术作为交换条件。米诺斯不可能对这样的人大动干戈。所以，几天之后，他就让他的人乘船回去了。他自己乔装打扮，徒步从一个城市到另一个城市进行搜寻。当士兵们独自回来之后，我想他一定是疯了。

接下来的几天，大家都惶惶不安。我们没有米诺斯和阿里阿德涅的消息，接丢卡利翁回家的船也不见踪影。克里特不安分的贵族早已蠢蠢欲动。我感到我和帕西淮的命运岌岌可危。尽管拉达曼迪斯受到众人尊重，但他只是一个老人，横在渴望权力的年轻人和触手可及的王位之间。我每天都观察进出港口的船只，越来越焦虑。上一次见到我哥哥时，他还没有成年，我希望他从叔叔那里学会了如何统治一个城市。当熟悉的猩红色船帆出现时，我终于松了一口气。

我匆匆赶往码头，没有人以失仪的名义阻止我。我推搡着聚在一起的商贩，港口停靠着很多船，海风吹动着船帆发出巨大的声响，人们不得不相互大喊。我紧盯着从王室的船上走下来的那个身影，他比周围的人都要强大和瞩目。我挤开旁边的人，不理会旁人不满的惊呼和抗议。

他长高了，比我最后一次看见他时要高得多，但他的笑容还是一样的。心地善良、热心的丢卡利翁，又回到了我身边。在他踏上码头的最后一步时，我冲上去拥抱他，他踉跄了两步。

他大笑起来。"淮德拉！"

"你回来了！我太高兴了！"这是我唯一能说的话。我依偎在他的胸口，感受着他温暖的手按在我的后背。

"很抱歉，我被耽搁了，我在雅典停留了一下。"

我僵住了，向后退了一步。"雅典？你——你看到阿里阿德涅了吗？"我不敢问这个问题，但还是说出了口。

他的脸色阴沉下来。"我有阿里阿德涅的消息。我会在宫殿里解释这一切。"他扭头看了看周围熙熙攘攘的人群，包围着他的护卫和四面八方投来的好奇和质疑的目光。当人们认出他是谁，有人点头示意，嘈杂的交谈声安静了下来。

他是国王的儿子，即使大部分人没见过他，也都对他毕恭毕敬。我想知道这是什么感觉，国王的女儿没有这种力量。不过看到克里特岛还没有公开发生叛乱，我终于松了一口气。我紧跟着他的步伐，急切想知道姐姐的消息，卫兵在我们身边排成庄严的队伍。

"我们的母亲，"他一边走一边悄悄地问我，"她怎么样了？"

我考虑了一下。"她每天都变得坚强一点。"我不知道拉达曼迪斯对她的评价是否正确。她哀悼弥诺陶洛斯的死是为了哀悼自己悲惨的遭遇。"我想她找到了某种平静。"当然，让人窒息的米诺斯消失了也很有帮助。她显然能够自由地呼吸了。

他点了点头。"很好。"我惊叹于他崭新的力量，他看上去十分自信，信步走上老旧的楼梯，进入他的宫殿，至少目前来说，这是他的宫殿。当我们走到前门的柱廊附近，顾问、贵族和仆人都涌了过来，但丢卡利翁打发他们离开。"我有足够的时间处理国家事务，"他说，"现在，我要和淮德拉说句话。"

我突然有点紧张和兴奋。

他把我领到一间觐见室。他熟记王宫的布局，仿佛他昨天才离开。最后，我们终于单独在一起了，而我只想知道一件事。

"阿里阿德涅呢？"我问道。

他慢慢呼出一口气。我无法读懂他眼中的神情，时间慢慢过去，我感到血液流动似乎停止了。我再也受不了这种沉默，他终于开口了。

"阿里阿德涅已经死了。"

他不用说，我已经知道了。我的姐姐，美丽、善良又勇敢。

"忒修斯把一切都告诉我了。他们一起谋划杀了弥诺陶洛斯，当天晚上乘着他的船逃走了，经过一个叫纳克索斯的小岛时停下来休息。他和他的手下扎营，而她单独在另一个地方休息，以保护她的贞洁。第二天早晨，他去叫醒她时，发现她被一条毒蛇缠着，身体已经冰冷，她已经中毒死了。忒修斯说那条蛇肯定是神派来的，体型十分巨大，他与蛇搏斗了很久，最终杀死了它。他向我保证，他们离开之前为她举行了正式的葬礼。他回到雅典之后，向祭司询问这件事，祭司告诉他是狩猎女神阿耳忒弥斯释放了巨蛇，惩罚阿里阿德涅背叛她的父亲和国家。"他沉重地叹了口气，"忒修斯很遗憾地把这个消息告诉我，我很抱歉，你也要分担这个不幸的消息，小淮德拉。"

我哽咽着说不出话来，皮肤感到针刺，仿佛有蚂蚁在身上爬过。我想象着她躺在一条毒蛇的怀里，身体僵硬，没有了生命。"为什么是阿里阿德涅？"我终于说出口，"为什么只有她受到了惩罚？"

丢卡利翁一只手抚着下颚。"罪行是她的，淮德拉。我理解她为什么这么做。但她这样做是反抗米诺斯，背叛克里特。忒修斯是我们的敌人，她帮助了敌人。"

"我们的敌人？"我发出了自己都不熟悉的高音。"他拯救了我们所有人！"

"他的确帮了我们一个大忙，让我们摆脱了弥诺陶洛斯和献祭。"丢卡利翁真诚地点头，"我现在只想与雅典和解，我对他们没有怨恨。"

"但阿里阿德涅付出了代价。"我低声说。

他沉默了很久。"我们还没有付出代价，淮德拉。"

我抬起头来。"你是什么意思？"

"米诺斯离开，不知道什么时候才回来。我们没有了弥诺陶洛斯，克诺索斯随时都面临叛乱的危机。现在，我们不能与雅典为敌。但我们已经两次把他们的孩子当作祭品喂给了野兽。如果忒修斯没有杀死它，我们还会夺走他们的王子，这样下去，雅典会牺牲无数的人，这个可怕的仪式将永远没有终结的时候。我们无法轻易得到雅典的友谊。"

"他能杀死弥诺陶洛斯，全都是因为阿里阿德涅！"我忍住说下去的冲动。不知道什么原因，忒修斯没有把我拉进来。也许阿耳忒弥斯无情的目光也忽视了我的存在。

"说得没错。"丢卡利翁的眼神若有所思,他理智地分析,"所以雅典人应该明白,米诺斯的孩子跟他不一样。我们可以向他们保证,米诺斯的暴政已经结束了。我们可以把最大的敌人变成盟友。但是,仅仅承诺是不够的。我们需要做出赔偿,赢得他们的信任。最重要的是,我们必须避免战争,克里特岛已经如履薄冰,任何一点儿混乱都会让我们陷入万劫不复之地。"

"他们凭什么要信任我们?"我问道。我完全不明白他的意思。

"我们把雅典的二十八个孩子扔进了吃人的迷宫,"他慎重地说,"我向忒修斯提议,我们也送一个克里特的孩子去雅典。"

我愣住了。

"你,淮德拉。当你成年后,嫁给雅典国王。联姻可以赢得他们的支持,抵消他们的怒火。你肯定明白这其中的道理。"

"雅典国王?"我惊恐地问道:"你想让我嫁给埃勾斯?"

他马上摇了摇头,大笑出声,然后立刻整理了一下自己失态的样子,继续讨论把我卖掉的事,"不,不,埃勾斯已经死了。忒修斯说,阿里阿德涅的死让他悲痛欲绝,他忘了把他的船帆从黑色改为白色。埃勾斯每天都站在悬崖边望着大海,等待雅典的船回来。当他看到挂着哀悼的黑帆的船时,以为自己的儿子死在了克里特的迷宫。于是心灰意冷的他扑向大海。忒修斯走下那艘船时,已经成了雅典国王。"

也就是说,我们又夺走了一个雅典人的生命。难怪丢卡利翁觉得他做了一个公平的交易。在外人看来,我们占了便宜,克里特岛只失去一个女孩。

"他爱阿里阿德涅,"丢卡利翁温柔地对我说,"你代替她联姻,他也会慢慢爱上你的。他对我们家族非常友好。我们很幸运能有这个机会。"

"那么,五年后,我要去雅典?"我不确定地问。

他摇了摇头。"我们不能指望他们相信我们会遵守承诺。你要尽快出发。"

我瞪着他。

"他们会照顾好你的。雅典城宏伟美丽。你在那里会生活得很好。"

毫无疑问，每个雅典人都会恨我，我的出现是提醒他们米诺斯夺走的一切。丢卡利翁把联姻描绘成雅典和克里特之间的团结，但他把我变成了人质，换取不堪一击的和平。我后退几步，用手捂住嘴。我本以为他带来了救赎，可他只是把一种奴役换成了另外一种。

* * *

我哥哥说到做到。第二天，一艘满载珠宝钱财的船停靠在港口，跟船的还有一位求和的特使，希望得到雅典的宽恕。现在只剩下最后的和解礼物。我。

我拖着沉重的脚步面无表情地走向大船。克里特没有给过我一个真正像样的童年，但我从未离开过这里。帕西淮站在码头上，等着向我告别，看到她我感到些许的安慰。她容易因为过于激动而抽搐，脸上总是挂着泪水，交谈的时候她的眼睛会突然变得混浊。但在失去阿里阿德涅、弥诺陶洛斯和米诺斯的宝贵日子里，我感到在这具羸弱的躯体里沉睡的母亲正在苏醒。我放下了防备，任她紧紧抱着我。

也许，神对她的惩罚已经足够了。我希望她从此能够不被打扰地活着，安度晚年。

丢卡利翁高大的身躯岿然不动地屹立在我和船之间。他一手搭在我的肩膀上，迎上我的视线。"你要勇敢，我的妹妹。"他对我说，"雅典是一座伟大的城市。你在那里会过得很好。"

我没有回应，不知道要说什么。我站在甲板上，海浪隔开了我和家乡。我一开始还是哭了。但时间长了，再也哭不出来了。我开始想象雅典的宫殿以及再次见到忒修斯会是什么样子。我承认，我嫉妒阿里阿德涅和忒修斯单独在一起的时间。我也想加入他的计划，放火烧掉整座城市，惩罚我们犯下的罪恶。但现在，我愿意放弃跟忒修斯在一起的所有时间，换取跟姐姐的最后一次交谈。那个偷拿忒修斯的战锤、悄悄跟着他们的小女孩一夜之间仿佛苍老了一千岁。我只想从忒修斯那里得到答案。

这是一次漫长的航行。我希望中途能在纳克索斯停留，让我为阿里阿德涅献一束花。但丢卡利翁命令我们必须直达目的地。我每天都胡思乱想，期待、紧张和其他难以名状的情绪让我无法入睡。当我们快到雅典时，我站在甲板上紧紧抓着栏杆，直到指关节变白。一个文静的女仆拽着我的袖子，试图说服我在登陆之前洗漱整理。我突然意识到她为了陪我才离开家乡和亲人，她还这么小，一定也很害怕，于是我屈服了。

他来迎接我们。我不知道是否应该期待。他靠在港口的墙边站着，一只手遮着阳光，我头脑冷静的时候也不得不承认他仍然是那么英俊，但这并没有打消我的忧虑，甚至他的触碰也没有用。

"淮德拉，"他扶着我下了船，"雅典热情欢迎你的到来。"

"克里特岛的女儿，在这里受到欢迎？我不相信。"我回答。

他被我的回答逗笑了，没有维持住庄严的仪表。"这是真的，"他说，"我也很高兴再次见到你。我希望你喜欢这里。"他小声说，"不要认为雅典对你抱有恶意，小淮德拉。大家都知道，你是无辜的，没有任何过错。你父亲的事跟你没有关系，"他吞咽了一下，"当然，还有你的姐姐，大家都知道她是自愿离开克里特岛的。他们知道你和她一样，都没有参与克里特的罪恶行径。"

我希望他是对的。我从来都是流言蜚语的主题，被人指指点点。我相信在这里也一样。但他先提起了我最想知道的事。黎明时分，我们迅速穿过安静的港口，船员和仆人在慢慢卸船。

"告诉我她发生了什么事。"我问。

他脸上没有了血色。"这不是你想听的事情，我保证。"

"我想知道，"我回答，"她死前你和她在一起。告诉我究竟发生了什么事。"

他揉了揉鼻子，深呼吸一口。"她睡着的时候，阿耳忒弥斯派来一条蛇杀了她。"

"为什么她是一个人睡？"我问。

他看了我一眼。"我不能陪着她，那样不合适。"他清了清嗓子。

"但是其他女孩呢，那些人质呢？有七个人。她们睡在哪里？"他走得很快，我困难地跟着，死死盯着他的脸看。

他猛地摇了摇头，仿佛在赶一只苍蝇。"她们睡在船上。"

"那她为什么不睡船上？"我无法想象姐姐想独自睡在野外。我记得，在克诺索斯，她总是像猫一样蜷缩在沙发上晒太阳。

"我不知道！"他呵斥道。接着叹了口气，放慢脚步，停了下来。他一只手握住我的手，另一只扶起我的脸看着他。"我很抱歉，淮德拉。你想了解你姐姐的死，这是理所当然的事。这是个悲剧。但这是阿耳忒弥斯的意志。也许是女神让她变得疯狂，所以她想睡在外面。"

"那你为什么不阻止她？"我控制不住自己质问他。

"也许阿耳忒弥斯让我们都发疯了。"他僵硬地回答。

我挣脱他的手。"你给我指了错误的方向，也是因为阿耳忒弥斯吗？"

他吓了一跳，我的反应让他措手不及。他以为我远道而来，人生地不熟,肯定不知所措,只想跟他在一起,什么都不会问。

他放下我的手。"我没有指错方向。"他语气沉重,严肃,略带责备,显得有些刻意。"我想你一定是走错了路。我们不能等你——你父亲的卫兵随时都有可能找到我们。"

我希望自己可以相信他,但我确信他在撒谎。我无法确定哪些是谎言,但我知道自己必须要小心。他是雅典的国王,而我是雅典人最憎恨的敌人的女儿。"谁能揣测神的意志呢。"我努力保持着中立,"凡人的命运都掌握在他们手中。阿耳忒弥斯为了伸张正义在我们头脑里放了什么?"

他松了一口气。"的确如此。"他示意我继续走。

我们从小路爬上一条陡峭的山坡,幸亏我已经习惯了克诺索斯的山路。当我们到达山顶,西哥罗佩卫城在眼前一览无余,我愣在原地,停下了脑海中翻来覆去思考的问题。我们立足的岩石表面像一张巨大的桌子,通过刚刚经过的华丽拱门,我大概能够推算出尺寸。我示意他停下来休息,让我好好欣赏这座伟大的城市。右手边耸立着一座高大的塔楼,一个守卫注视着我们,他的弓倾斜着,随时准备应对入侵者。抵御外敌的城堡外墙至少有几米厚,比我在克里特见过的都要厚。

这些防御措施都无法抵御宙斯降下的瘟疫,我愧疚、愤怒地低下头。我的家族给这里带来了难以想象的苦难,站在如此壮观的雅典城面前,我必须向他们表明,他们的痛苦不是我的错,我不是我的父亲。女仆给我梳了一个高高的发髻,我感到后颈的汗珠缓缓滑下。我很庆幸听她的劝告穿上了合适的衣服。

"这是你的新家。"忒修斯说。

我还有几年时间才会嫁给他。我有足够的时间查明真相。我不是我的姐姐,她太天真,太容易相信别人。我顺从地跟着他走过大理石地板。在没有弄清事实真相之前我是不会善罢甘休的。

# 第十六章

## 阿里阿德涅

我心下一沉,扑向前抱住一块巨大的岩石,周围的世界仿佛消失了,石头的重量让我感到安心。那是一艘船。船帆不是黑色的。忒修斯已经按照约定换上了象征胜利的白帆。埃勾斯肯定每天都望着海面等他,就像我在纳克索斯岛上等待忒修斯一样。

如果是忒修斯,我该捶打他的胸膛,诅咒他吗?还是跪在他脚下乞求他爱我?我不确定自己该怎么做。

不是忒修斯,会是谁?路过的水手?海盗?克里特海军?

我跟跟跄跄离开悬崖边,回到院子里,终于忍不住开始大口喘气。

昨天,我毁掉了葡萄藤,还挖开了它的根。今早我离开的时候,院子里只剩下几根枝条和腐烂的果实。

但现在,新的藤蔓出现了,比之前还要多。茂密、富有光泽的绿叶向着太阳舒展。圆润的紫葡萄挂满了枝条,轻轻摇曳着。

"不可能,这不是真的……"但它们看起来如此逼真。我肯定是疯了,产生了幻觉。或许我已经死了,变成了鬼魂,永远被囚禁在这座孤岛。但死灵之地为什么会有葡萄?这个荒谬的想法太过可笑,我几乎笑了出来。难道我真的疯了？恐惧再次袭来。我无法思考，有个声音打断了我的思绪，是流水声！我转身查看，惊慌失措中摔倒了。

喷泉里那尊肆意大笑的神像一定是狄俄尼索斯，泉水涓涓涌出，他高举的酒杯中流淌出晶莹剔透的液体。

我感到脊背发麻。正在发生的一切超越常理，只能用奇迹解释。但奇迹真的如此可怕吗？也许吧，也许亲眼见证真正的魔法足以掀开理智的薄纱，暴露出下面赤裸裸的疯狂。

我着迷地看着喷泉的景象，它毫无征兆地出现，下一秒很可能就消失了。我急忙去找那只绝望的空桶，看着它又装满了水，我无比开心地笑了，这水比奥林匹斯的神喝过的任何甘露都更加甜美。不知道什么原因，我在某个地方受到了某个东西的祝福。

或者是某个人。也许我还有活下去的意义。如果一个神、一个仙女或者精灵同情我的遭遇，为我送来这眼泉水，那么他们可能会给予我更多的恩惠。我的罪行并没有让所有的不朽之人都感到厌恶。

我一直知道神的存在。我供奉神，向神明祈祷，举行必要的仪式表达敬意。但我从未想过自己竟然有幸目睹神迹。只有最优秀的人类才能与神相交，忒修斯这样的英雄就有机会在一位奥林匹斯神的指引下取得超凡的成就。神统治人类，他们喜欢从卓越的人才中挑选自己的宠儿，那些因为错误的原因让神注意到的人会受到惩罚。我从未想过自己会遇到一个位高权重的神。我身边最有神性的肉体凡胎是疯狂暴虐的牛头人弟弟。

我眼前的奇迹，是上天的仁慈，是最纯粹的礼物。虽然我不知道这一切的源头在哪里，但在享用清冽的泉水和甜美的葡萄之前，我要马上表达感激。

我匆忙跑回厨房，找到忒修斯留下的酒壶，壶中只剩下几滴甜酒。

回想起克里特的奠祭仪式，人们肆意泼洒酒水，割开公牛的咽喉放血，让烧烤的油脂滴落在炭火上腾起高高的烟雾。这里什么也没有，但我希望祝福我的神能够接受我卑微的敬意。我拿起壶和一只小碗穿过庭院，经过奇迹般的泉水，走到一片荒地上。我颤抖的手高举着壶，大声呼喊："敬善良的神，克里特的阿里阿德涅向您表示感谢！"我将剩下的几滴酒倒进碗里，碗底闪着红光。

希望神满足之后不会借此惩罚我。现在我需要担心的是这份恩惠随时会消失。我急忙走到水桶边，双手掬起水向嘴里泼，尽情畅快地喝水真是太美妙了。

我回到悬崖边的岩石旁，追踪着逐渐靠近的船只。我紧张极了，无法保持冷静，在岩石和院子之间来回踱步。突然，我在院子停了下来，不可置信地看着眼前这一幕。

泉水不见了，取而代之的是红酒，深红色的液体从酒杯中缓缓流出，甜美诱人的气息扑鼻而来。藤蔓上的葡萄越来越多。

我目瞪口呆。一步一步慢慢靠近，伸手触碰红宝石般的液体，红酒是温热的，我舔了一口，甜美醇厚。我拨开额头前的头发眯起眼睛仔细看，最后大笑起来。

另一个奇迹般的祝福，一个惊人的转变。这座岛不再绝望荒芜、充满恐惧，每一口呼吸都有死亡的气息。现在，空气中都是无形的希望，世界充满了可能性。这样的神迹远超乎我的想象。不安的恐惧与兴奋和喜悦交织在一起。谁知道接下来会发生什么？红酒的香气在温暖的空气中蔓延，我感到有些晕眩窒息，脖子后面的头发一根根竖起来。我抱着双臂在悬崖边寻找那艘船，渴望海风能吹散困惑，平息内心的恐慌，我暂时获救了，但是为什么？

船上的人带来了红酒，在荒凉的土地上变出了葡萄。我全神贯注地看着，最害怕的是船突然改变航向，它根本没有驶向纳克索斯。但它没有，船向着海滩驶来，越靠越近。

我站在有利的位置，看到了奇特的景象。绿色卷须慢慢爬上高高的桅杆，葡萄藤缠绕舒展，枝叶变得繁茂。巨大的树枝从船头伸出，藤蔓上吊着一串串葡萄，那些葡萄比院子里长出来的还要大，都泛着一层紫色的光泽。

甲板上传来喊叫的声音，船上的人因为正在发生的事变得骚动不安。他们惊恐地四下张望，手指着桅杆，一个个都大张着嘴。远远望去，常春藤像蛇一样盘住船身。

船停靠在我的正下方，船头渗出深红色的液体漫过了甲板，船上的人抬起脚甩了甩衣摆。他们的袍子都被染红了，整艘船看上去像是被鲜血染红，但我知道，那不是血，而是醇厚的葡萄酒，源源不断，无法阻挡。

骚动的人群中，有个身影纹丝不动地立在桅杆旁边，我看不清那是男人、女人还是小孩，只能辨别出他金色的卷发在阳光下闪烁。在船员惊恐的叫喊声中，我听到了一个旋律般的笑声。

卷须和葡萄藤越爬越快，翻过船沿；缠绕在船帆上的藤蔓长出了越来越多的葡萄。人群逐渐停下脚步，一个接一个跪倒在金发人的面前。惶恐的喊叫停止了，海浪拍打着陆地，疯长的藤蔓包裹着船身发出窸窸窣窣的声音。

船离我非常近，我伸长脖子能看到弓着腰的船员，海风撩起他们黑色的头发。金发的人站了起来，是个年轻人。他身形瘦弱，但他在人群中显得泰然自若。他的嘴在动，对下面的人说着什么，但是风神吹散了他的声音。他拿着一根木质权杖，随意挥动的瞬间权杖顶端长出了树叶和一串葡萄。

效果立竿见影。跪在他周围的人同时开始抽动。他们扭动着身体，握着的拳头砸在地板上，发出痛苦的呻吟。我吓坏了，脊背发凉，但是无法移开双眼：这些人的脊背肿成了巨大的包，撑开了身上的长袍，皮肤变得灰白光滑。他们在甲板上打滚，变成鳍的双手绝望地拍打着木地板，发出了怪异的尖叫，像是一首走调的哀歌。我终于意识到自己看到了什么。围在金发年轻人旁边的十二个人变成了十二只海豚，扭动着陌生的躯体暴露在空气中。哦不，不是十二个人，是十一个人。最后一个男人蜷缩在地上，看着眼前的一切，张大嘴不知所措。

一只海豚笨拙地移动到船沿，成功地跳入大海中。它逃离了窒息的甲板，自如地在水中跳跃着，令人欣慰的转变肉眼可见。其他海豚也开始效仿向边缘滑动，寻找解脱，直到最后一只没头没脑地掉进水里，打破海面的平静。

那位神——他无疑是神，且十分强大——仰着头放声大笑。跪在地上的男人双手拉着自己的头发，使劲摇着头，似乎想要把刚才的记忆从头脑里拽出来。神走向他，按住了他的肩膀，阻止他瑟瑟发抖。他深得神的喜爱，因此幸免于难。神指着海滩的方向，快速地说着什么，他显然想要停靠在纳克索斯岛。突然出现在岛上的葡萄和红酒无疑是为了迎接他的到来。

我躲到岩石后面，心跳加速，思绪乱飞。本以为这座孤岛是我的坟墓，现在却迎来了一位强大不可揣测的奥林匹斯神。如果他发现我，他可以一瞬间结束我的生命。更糟的是，我无法解释为什么自己会出现在这里，我无法保护自己。我亲眼看着他把人变成动物，骨折、肉体撕裂的声音还在我耳边回响。想到这些我流下了恐惧的眼泪。

他会对我做什么？这个问题重重捶打着我的太阳穴。我可以躲到森林里，但是树对神来说算得了什么。我找不到任何可以躲得过神的眼睛的地方。

岛上的房子当然是他的，我和忒修斯睡过的那张床也是他的。我想起了美杜莎的遭遇，她在雅典娜的神庙被波塞冬强暴，但雅典娜却惩罚她渎神。我是自愿离开家乡来到这里。此刻，在汪洋的另一端，忒修斯正闲适地躺在王宫的躺椅上，众人歌颂他英勇、高尚的事迹。而我跟无数女人的下场一样，要为我们一起做过的事付出代价。

我本以为自己会因为恐惧而心死，但是愤怒的余烬重新在我胸膛燃起。如果狄俄尼索斯要惩罚我，我什么也做不了。我要么哭哭啼啼死去，要么像前人一样勇敢面对自己的命运。我想象着美杜莎的样子，让自己急促不稳的呼吸平静下来。她头上的蛇摇摆着发出嘶嘶的声音，芯子上沾满了毒液，让所谓的英雄心惊胆战。我也可以这样。愤怒就是我的铠甲。即便狄俄尼索斯一个眼神就能将我化为灰烬，我也不会因为害怕而退缩。

我回到小屋，从一条平缓的小路走到沙滩，边走边整理衣着，我还穿着从母亲那里偷来的棕色裙子，现在已经破烂不堪，但这是我仅有的衣物。我用手指梳理了一下头发，编成辫子。精致的蜜蜂项坠在我的脖子上熠熠发光，显得十分显眼。

走路让我冷静。虽然在内心深处我还是感到不安，但那些感觉非常遥远，取而代之的是确定带来的平静。无论现在发生什么，都不会比那天早晨醒来后发现身边没有人更加绝望，后知后觉的痛苦冰冷彻骨，像一块石头压在身上。我不会孤独地死在纳克索斯岛上。也许狄俄尼索斯会同情我的遭遇。我在绝望中感到了一丝希望。

我走到了金色的沙滩上，看着船划过水面向岸边靠近。一神一人正在甲板上忙着把船停稳，船随着波浪微微上下跳动着。我挺胸昂首站直身体，双手握拳放在身侧。

他们从较高的一边敏捷地爬下缆绳,那个人恭恭敬敬跟在神的身后。我知道他们游过来的时候肯定能看见我站在岸边,但是我看不清他们的表情。

太阳光猛烈地照下,海面刺眼的反光长久地印在我的眼睛里,我眨着眼失去了平衡。狄俄尼索斯欢快悠扬的笑声先传了过来。他们慢慢靠近,两个身影曝光显现,我终于可以看清楚他们的样子。

那个人一脸愕然,目瞪口呆。他肯定还在消化刚刚发生的一切:他的船被藤蔓包围,被红酒湮没,他的船员片刻间变形消失在眼前。现在,这座孤岛上有一个衣衫褴褛的女人。

与此同时,神大步走在前面,举止潇洒优雅。对比之下,身后的人显得粗俗鲁莽,肌肉发达的胳膊笨拙地挥动,皮肤被晒得黑红粗糙。狄俄尼索斯看上去刚刚成年,他的脸像少年一样一副无忧无虑淘气的表情。他毫不掩饰看到我的惊讶,但是眼神温柔,仿佛碰见一位老朋友。

毫无疑问,他有着惊人的美貌,任何凡人站在他身边都逊色一筹。他无拘无束的笑容显得非常亲和,跟我想象中的奥林匹斯神完全不同。

他们从浪花中走来,走上沙滩。与神同行的男人依旧沉浸在震惊的情绪中,他脸上露出困惑和恐惧交织的表情。

神微笑着向我伸出手。"见到你很高兴!"他的声音像蜂蜜一样丝滑。

我愣在原地不知所措,突然意识到自己全身都在颤抖。我仰着头,试着不露怯。

"我没想到在这里遇见其他人,"他友好地说,"你是谁?你一个人是怎么来到这座岛的?"

我吓了一跳。他怎么知道我是一个人?这个问题太愚蠢了。他是奥林匹斯神,他知道任何他想知道的事。"我叫阿里阿德涅,"我的声音颤抖着,"我是克里特岛的公主。"说完觉得有些后怕,狄俄尼索斯听说过我吗？或许有水手告诉过他。他知道我做的事吗？也许他根本不在乎凡人的事。除非我出现在纳克索斯冒犯了他，否则他为什么要在乎我干过什么！

我们看着对方良久，他的眼睛是蓝色的。

旁边的男人扑倒在地上发出一声闷响。"我的神，"他喃喃地说，"葡萄，红酒和音乐之神，享乐之神，请可怜我，我不知道，我不知道——"他抽泣着全身颤抖。

"起来吧，阿寇特斯。"狄俄尼索斯搂着他的肩膀，把他扶起来。水手虽然高大威猛得多，但是神毫不费力地把他提起来，就像抱起一个小孩。"不要对我下跪，我们是朋友。"

阿寇特斯结结巴巴说着感激的话。狄俄尼索斯打断了他。

"我应该感激你才是，我的朋友，"他说，"你的船员欺骗了我，计划把我卖了当奴隶。你虽然不知道我的身份，但还是站出来反对他们。你是个好人，阿寇特斯，我当你是跟我并肩而立的朋友！"他兴奋地说，声音里满是喜悦。然后他转向我。"我们面前的是一位公主：克里特的阿里阿德涅。"

可怜的阿寇特斯瞪大眼睛，不知道是否该向我下跪。狄俄尼索斯的手看似轻轻搭在他的肩膀上，但我怀疑他在支撑着这个被吓坏的男人站立。

"她肯定有故事要讲，"狄俄尼索斯殷切地看着我，语气充满戏谑，"我想她也不会介意听我们的无聊经历。让我们先找地方休息一下，我在岛上有座小房子，阿里阿德涅这些天一直在照看。"

有什么事是他不知道的吗？

"我们回去喝两杯，然后再互相认识一下。"

就这样，我结识了一位神。

# 第十七章

我们一起回到狄俄尼索斯的小屋，石头房子不见了，取而代之的是一座华丽的白色宫殿。一个神的家。宫殿前的柱子上有精致的掐丝雕刻，黄金的藤蔓和葡萄在阳光下熠熠生辉。粗糙的石头全部变成了光滑的大理石。

狄俄尼索斯带我们走了进去。布满灰尘的狭窄楼梯不见了，一座宏伟的楼梯从中央盘旋而上，通往卧室。小庭院变得十分宽敞，红酒正从中庭的黄金雕像中不断流出。四周摆放着铜座椅，上面铺着紫色的软垫。狄俄尼索斯平易近人的风格与众神不同，他热情地引导阿寇特斯坐在一张椅子上，示意我坐在旁边，然后绕到柱子后面，消失在另一个房间里。

我和阿寇特斯面面相觑，不知道该说什么，狄俄尼索斯再次出现时端着满满一盘子食物，热气腾腾的烤肉让人垂涎欲滴，旁边堆着碎奶酪、面包卷，还有饱满的橄榄。我实在是太饿了，在真正的美食面前，之前让我无比感激的葡萄显得那么微不足道。"吃吧。"他招呼我们。我根本不需要任何邀请。

这是一个梦吗？我已经饿到神志不清，幻想自己在神的宫殿里享受美食和美酒？也许这是大脑在临终时刻为抚慰我而编织的美梦。

这是多么巨大的安慰啊！我无法形容填饱肚子的满足感，葡萄酒减缓了我心中的焦虑，神圣东道主的故事让我进一步卸下了心防。狄俄尼索斯请求船员带他去纳克索斯，但他们暗中计划将这个美丽的年轻人卖到底比斯去换取一个好价钱。只有阿寇特斯不同意，并恳求这些人信守承诺，保持尊严，把他留在纳克索斯。为什么狄俄尼索斯要坐他们的船？我听说他可以乘风破浪，不需要船或帆，甚至不需要借助任何东西就能浮起来。也有传言说，他可以随心插上翅膀飞翔。但我什么也没有问。他眼里闪过一丝狡黠的光芒，一脸不怀好意的表情，他不会放过任何恶作剧的机会。不过，真正畏惧他并不容易。虽然我很清楚，无论我是否有意冒犯他，他都能将我无声无息地封锁在那灰白色的躯体里，永远囚禁在海浪之下。但他如此迷人和亲切，我渐渐忘记了自己在和谁交谈。

我从未跟其他男人轻松交谈过，不过狄俄尼索斯不是普通的男人，他甚至不是凡人。我与忒修斯那晚慷慨激昂的谈话感觉是上辈子的事了。现在仿佛回到了跟淮德拉在克里特的轻松时光。我偶尔会意识到自己身在何处，正在干什么。但随着时间推移，一切变得越来越平常。狄俄尼索斯讲述了他远行的故事，他的经历跟忒修斯的英勇事迹完全不同，没有怪物要杀，也没有罪犯要惩罚：他向我们描述了异国他乡的风土人情和动物，我以前从未听说过。太阳开始西斜，在院子里投下了耀眼的光辉，阿寇特斯的眼睛因疲惫而变得沉重。

狄俄尼索斯和我一样注意到了这一点。他微笑着向我伸出手。"走吧，公主，"他热情邀请，"我们去走走，让这个年轻人休息一下。他今天帮了我很大的忙，这是他应得的。我们别吵他了。"

他把我从柔软的坐垫堆中拉起来。一位神邀请我散步。有那么一瞬间我希望自己穿着克里特岛的华丽长袍。不过那有什么意义呢？在狄俄尼索斯的壮美面前，任何丝绸珠宝相比之下都像是破烂石头。

他配合我放慢脚步。没有豹子的战车护送我们，也没有羽毛翅膀载着我们。他像一个凡人一般走在我身边，步伐轻松，有着猫科动物的优雅。我们来到海滩，海浪冲刷他的凉鞋，打湿他的长袍下摆，即使他想，也无法阻止海浪的意志。

我告诉他我的故事，倾诉变得十分自然。我既害怕弟弟又可怜他。帕西淮和我试图唤醒这头野兽的人性，但我们做的努力都是徒劳的。雅典的无辜人质被当作战利品一样展览让我感到非常反感。我望着忒修斯的眼睛，感到眩晕和悸动，于是奋不顾身地追随他。我在纳克索斯岛上独自醒来，知道自己再也见不到任何人，感到绝望和心碎。

他认真地听着。那一整天，我都被他的笑容深深吸引。他话里的笑意让我全身心放松。他似乎能在一切事物中找到幽默感，但他没有取笑我的任何经历。只有在故事讲完后，他才再次微笑说道："那我来得正是时候，很高兴我没有晚一天。"

"我也是。"我嘴角扬起一丝微笑，再也无法在一位神面前保持庄重。也许他明天、下周或者下个月就会离开，又把我一个人留在这里。但他给了我一丝喘息的机会，暂时让我远离死亡。在那一刻，我只感到他带给我的快乐。

"我们的母亲有着相似的故事。"他说，指着一块光滑的巨石让我坐下。

我无法想象神会感到疲惫，但我还没有完全恢复力气，因此很感激这个小憩的机会。

"当然，细节有所不同。她们都是因为神那可鄙的自尊受到伤害而被牵连的人。"他的表情变得阴沉，就跟刚才他听到帕西淮的遭遇时的表情一样。"我的母亲是塞墨勒，"他告诉我，"她是个凡人。虽然她怀着我，但她没有生下我，也从未看过我。我第一次睁开眼睛时，她只剩下灰烬了……"他停顿了一下。一个强大的神为什么看起来如此脆弱，痛苦？"除了我的旅途，我还想告诉你她的事，阿里阿德涅。"

他满怀期待地看着我。他认为我会拒绝吗？我们看着对方的脸，一瞬间，亲密的感觉让我无所适从。这一天发生了太多事，此刻的紧张感使我头晕目眩感到耳鸣。我们周围的空气似乎都有了心跳。

"但我们的朋友阿寇特斯醒来了。"他说，仿佛能够听到阿寇特斯睁开眼的声音。那位可怜的船员正躺在沙滩另一端、简陋小屋变成的宫殿里。"他肯定困惑今天发生了什么事，说不定怀疑自己失去了理智。"狄俄尼索斯微笑着说，"我们先回去让他确信自己没有疯，然后我带你们俩回自己的房间。"

我感到一阵巨大的宽慰。他魅力非凡，彬彬有礼，但我并没有忘记他的身份，也没有忘记自己的立场——我作为一个叛逆的新娘来到纳克索斯，沦落成了被唾弃的流亡者。现在，我是一位奥林匹斯神的客人。我对神的待客之道并不陌生，尤其是对待他们在旅途中认识的年轻女子。

"我确实有个要求，"他继续说："你先考虑一下。"

我一动不动，等着他继续说下去。

"你已经离开了家，你的父亲显然并不欢迎你回去，你也不想回去。"他说，"我可以提供一个选择，至少是暂时的。"

我的嘴唇颤抖。"什么选择？"我问。

他随意指了指我们身后的岛屿。"在纳克索斯，做我的管家。如果你愿意，你可以做我的女祭司，照料我的神殿。我经常旅行，希望这里有个看守的人。"

我的心狂跳。谁知道神的邀请会持续多久？下次他回来会是什么时候？我不能回家，但如果我可以在这里活下去——即使是他一时兴起救了我，说不定他一离开就把我忘了——这也是机会。"我愿意，我非常乐意，"我回答，"但我可以大胆地向您提一个要求吗？"

他笑了，看起来很高兴。"当然可以！"

"你在旅行的途中，可以帮我打听一下我妹妹淮德拉的消息吗？我离开后，她发生了什么事。"

他的脸色变得柔和。"当然可以。下次我回来时，会给你带来她的消息。"

我的命运没有比这更戏剧性的逆转了，突如其来的变化让我感到不安。那晚，我睡在一间宽敞的房间里，床上铺着丝绸和天鹅绒。我在玫瑰色的黎明中醒来，当我凝视着琥珀色的光线，一边充满希望，一边又怀疑自己的运气。我知道神喜欢玩弄人类，把他们的崇拜者当成垃圾丢弃。但不知道为什么，我似乎遇到了一位愿意慷慨解囊、不求回报的神，一个像男孩一样笑嘻嘻的神，一个顽皮、充满魅力的神。在这座没有规矩的陌生岛屿上，一位像朋友一样与我交谈的神。我非常想相信这是真的。我曾经相信过忒修斯，可他把我留在这里等死，我的家被毁了，永远也回不去了。忒修斯清澈的眼睛里满是真诚。我怎么可能知道狄俄尼索斯笑容背后藏着什么呢？

那天早上，他和阿寇特斯再次扬帆起航。"我会陪着你回家，"他向阿寇特斯保证，热心地拍了拍他的背，"为了感谢你的忠诚，我会给你许多宝物。你可以告诉大家，你是狄俄尼索斯的好朋友。"他转向我，"你在这里会很安全，阿里阿德涅，"他向我保证，"食物和酒水都将源源不断地供应，我很快就会回来。"

\* \* \*

就这样，纳克索斯又属于我一个人了，不过我现在的生活比在克里特还要舒适和奢华。

储藏室里都是食物，水源也干净充足，我真的不是在做梦。我在每个碗里都装满了水，我不相信水不会停流。他在世界游荡时，肯定会忘记自己的承诺，喷泉干涸了怎么办？我不安地在院子里踱步。又开始盯着地平线寻找船只。我越来越忧心，不论是豪华的宫殿还是简陋的小屋，一个人孤独地死去又有什么区别？当我被饥饿和干渴夺走生命的时候，我是背叛克里特岛的公主还是被遗忘的纳克索斯女祭司都不重要了。

不知道是因为即将到来的死亡让我变得鲁莽，还是狄俄尼索斯的岛让我感到安慰，我开始探索岛屿的其他地方。野兽、陡峭的岩石，森林深处还是让我感到害怕，但好奇心占领了上风。我从来没有去过克里特岛以外的地方，大部分时间都是在宫墙后面度过的。我想起了代达洛斯，我还是少女的时候总是围着他转，他总是给我讲远方的见闻。一种饥饿感在体内涌动。我继续走。

我已经对黄金海滩和宫殿后面的巨石悬崖烂熟于心。短短几天里，这里对我来说比克里特岛更真实。我儿时的家变成了尘封的记忆，一个完全不同的世界。在内陆深处，茂密的森林中央有一座山，山峰高耸入云，仿佛直达天际的奥林匹斯神。随着地势的高升，向上攀爬的森林变得稀疏，越往高处，只剩下褐色的土地和突起的巨石。我从未到过那里。

起初，我试探性地绕过森林，对那片纠缠在一起的阴影没有信心。但我慢慢有了勇气，终于走进森林，期待着突然冲出一只野猪，或者一条蛇缓缓从树枝上爬过，但我听到的只有蝉鸣和偶尔从树冠传来的鸟鸣声。我想爬上那座山，站在一定的高度审视岛屿的全部面目。但我怕在森林里迷路，于是总是谨慎地回头。

日子一天天过去，焦虑啃噬着我的内心。我真是个傻瓜，居然相信神！对他来说，我只是个暂时的消遣，一个戏耍的对象，一个见证他把海盗变成海豚的人，又一个崇拜他的凡人罢了。孤独和寂静包围着我。

"该死的狄俄尼索斯！"我大声说。声音太大了，回声在冰冷的大理石柱子间回荡，消散在空旷的宫殿里。

"跟神对话的方式真特别。"一个声音回答。

我转过身来，血液在血管中凝固了。

那天早上我没有去岸边找他的船，因为我确信他不会回来了。他站在我眼前，比记忆中的更加耀眼，他的笑容更加得意，他的眼睛里燃烧着某种邪恶的东西。我对自己的愚蠢行径感到后怕，但我还是稳住了自己。"请原谅我，"我说，"我以为……"

他靠近几步，看着我通红的脸颊。"你认为我不会回来，"他说，"为什么？"

"我以为你会忘记，"我回答，"我以为……"我没有说完。

"以为什么？"他问，"我会像忒修斯一样？"他好笑地哼了一声，"我不会做做样子，阿里阿德涅，也不做出承诺后抛之脑后。你不是让我打听你妹妹的消息吗？"

我抬起头来。他知道我走后克里特岛发生了什么吗？我是如此迫切地想听到淮德拉的消息。

狄俄尼索斯一定清楚地从我的表情上读出了我的想法，他先开口说道："我只能告诉你我所知道的，但不是全部，因为我是从神谕那里得到的消息，你也知道神谕总是充满了谜语。但我可以确信，她在克里特没有受到什么苦难。忒修斯在这方面的想法是对的，没有人怀疑她会帮助忒修斯杀死弥诺陶洛斯、解救雅典人质。只有一个女儿为此背了黑锅。米诺斯的怒火没有殃及她。他对着天空和大海咆哮，呼唤他能想到的每一个神，让他们诅咒忒修斯。米诺斯习惯做众神的宠儿，但他忘记了神是多么善变。"狄俄尼索斯说到这里笑了。"现在，那位潇洒的年轻英雄赢得了他们的注意力。人类为击败弥诺陶洛斯献上的表达感激的贡品远比米诺斯的抱怨更能让神感到满足。一个被羞辱的国王只能给他们带来一点乐趣。他们已经把目光转向了更有意思的事。米诺斯的祈祷无人理会。沮丧之余，他寻找逃跑的发明家代达洛斯——"

"代达洛斯逃跑了？"我惊讶地插话说。

"是的，虽然我不知道他是怎么做到的。米诺斯在到处寻找他，你的哥哥丢卡利翁管理着克里特岛。丢卡利翁是个明智的国王，他的首要任务是平息可能存在的叛乱。米诺斯远渡重洋，迷宫被突破，弥诺陶洛斯只剩下一堆骨肉，现在他无法独自应对任何不安定。丢卡利翁需要盟友。他为淮德拉安排了一个丈夫——一个伟大城市的王子，第二天她就坐船出发了。她现在生活在另一间宫殿里，有一大群女仆伺候着，所有的要求都能得到满足，等她成年后就可完婚了。请不要再问我她的情况，因为我就知道这么多。你妹妹有自己的命运，不是我可以改变的，我无法把她带到你身边。我知道你想见她，但如果你对自己诚实，你就知道这个安静的岛屿不适合她。"

我无法否认，异国的豪华宫殿对我妹妹的吸引力要远远超过流亡的孤独。我还没有在这里立足，把淮德拉拖入我自己的麻烦非常不明智。我想念着她圆圆的、单纯的脸，听着她对一切都充满好奇的声音。但我希望她过得好。一个公主，背叛自己的国家，毁掉最珍贵的国宝，任何王子都不可能跟这样的人结盟。狄俄尼索斯向我保证，一旦淮德拉的新地位得到保障，我就会再见到她。狄俄尼索斯在神谕中看到，终有一天，她会身着华服，乘坐一艘大船来到这里。

米诺斯离开了克里特，我想过回去。但他随时可能回来，那就意味着我永远无法获得安宁。不仅如此,我还犯了一个可怕的罪行。丢卡利翁还是个根基不稳的国王,他能接纳一个背叛了整个国家的人吗?即使全国上下私下里都暗自庆幸摆脱了弥诺陶洛斯,我想他也无法欢迎我回去。对我来说,纳克索斯暂时是一个更安全的地方,只要狄俄尼索斯还在这里,我不能否认我想留下来。

# 第十八章

## 淮 德 拉

忒修斯在某些事情上的确没有撒谎。我会记住这些事。他在自己编织的谎言里如鱼得水，偶尔会说出一言半句的实话。

首先，雅典确实欢迎我，远远超过我的预期。我不再倾听黑暗角落里的低语。在克诺索斯，家族耻辱像一条铁链拴在身后，拖着我们下坠，让我们寸步难行。在雅典，没有了它的重量，我终于可以自由行动。我没有受到谴责，而是获得了同情。

城堡很小，我习惯了克诺索斯的宽敞辉煌，相比之下，这里比我想象中要小。我让忒修斯带我到处参观，希望能够从他那里得到更多信息，把我姐姐在纳克索斯的最后时刻拼凑起来。我尽了最大的努力，但他从未提及此事。我不会操纵和哄骗，更习惯于采用直接的方法。如果我问他那晚的情况，他就会皱起眉头，不客气地找一个理由结束我们的谈话。

他倒是很乐意谈论自己的事。他多次讲述如何打败我们的弥诺陶洛斯的，在黑暗的迷宫里把它打成一团呜咽的血肉和皮毛。他美化着自己的英雄事迹，一次又一次地对着我排练。我不再听了，转而注意新家的细节。

城堡建在平坦的山顶,周围是严密的防御工事。城堡两侧凿出的石阶通向港口,蜿蜒的河流从肥沃的山谷流向郁郁葱葱的森林。这里的景色与克里特岛干燥的沙石截然不同。

我们会一起漫步在熙熙攘攘的集市中。商人们热闹地叫卖着光泽饱满的橄榄,醇厚的蜂蜜、红酒,珠宝和陶器。我知道忒修斯为什么喜欢走在人群之中。他们几乎把他奉为神,是他把雅典从克里特的暴行中解救出来。人们也会把自己贩卖的东西塞给我,对我微笑,呼喊我的名字。我无法否认,与这样的人并肩齐行,我感到非常心动。我是他选定的妻子,分享着他的荣誉。

穿过繁忙的市中心,我们走到了城市的最西边,那里笼罩着一种神圣的静谧。一棵茂密的橄榄树上挂满了果实,沉甸甸的橄榄把枝叶压弯,几乎要挨着地面。雅典娜曾与波塞冬争夺这座城市,她敲打着地面,使树木生长。树旁边有一座神殿,女祭司不停地忙碌着主持女神的祭祀活动。

我喜欢在雅典城探索,不过我并没有得到我渴望的真相。忒修斯避谈这件事,只是警告我保持沉默。

"不要说出你在这件事中扮演的角色。"他很早就告诉我。

我看着他。他的脸依旧是那么的英俊,但对我来说是那么的无趣。他表情严肃,没有与我对视,而是坚定地看着前方。

"什么事?"我问道。我想让他亲口说出来。杀死弥诺陶洛斯和拯救人质,阿里阿德涅和我都发挥了重要作用,是我帮他送去了宝贵的战锤。而现在他想假装这一切都是他自己的功劳,构建另一个传奇故事。

他的脸色变得阴沉。"克里特的事。"他语气不善地说,"这里的人同情你是因为他们知道你也是米诺斯的囚徒,就像那些雅典的孩子一样。你自然憎恨、害怕那头野兽，你很高兴现在终于能摆脱它。但是，如果他们知道你和你的姐姐叛国，背叛自己的家族……"威胁的话没有说出口，但他的意思再清楚不过了。

尽管我不愿意承认这一点，但他是对的。他建议我置身事外，装作什么也不知道。是他独自征服了迷宫，把阿里阿德涅从米诺斯的暴政中解救出来，因为她对人质心生怜悯，这样就不会有人怀疑我的叛逆之心。

这是忒修斯的国家。他说什么我就做什么。有一段时间，我担心自己会崩溃，但一切都出其不意地顺利。每年丰收的时候，举国上下都会庆祝弥诺陶洛斯的死亡，因为他们不再需要送祭品去克里特。忒修斯乐于重温这份荣耀。但是在一年中其他时间，他总是无精打采。我想我知道如何利用这一点。

有一天，我在宫殿外的院子里对他说："人们还是很感激你。"他死气沉沉地躺在一张沙发上，我知道这种慵懒与他的天性相悖。"你在迷宫中取得的功绩赢得了超乎想象的美誉。"我仔细观察着他。谄媚是撬动忒修斯意志的关键。我以前不懂阿谀奉承的精妙之处，因此我一直在为这一刻完善这种技巧。我假装轻松，盯着天空，似乎是说起什么无关紧要的事。"不知道他们的感激之情会持续多久？"我质疑道，"他们会记得多长时间？"

这句话刺激了他，他很容易被激怒，怒气冲冲地坐起来。"我拯救了他们的孩子，不止一次，"他呵斥道，"他们应该每天都想起这件事，当他们看着自己孩子的笑脸时，应该感谢我没有让他们的骨头散落在克里特的地牢中。"

"那是自然，"我急忙同意，"但你知道这些人是什么样子的……"

他皱起眉头，感到困惑。"你是什么意思？"

"嗯，人们不会记得可能发生的事情，只关注今天的烦心事。'他是把我们的孩子从野兽的嘴里救了出来，但他为什么不阻止城市的盗贼或修复城墙？'"我看到他脸上的阴云密布，赶紧补充说："这只是一个例子。"我吞了吞口水，一只手扶着他的肩膀，看着他的眼睛。"但他们是傻瓜，"我轻轻地说，"强大的忒修斯为什么要屈尊去降服普通的盗贼？这种事不值得你去做。你可是自赫拉克勒斯以来最伟大的英雄。"

我等待着这句话的沉淀。我知道，对他来说，追随他伟大导师的脚步是不够的。他渴望超越赫拉克勒斯的功绩。但赫拉克勒斯杀死的怪物可不止一个牛头人。

"谁会在乎他们怎么想？"我停顿了一下说，"他们的意见并不重要。我先去准备宴会了。"

忒修斯喜欢宴会，女仆要花很长时间才能把我的头发、衣服和珠宝都安排得让他满意。这正是离开他的好时机，让我的话在他胸中发酵。忒修斯只关心别人的意见。我很清楚这一点。

我成功了。比我想象的要快得多。仅仅几天之后，忒修斯就兴奋地告诉我他很快就要启程了——他面前出现了新的任务，他要响应它的召唤。我知道，统治城市的日常事务并没有让他兴奋，不过他不承认。他很乐意把细枝末节的琐事交给他的顾问。世界各地都有暴君需要征服，有怪物需要消灭。而只有他能做到这一点。

这是众多任务中的第一个。忒修斯一走就是很长时间。每当我在港口挥手送别他时，都会感到莫大的解脱，这种情绪一直困扰着我。任何看见我的人都以为我是因为思念他而感到痛苦，或者担心他被杀。但事实并非如此。

我的解脱总是被内疚所取代。忒修斯和阿里阿德涅在一起的那个晚上，神是否看到了我浅薄的内心？如果敲开我的胸腔，让我的灵魂赤裸裸地暴露出来,我无法否认在我内心深处某个角落渴望我姐姐消失,这样我才能和忒修斯单独在一起。不,不是这样的。我不希望她受到伤害。但我从迷宫的噩梦中解脱出来,嫁给拯救我们所有人的英雄,这是我凝视着通往克诺索斯的那片海时最大的梦想。

这是对我的惩罚吗?我拥有梦想的一切,但走进一看,那闪亮的外壳就消失不见了。随着时间的推移,我离那个夜晚越来越远,我开始怀疑自己是否太激动,真的听错了忒修斯的话?如果我仔细听,他们离开时,我是否会在正确的地点出现?如果是这样,我就可以说服阿里阿德涅留在安全的船舱里。她会睡在我身边,活下去,一起到雅典。我努力试着想象,但没办法,也许阿耳忒弥斯会惩罚我们两个人。

我仍然为姐姐感到悲伤,但雅典宫廷的生活中有很多琐事,忒修斯长期缺席,我却活得风生水起,这是我在克里特岛从未体会过的。有时我会突然思念母亲,每当有访客登陆我们的海岸,我都会仔细询问关于家里的情况。米诺斯还没有回去,丢卡利翁的统治稳健温和,帕西淮总是待在她的草药园子里,生活似乎很平静。随着年龄增长,我开始向长者学习,仔细观察一个不被恐惧和血泪支配的政权是如何运作的。当忒修斯回来时,我假装被他精彩的经历吸引。哦,他的故事充满了冒险和刺激,但我越来越厌倦听他吹嘘自己不可战胜,总是比敌人领先一步,比所有人都强,胜利总是属于他。我知道,过不了多久,荣耀将再次召唤他踏上征途,雅典将再次属于我。

至于我要做什么,我还不确定。公主就是公主,无论在哪里都一样。雅典和克里特的消遣似乎都仅限于编织、跳舞和对男人微笑。会跳舞的是阿里阿德涅,不是我。她总是流连舞池,在舞步的魔力中迷失自己。我知道,自己永远无法像她那样移动。我永远无法像她那样优雅。不过我们总是在一起编织。在雅典空荡荡的房间里,孤零零地在织布机前打发沉闷的时间让我心痛。

所以,我只剩下微笑了。

没过多久,我的脚步就无法抗拒议事大厅的吸引。我第一次走进去的时候,迎上了很多诧异的目光,雅典的精英们诧异地审视着我。我露出王室招牌的微笑,然后走上前去。"我希望今天早上能加入你们的谈话。"我对潘狄翁说,他是个和蔼可亲的中年人,我知道忒修斯对他很信任。

他温和地说道:"这不是雅典的做法。"

同样的想法在其他人的脸上闪过,就像闪电一样显而易见。这里是雅典,一个文明的地方。无论克里特做什么,这里都是不同的。我挺直了肩膀。"如果忒修斯在这里,他也会加入你们,"我乖巧地说,"但他在远方打仗,以雅典的名义为世界带来和平和正义。与此同时,他把我留在这里,没有人指导我认识这里。我知道,他想让我学习如何管理一个公平和正义的国家。此外……"我犹豫了一下,但还是鼓起了勇气,因为他们认真听我说话,没有嘲笑我或者把我赶出去,"我只知道我父亲的做法,我想了解更好的统治方法。"我屏住呼吸。这样做的确有些鲁莽无礼,但我算准他们会感到受宠若惊,考虑到我的出身,原谅我的不文明行为。

潘狄翁的脸上几乎是不情愿地泛起了笑容,有了他的首肯,房间里传来了低沉的附和声。"公主,我希望你不会觉得我们的工作很乏味。"他说。

我几乎大声笑了出来。我惊喜地认识到自己能够操纵这些位高权重的人。潘狄翁示意我坐在忒修斯王座旁边的位置上。我的手藏在裙子里,握紧双拳摆出胜利的姿势。

"我们正在谈论劳里昂送来的报告,"潘狄翁继续说道,"南方的丘陵地区发现了银矿,也许还有更多可以开采的。"

我向前靠了靠,急切地想听到所有的消息。我现在还没有权力,这是事实。但我会聆听。忒修斯在的时候总是意兴阑珊,并找借口离开。我坐得笔直,认真听,不随意插嘴。我不想让他们觉得我太大胆。但慢慢地,我越来越善于在正确的时间给正确的人吹耳边风,让他们相信我在替我那不在场的丈夫说话。他们重视我说的话,因为他们认为这些话来自我丈夫,这让我很难受。我只是忒修斯的传话筒,但这些有权有势的男人礼貌地让我发表意见,这还是我人生中第一次。我不去管挫折感,充分利用这个机会。

我十八岁的生日马上就要到了。我不知道这样的生活还能持续多久。忒修斯不需要妻子,他需要一个充满感激的听众,需要有人在他创造历史的时候帮他管理国家。我们的结合是雅典与克里特岛休战的条件,这一天早晚会到来的。有一天,忒修斯传话回来告诉我他的归期,并指示我开始准备婚礼。

我们结婚的日子,就像牛头人诞生的那天一样,是我不愿回想的事情。每当我脑海中闪现出那天的记忆,我感觉到的只有阿里阿德涅不在我身边的痛苦。雅典人仁慈但陌生的手为我梳妆打扮。站在这里的本该是我的姐姐,她一直梦想着这一天。

如果我以为与忒修斯结婚可以平息让我感到煎熬的疑虑,那我就错了。我们结婚后,他声称出于对阿里阿德涅的尊重而让她一个人过夜的说法变得更加可疑。在我看来,贞洁的阿耳忒弥斯女神,没有理由因为阿里阿德涅帮助忒修斯走出迷宫而派她的巨蛇去惩罚她。我只能猜测,我的姐姐是因为别的事冒犯了这位处女神,因而付出了惨痛的代价。

但在我身边酣睡的忒修斯绝不会说出来。

# 第十九章

## 阿里阿德涅

我随时准备着狄俄尼索斯告诉我他要离开了。世界在呼唤他,他要乘着波浪远行。但他留下来了。起初他没有提起他母亲的事,当晚上我们开始习惯性在海滩散步之后,他又一次提到了这个话题。

"我的母亲塞墨勒是个凡人,我的父亲是宙斯,雷电之神,奥林匹斯山的统治者。他的妻子赫拉嫉妒心很强,但我父亲无法拒绝他在人间遇见的美丽女人。美丽的赫拉主宰所有的女神,但宙斯不满足于一个女人。当他看到塞墨勒时,他毫不犹豫地把她变成了自己的女人。"

我听过不少相似的故事了。但狄俄尼索斯的讲述似乎蕴含了更多的意义。神随时都可以拿走自己想要的东西。狄俄尼索斯想要什么?他直言不讳,表情坦率,我准备好迎接任何可能发生的事,但他只是继续讲他的故事。

"塞墨勒很高兴受到这个英俊青年的关注。他称自己是最强大的神,她没有怀疑,也没有反抗,跟着他远离赫拉的监视,隐居在一个与世隔绝的海湾。过了一段时间,她怀孕了,逢人便炫耀。当赫拉听说这个愚蠢的女孩吹嘘她将诞下神的子嗣,便开始了她的报复计划。她装扮成一个老妪拜访了我的母亲，对她的故事表示怀疑。她问塞墨勒：'宙斯为什么不以自己的真身来见你，他可是以奥林匹斯神的雄姿与赫拉相处的。'她给塞墨勒出主意：'让他给你展示他真正的样子，然后你就可以完全确认你怀的是他的儿子……'"狄俄尼索斯停顿了一下。

听到这里，我感到胃里一阵不适。我知道赫拉把所有的怨恨都用来惩罚宙斯的情人。这一定是个骗局，我能感受到狄俄尼索斯讲述他母亲遭遇时的痛苦。

"于是，塞墨勒去找宙斯，让他发誓，他会满足她的任何愿望。宙斯笑着对冥河起誓，这条河能够将所有生灵送到冥王哈迪斯那里。即便是全能的宙斯，也无法打破誓言的枷锁。因此，当塞墨勒要求他展示真身时，他知道赫拉发现了他的背叛，这是她的报复。他心情沉重地褪去凡人的躯壳，他那令人敬畏的圣体金光迸射。凡人无法承受这样的景象。我怀孕的母亲在一瞬间被烧成了灰烬。"

我瞠目结舌。赫拉的惩罚是如此的聪明。她再一次赢了他出轨的丈夫，另一个女人再一次付出了代价。"那么，你怎么……？"我问。

"我怎么没有在她的肚子里化为灰烬？"狄俄尼索斯皱了一下眉，"我的父亲在她燃烧的时候把我从她的子宫里拔了出来。我还没有到出生的时候，所以他把我缝进了他的大腿，直到时机成熟。因此，我出生了两次。我父亲用他的血肉培育了我，因此我从出生就是一个真正的奥林匹斯神。"

我为他感到一阵悲哀。神的怨恨和受伤的尊严夺走了他的母亲。牛头人至少享受过母亲温柔的爱抚，不过他疯狂的大脑无法理解这种爱。

"赫拉当然不能容忍我在奥林匹斯有一席之地，所以我父亲把我托付给尼萨山的仙女照顾。那里远离赫拉常去的地方，我还小，可以安全藏身。"

这就解释了为什么他的举止完全不符合我预想中的神。他没有在奥林匹斯的金色大殿里长大,身边没有狡诈残酷的同伴争权夺位。他也没有受到宙斯的熏陶,认为世界是摆在他面前的盛宴,他可以随意取用和丢弃。"我在山坡上长大,受到所有人的爱护和照顾。她们是一群姐妹,跟父亲西勒努斯生活在一起。是他教会我如何把葡萄压成酒。他是一个快活的老人,总是笑对生活的荒谬,也是一个伟大的葡萄酒爱好者。我很小就从他那里学到了美酒的秘密。"

狄俄尼索斯说起他在尼萨山的生活时,整个人都变得轻松了。我们在巨石堆前面停下,我坐在一块石头上,他靠着其中一块石头休息。阳光照在他的脸上,他周身散发着金色的光芒,我被这美丽的景象所震撼。这是宙斯的荣耀洒下的阴影,塞墨勒死前看到的最后景象。他用手臂遮住眼睛,朝我笑了笑,慵懒而优雅。

"有一天,老西勒努斯像往常一样到处游荡,不知不觉走到了米达斯统治的弗里吉亚王国的山脚下。西勒努斯经常喝得醉醺醺的,当他在一个喷泉边停下来喝水时,不小心在正午的阳光下睡着了。他醒来后受到了米达斯国王的款待。于是我向米达斯国王承诺,作为对他善意的回报,我将赠送任何他想要的东西给他。"

我猛地看向狄俄尼索斯,不确定故事的发展方向。他还在笑,但手臂的阴影遮住了他的眼睛,我看不清他的表情,于是我也附和他的好心情笑了。

"米达斯国王对这一提议很满意,仔细考虑了一下。弗里吉亚并不是一个富裕的王国。他渴望用无尽的财物征服他邻国的对手。"狄俄尼索斯说到这里忍不住笑出声来。"是的,他想要黄金,准确来说,是将他所接触的一切变成黄金的能力。

"你可以想象,当我满足他的愿望时,他有多高兴。他手臂下面的桌子立刻变得闪闪发光。他触摸身边的石柱，眼睁睁看着它们变成黄金；他把手放在喷泉上时，流水凝结成金色的波纹。他脚下的石板，他手舞足蹈围绕着的橄榄树，甚至是他用手指轻抚过的草叶，都是金色的。闪亮的表面反射出刺眼的太阳光，他的朝臣们不由自主地遮住了眼睛。米达斯兴奋地在院子里转圈，然后他突然摔了一跤。他的长袍变成了坚硬的黄金铠甲。他挣扎着站起来，就像一只被掀翻的乌龟，眼中露出疑惑。"

我听到这里也忍不住笑了。一个国王趴在地上，想要挣脱他渴望的黄金外衣，这个画面想想就很好笑。但狄俄尼索斯的眼睛里有一种邪恶的东西，我开始隐隐感到不安。

"国王很倔强，一定要自己站起来。他的随从向他拥来，他不耐烦地打发他们走开。在混乱中，没有人看到米达斯的小女儿穿过院子跑向她倒下的父亲，渴望加入他的游戏中。"

我倒抽一口气。狄俄尼索斯不可能……

"她至多只有三岁，非常黏人。她冲到他摔倒的地方，看着他僵直地被长袍禁锢着，她用胖乎乎的小胳膊搂住他的脖子，把脸贴在他的脸颊上，高兴地亲吻。"

"一尊黄金的小童的雕像就这样倒在地面上，金属的铿锵声在骤然安静的空气中回荡。"狄俄尼索斯看着目瞪口呆的我停顿了一下，"当她的父亲哭泣时，咸涩的泪水凝固在他的脸颊上，像一颗闪耀的珠宝。"

我说不出话来。我被吓坏了。那个全心全意扑向父亲怀抱的小女孩变成一尊冰冷的雕像，一个自己的复制品。狄俄尼索斯和其他神一样——冷酷、残忍、小气。

我不知道自己现在是什么表情，但狄俄尼索斯看到后仰头大笑。"阿里阿德涅！你肯定觉得我连这个孩子都不放过？我当然不会惩罚无辜的人，"他说，声音里带着笑意，"我是真的很感激米达斯，他是一个善良的人，所以他才会照顾西勒努斯。他在那个瞬间明白了自己的愿望有多么愚蠢。我马上收回了这个礼物，把他带到河边，让河水的力量带走了他身上的枷锁。直到现在，那条河的淤泥里仍然有很多黄金碎片。我让那个小女孩活了过来，她什么都不记得，一切都恢复了原状。米达斯国王学到了什么才是真正有价值的东西。不可否认，这是个有趣的轶事。"

我松了一口气，但我还是感到不安。狄俄尼索斯的仁慈把一出悲剧变成了有意义的趣闻，故事的结局是好是坏，全在他一念之间。

他伸出手拉着我站起来，仔细看着我的脸。他的美让我无法呼吸。他像镀了一层金，仿佛米达斯愚蠢的手指拂过他的皮肤，给他注入了黄金。伟大的太阳神赫利俄斯是我的外祖父，我们兄弟姐妹继承了他柔和的光芒；狄俄尼索斯壮美、充满活力的存在使我身体里的太阳神之血显得虚弱无力。他的手指触及我的脸颊，就像一块白热的烙印穿过我的肉体，烧到了我的灵魂深处。他身后的天空被灿烂的晚霞点燃。这一刻是我可以实实在在抓住的东西。我在这里找到了立足之地。但我不知道米达斯的故事是警告还是安慰。

他挪开了手。"你不信任我。"

这是真的，但我也无法说出犹豫的根源。他在玩弄我吗？也许他精心讲述的这一切只是自娱自乐。他内心深处和其他神一样野蛮？我不知道。

"当我还是个孩子时，我相信神。"我不知不觉开口，"但波塞冬给我们送来了弥诺陶洛斯。我的父亲袖手旁观。当忒修斯来时，我以为他和他们不一样。但他更糟糕，至少其他人从不假装什么。"

他的表情变了，只有一点点。他不笑的时候看起来就像大理石雕像，不过他脸上那不食人间烟火的角度是任何雕塑家都无法做到的。他对我说："我没有假装。"

但我怎么会知道呢？我所知道的是，明天会到来，他也许还在这里，也许已经离开了。可我并没有在孤独失落的黎明中醒来。每个早晨，狄俄尼索斯都在。小岛在他的歌声和笑声中活了过来。葡萄树疯狂地生长着，他告诉我如何修剪粗大的木质茎，以免它们完全吞噬小屋。他还种植了蔬菜和果树，我喜欢待在他身边，把双手伸进泥土中耕作，看着绿芽长成枝丫，开花结果，树枝上挂满石榴、柠檬和无花果。

每天，我都与黄金般的神一起散步。我说服他带我到处看看。在他的陪伴下，我进入森林的最深处。我惊讶地发现自己的双腿变得更有力了。他告诉我一条穿过森林走到山脚下的路，我们一起爬上了一处低矮的山坡，找到了一块空地。我感到非常自豪。那里有许多岩石，站在上面可以看到身后的景色。

"你觉得我的家怎么样？"狄俄尼索斯意味深长地问我。

我累得气喘吁吁，几乎说不出话。"太漂亮了。"事实确实如此。纳克索斯岛比我想象的要大。岛上有丰富的植被，大片的森林一直延伸到险峻的海湾，紧挨着金色的沙滩与翡翠色的海水。岛中央的山峰比我们现在所处的山峰地势矮小，在赫利俄斯的眷顾下，一切都熠熠生辉。

"我很高兴你喜欢这里。"狄俄尼索斯说。

他慢慢地告诉我他成长的故事，他描绘了一首田园诗般的青年时代。美好可爱的仙女、愚蠢好笑的西勒努斯使他的童年与其他神完全不同。其他神要么变成了赤裸裸的恶魔，要么在战斗和厮杀中走向成年。

一个黄昏，他指着一圈在靛蓝的夜空中微微闪烁的星光。"那些是我的姑姑，是抚养我的仙女许阿得斯。她们死后，宙斯把她们安置在天空中，以感谢她们帮我躲过了赫拉的追杀。"

"但赫拉并没有放弃。"他继续说,"我成年后,父亲认为我安全了,于是把我带到了奥林匹斯。她无法击倒我,但她让我变得疯狂,让我从云雾缭绕的神山跌到人间。我感到有无数只蝎子在我的头骨里抓挠,这种疯狂的折磨似乎永无止境,我什么也做不了。我绝望地徘徊了几个月、几年,除了痛苦之外,什么也看不到、感觉不到。我渐渐离开了她恶毒的影响,她的注意力也转向了其他的怨恨,那种疯狂的感觉消失了。一天早上,我睁开眼睛,视线变得清晰,世界不再是猩红扭曲的形状,我的思绪终于再次流动起来。

"但我不想回奥林匹斯。我与凡人为伴,教他们把葡萄压榨成红酒的方法,给他们送去了甜美的迷醉。人们对我感激不尽,四处为我建起神龛。女人不再顺从地接受生活的苦役,她们摘下面纱,松开头发,逃到山里举行秘密仪式,远离男人的目光。男人变得宽容,因为他们疲惫不堪的妻子恢复了活力和精神,心情轻松愉快。一些人选择跟随我,追随者的数量不断增加。她们会来纳克索斯,当……当时间到了,你就知道了。"

他一反常态变得磕磕巴巴,我疑惑地看着他,想知道他说的"时间"是什么意思。

"有一天,我遇到了一个叫安普罗斯的青年,他的美貌可以与奥林匹斯的任何一个神相媲美。他四肢消瘦,皮肤光滑,总是笑嘻嘻的,我总以为我的人性跟随我母亲一起被摧毁了,但他像是我作为人类的另一半。我教会他的同胞用牛耕田。我们一起耕种了大片的葡萄田,葡萄藤长得又高又密,上面挂满了美丽、饱满的葡萄。我们有源源不断的葡萄酒供应,那些日子是我离尼萨山之后最平静和幸福的时光。"

他的眼睛蒙上了一层阴影。我紧张起来,指甲嵌进手掌心,我像猫一样静静地坐着,专注于接下来的事情。

"但安普罗斯是凡人,有着所有人类都具备的弱点。没有任何神能用复仇的诅咒或惩罚将他从我身边夺走,但他却逃不出命运为全人类准备的终极反转。有一天,他爬上高高的葡萄藤去摘一串十分诱人的葡萄,但他失去重心掉了下来,摔断了脖子。我心爱的青年就这样死了。"

"你为什么不救他?"我忍不住大喊。

他使劲摇了摇头,仿佛在驱赶一只恼人的苍蝇。"这是命运三姐妹的决定,神是无法干预的。她们手中的丝线牵动着凡人的生死,当她们剪断那根线,凡人就会死去。我哀悼美丽的安普罗斯,凡人是无法起死回生的,我不能为了拯救我的爱人就把世界闹得天翻地覆。我能做的就是在他死的那一刻,摘走了他的灵魂之光,这样他就可以远离冥界的永夜。我把安普罗斯放置在星空中,他的美丽将照亮夜空,让全人类赞叹。"

尽管夜晚很温暖,但我还是打了个寒颤。星星很快就会亮起来,那些在黑暗中燃烧的星光是神的欲望和意志的残余。我不禁想起了厄瑞涅的故事,熟悉的怒火在我体内升腾。"赞叹?"我凶巴巴地反问,"是警告我们别忘了自己的身份吧?我这一生都在听到这种故事,当神开始关注一个人,就不会有什么好结果。这是我亲眼所见,别忘了。"

狄俄尼索斯的眼神变得严肃。"安普罗斯的死是人类无可避免的,每天都上演无数遍。"

"对我们来说,这的确是平常的事。也许明天我就会从悬崖边掉下去,或者被一只饥饿的熊袭击。然后呢?"

"你会死,如果我没有回来,你也会死!"他的语气很尖锐,他原本慵懒放松的姿态变得僵硬,他不再像一个凡人,他的神圣天性受到了冒犯。"忒修斯把你留在这里,让你枯萎凋零,这也不是我的错。"

在内心深处,我知道这不是他的错。我并不是生他的气。我焦虑的是我不知道他是否会继续一意孤行，不为别人考虑，一切都是他说了算。我留在这里是因为我没有其他地方可以去，我不知道他对我的兴趣会持续多久，无疑这是我还活着的唯一理由。

"当然，如果你宁愿就那样死了，我也没有意见！"他呵斥道。

我还没来得及说一句话，他就走了。周围一片寂静。

我知道他已经不在这个岛上了。失去他的重量压在我身上。是我内心突然爆发的怒火把他赶走了。他在这里的确让我感到很幸福，但我时刻提心吊胆，怕他会消失不见。现在，我让自己最害怕的事发生了，这样我就不必再担心了。

流放到纳克索斯岛不再是被判死刑。虽然狄俄尼索斯的魔法离开了，但他教给我的知识不会消失。

他不在，我仍然种植蔬菜。我用石头碾碎大麦烘烤面包。我清扫大理石地板，直到它们闪闪发光。我不是米诺斯的女儿，不是希尼拉斯交换铜矿的筹码，也不是忒修斯立功之余的消遣。我也不知道自己是如何在他们的手上幸存下来的，但现在，我终于在这里摆脱了他们。我的余生就像蜷缩在我手掌中的一颗种子，有待播种。我从来都无法掌控自己的命运，直到我离开克里特岛，才把未来握在自己手里。我现在要做什么呢？

我在院子里跳起了母亲教给我的舞蹈，这里没有克诺索斯窥探的目光和恶意的低语。这些欢快的舞步诞生于一个单纯的时代，那时没有怪物，也没有人类利用怪物谋取权力和荣誉。狄俄尼索斯来之前那台积灰的织布机现在闪闪发亮，我逼自己开始织布。我把柔软的羊毛纺成纱线，手指灵巧的动作唤起了我和淮德拉一起织布的记忆。我们编织婚礼场景的挂毯，这是最适合公主发挥想象的主题，我们描绘了无数的场景，期待着自己婚礼到来的那一天。复杂的编织工艺一直吸引着我，但淮德拉厌恶这个缓慢的过程。我曾仔细地编织每一只孔雀和石榴的图案，因为它们都是赫拉的象征。她是婚姻女神，那些向她致敬的婚宴图腾是我们对妻职虔诚的证明。

我不想在纳克索斯织这样的图案。没有人监视我，我可以自由地讲述我想讲的故事。疲惫的勒托被赫拉诅咒，怀着宙斯的双胞胎在人间到处流浪躲避追杀。宙斯为了再次掩藏自己的不忠，将伊娥变成了母牛。当然了，还有塞墨勒，她徒劳地用手遮住眼睛躲避宙斯身上迸发出的金色光芒，但最终还是化为灰烬。

我在创作的狂热中迷失了自己，梭子在手中来回飞舞，几个小时转瞬即逝。当挂毯完成后，我总是感到无比自豪，我不再创造那些任劳任怨、安分守己的赞美神的人。我创造的完全是另一种东西。

那晚，我梦见了自己编织的故事，那些被剥夺了人形、惨遭折磨的女人聚集在一起，然后梦境幻化成了纳克索斯。我站在沙滩上望着崎岖不平的山峰，身后是巨橡树和柏树森林。我眯着眼睛看见山顶有一个人影，一种不安的感觉让我脊背发凉。一片云飘过，我看清了那个人。她白色的手臂像大理石一样光洁，大大的眼睛怒目圆睁，浓密的睫毛像是对无辜的嘲讽；她幽暗的目光无情地注视着我，眼神中透出的恨意像一把冰冷的利刃刺向我的喉咙。是赫拉。

我不安地扭动着身体，感觉自己被一张巨大的网套住，我不顾一切地向两边撕扯、挣脱束缚。我喘着粗气，在窒息的惊恐中猛地坐直，发现自己被毯子缠住。黎明的光照亮了整间房，房间里只有我一个人。我长长地吸了一口气，摇摇头试图摆脱梦魇，让恐惧在清晨宁静的孤独中消散。

# 第二十章

## 淮 德 拉

"你一整天都去哪儿了?"忒修斯阴沉地发问,他正斜躺在一张横跨整面墙的沙发上。阳光从石墙的窗户里照进来,他的脸躲在阴影中。

我吓了一跳,没想到在这里看到他。我原以为他在山上骑马打猎,这里没有他想要战胜的野兽,他就把英雄无用武之地的挫败感发泄到无辜的雄鹿和野猪身上。我显然是他今天打击的目标。我挺胸抬头,拨开脸上的头发,直视他的眼睛。"我在王宫里。"我冷冷地说,真正的意图不言而喻。国王应该出现在王宫里,出现在他的人民面前。什么样的国王会让自己的妻子代理朝政?

"你今天又听说了什么有趣的事?"他不屑地说,"一个农夫状告他的死对头偷了他的羊?有人把蜂箱放在邻居家门口?一只狗无端咬了路人?我很抱歉错过了这些。"

"他们是你的子民,"我提醒他,"他们重视的事你也应该重视。"

他不屑地哼了一声。沉默让人感到压抑。

"有件事你可能会感兴趣。"我拿起梳妆台上的梳子开始梳理头发。宫殿里有很多人进进出出,扬起许多灰尘,粘在我的皮肤和头发上。他没有反应,我继续说下去。"南部的劳里昂山发现了丰富的银矿。有人建议我们应该用这些财富造船。"

忒修斯不以为意地耸了耸肩。

"雅典想要扩充海军吗?"我问道,但是懒得听他回答,"米诺斯的船曾经威胁着希腊的安全,但现在似乎没有人惧怕克里特岛的力量了。"

"你哥哥不是米诺斯。"忒修斯说。

这倒是真的。我哥哥低调地统治着克里特岛,弥诺陶洛斯死后引发的混乱和恐慌极大地动摇了克诺索斯的统治地位,甚至招来公开的不敬和蔑视,随着克里特的式微,雅典似乎获得了更多的关注。每天,无数远近的商人都会来拜访我们的小城堡。"你觉得我们现在和克里特一样强大吗?我们的舰队能跟他们抗衡吗?"

"我们更强大。"忒修斯说。

"但雅典很小,"我争辩道,"银矿给了我们财富,但我们有米诺斯的军力吗?我们能召集足够的人,像他那样征战吗?"

"你要带领我们打一场侵略战争?"忒修斯问道。

他语气中的嘲弄激怒了我,我用力把梳子扔到一边,它从雕花木桌的边缘掉落,在大理石地砖上反弹了几下。"我父亲曾经把雅典踩在脚下三年的时间,"我呵斥道,"如果有人想要模仿他,你难道不想保护我们不再受到任何威胁吗?还有比扩充军力更好的办法吗?"

他坐了起来,有些迟疑地注视着我。"继续说,小淮德拉。"

小淮德拉。他以为我还是那个被他的夸夸其谈所吸引的十三岁女孩。我要让他知道,这些年我一直在学习。当他满世界游荡寻找刺激的时候,我一直在这里观察和等待。"山脉为我们提供了天然的防御,使我们免受来自陆地的突袭,从来没有任何军队能够打破这道屏障。我们的水源是横穿城邦的河流,外界无法切断我们的资源供应。我们的海岸线很长，这是我们的弱点，但也可以成为优势。"

他死死盯着我，眼神冰冷。

"我们很容易受到来自海上的攻击。米诺斯就是这样攻下雅典的。我认为建立一支强大的海军是明智的。一支强大的舰队可以在未来几个世纪巩固我们的力量。但如果我们有了更多的船，我们还需要更多的人。"

"你觉得我们应该去哪里找这些人？"

我张开双臂，有点得意忘形。"阿提卡就可以。我们的周围都是小村庄和城镇，各自不成气候，但如果我们联合起来，就有百倍的人可以指挥。"

"你想让我们偷袭它们？"忒修斯站了起来，脸色很难看。

"不是用武力。"我慢慢地说。他的失望写在脸上。我把手放在他的胳膊上，让他看着我的脸。"我见识过米诺斯的暴政，"我提醒他，"他用恐惧和威胁控制着雅典，你对他有多忠心呢？就算把它们夷为平地，我们也得不到他们的人。"

"那他们怎样才会归顺呢？"他不悦地问道。

我笑了笑。"我倒是有个想法。"

\* \* \*

"我们要举行一场盛大的庆典。"忒修斯第二天宣布了这个消息，他的顾问团看上去很诧异，他们已经不习惯见到他了。"我们要邀请半岛上的所有居民来雅典，举行宴会和运动会，向伟大的雅典娜致敬，她把自己的名字赐给了这座城,守护着我们。我们以雅典娜之名招待客人,与他们一同享受女神的庇佑。"

准备的工作量非常大。我看着闲置的织布机有了新的想法。我要完成一块巨大的披肩,在庆典活动当天披在雅典娜的雕像上。我把附近的织工都聚集到了雅典,这群快乐的女人有的从遥远的西塞隆山和帕内奈斯山赶来,有的来自奥罗波斯的边界以及阿索波斯的岸边。我准备了一间宽敞的工作坊,里面摆放着一台巨大的织布机,看着她们年轻快乐的笑脸和浓密的秀发,我的心都揪了起来。

我和阿里阿德涅一起织布的记忆突然涌现在脑海中——羊毛的触感,房间的光影,还有我姐姐温柔舒缓的语调。我忍住眼眶里打转的泪水。"姑娘们,我要交给你们这个庆典最重要的任务。"她们安静下来,严肃的眼神和认真的表情让我感动,"我们要织一条足以覆盖市中心雅典娜雕像的大披风,这条披风不但要够大,还要够精美,让我们的女神感到满意。你们是因为高超的编织技术被选中来到这里的,现在是向阿提卡展示你们才能的机会。"

但对我来说,真正的礼物是看着她们工作、无拘无束地交谈。这里是属于女人和女神的神圣空间,男人禁止窥探与监视。她们充满活力的脸庞和兴奋激动的谈话让我想起了多年前克里特相亲相爱的姐妹。

经过几个月的准备,我们终于在一个早春的黎明完成了。空气凉爽,微弱的星光挂在西方的夜幕之上。我站在城墙上目送她们,微风吹来一阵阵歌声,温柔空灵的旋律若有若无。

她们恭敬地捧着这幅杰作,精致的刺绣图案是深橙色的,边缘是风信子蓝,上面描绘了创世神与泰坦之间的大战。战神雅典娜位于战斗的中心。我站在忒修斯的身边,露出了胜利的笑容。

游行之后是献祭。几位处女祭司卡奈弗里牵着四头系着绸带的公牛，把圣刀递给男人，他们割开了公牛的喉咙，祭司在一旁发出了令人振奋的悠长嚎叫。太阳升起来之后，祭坛上冒出的烟雾带着烤肉的香味飘向了奥林匹斯山巅。

祭祀仪式过后，运动比赛正式开始，比赛的项目比克里特丰富多了。阿提卡的竞技者欢聚一堂，城市中心热闹非凡，四处都是色彩斑斓的人群。我为忒修斯感到高兴，他紧紧抓住我的手，带着我穿过人群。年轻人在观众震耳欲聋的欢呼声中互相挑战赛跑。肌肉隆起的男人一边涂抹油一边打量着对手，为拳击和摔跤做准备。我感受到忒修斯热忱的目光，这件事使他对我另眼相看，庆典十分成功，我们之间难得一团和气。竖琴演奏出动听的音乐，歌声悠扬，空气中凝聚着一片欢腾的热气。忒修斯在比赛结束之后颁发了奖品，赢得了人们的阵阵欢呼：是忒修斯把整个阿提卡团结在这场伟大的庆典中。我看到他咧嘴一笑，众人的崇拜和比赛的成功让他十分高兴。虽然这是我的主意，但我并不反感他邀功。我很满意自己的想法能够取得这样的成就。

雅典赢得了四方的尊敬——不仅仅是阿提卡地区，雅典正慢慢成长为希腊最强大的城邦。米诺斯会卷土重来的想法时常让我感到焦虑。我已经很多年没有听到过他的消息了，但我不敢奢望他会孤独地死在某个偏远的小岛上。

忒修斯的陪伴不再令人难以忍受，因为他每次回来仅作短暂的停留。他的冒险经历中我只对一件事感兴趣，大约在我们结婚一年后，他终于带着米诺斯的消息回来了。

忒修斯告诉我，我父亲沿着世界另一边的海岸搜寻代达洛斯，他带着一只螺旋的贝壳，每到一座城邦都下达一个挑战，寻找一个能够用线穿过贝壳的人。

"只有代达洛斯才能做到。"我猜测道。

"那是自然。"忒修斯激动地回应,眼睛在火把的亮光下闪着光。他躺在沙发上,慵懒地端着一杯酒。不可否认,虽然他是个无趣的人,但他的外表非常英俊。"当他到了西西里岛科卡罗斯国王的宫殿时,老国王断言他知道有一个人可以解决这样的难题,然后叫来了代达洛斯。米诺斯穿着斗篷,遮住了自己的脸。代达洛斯将一根细得几乎看不见的线系在一只蚂蚁的腿上,然后让蚂蚁钻进贝壳的一头拉着线从另一头出来。米诺斯突然站起来,掀开了长袍的帽子,表明自己的真实身份是克里特岛的国王。"

忒修斯笑了一下,喝了一大口酒。他用手擦了擦嘴,继续说:"他要求科卡罗斯国王归还他的俘虏,国王心里极不情愿,因为代达洛斯的技艺是不可多得的财富。他嘴上答应了米诺斯的要求,说服他带着战利品开始长途跋涉之前稍作休整。他告诉米诺斯,他可爱的女儿已经为他备好了热水和精油,以清洗他身上的脏污,缓解他身体的疲惫和疼痛。米诺斯欣然接受了他的款待,这是他应得的。他爬进浴池,享受着美丽的公主们对他的奉承和赞美,然后她们打开了代达洛斯为这个场合专门设计的阀门。据说机关打开后放出了沸水,瞬间就把你父亲烫死了。"

当他讲到故事的结尾时,我猛地坐直了身体,双手紧紧抓住座椅的边缘。忒修斯紧紧地盯着我,看我如何反应。我渐渐感受到了故事的实感,喉咙里发出了一声奇怪的笑声,我不知道自己竟然能发出这样的声音。

忒修斯笑了。"我知道你肯定会喜欢这个消息。"

他比我想象中要更加了解我。他沉浸在自己的传说里,其他人不过是他故事里的一个小配角。但他明白我对米诺斯的仇恨有多深。"谢谢你。"我告诉他。这一次,当我们的目光相遇时,我没有躲开。

我恨他对我隐藏了许多秘密。但他给了我梦想中的生活,这是我在克里特永远也无法得到的。他并不关心我每天是如何度过的，我对治理国家的兴趣也从未威胁到他。他关心的是雅典持续繁荣和强大，他不必真正承担一个统治者的责任，可以随时外出探险。

但他的抚摸总是让我不寒而栗。他的手是我姐姐生前握住的最后一双手吗？他真的妥当安葬阿里阿德涅了吗？还是随意处理了她的尸体？她的灵魂是否仍在纳克索斯岛游荡，充满怨恨和不甘，无法进入冥界？

我在克里特时，被忒修斯的外表和故事所迷惑。现在我知道自己年轻时迷恋的是虚有其表的东西，就像山坡上零星的积雪，清晨的阳光一照就融化。但我决不能流露出对他的厌恶，尽管我很享受权力，但他可以轻易击碎这个幻觉，夺走我所拥有的一切。我是个有用的工具，这些年一直在磨炼处世的方法，无论是来访的政客还是烦恼的居民，我都能得心应手地应付，但我永远不能忘记忒修斯是国王。如果我必须奉承任何人，首先必须是他。

这很有效。他对他的王后很满意，醉心于伟大征途，在永无止境的征途中铸造永恒的荣耀。如果我能抛开噬心的怀疑，忘记我的姐姐，我可以忍受他的陪伴。这是我在雅典生存的关键。我绝不能想到我的姐姐。随着岁月的流逝，这已经变成了我的第二天性。

忒修斯没有固定的归期，而且他在外旅行的时间也越来越长，但在他一次回家后不久，我怀孕了。突然间，我的头脑被另一件事完全占据了。我压制了自己的痛苦、悲伤和愤怒。我已经习惯了根本不再想起阿里阿德涅。

# 第二十一章

## 阿里阿德涅

梦见赫拉之后,我一整天都无法摆脱幽闭窒息的感觉。当我在温暖的阳光下打理蔬菜时,仍然感觉到她目光的压迫感。我总是不自觉地抬头望着山顶,确认上面是否有人。

那天,对狄俄尼索斯的思念突然袭来,像那些葡萄藤一样缠绕着我,因为我不停想起他的母亲和赫拉残忍的报复。狄俄尼索斯跟其他人不一样,他不在乎我有什么价值,不要求我为他做什么,相反,他给予我的是仁慈和热情。我意识到自己是多么想念他。我在宫殿里唱歌,微弱的声音在空荡荡的房间里回响。花园里丰收的水果是我的骄傲,但他没有看到我努力的成果,我感到十分空虚。

我后悔因为安普罗斯的遭遇而责怪狄俄尼索斯。他向我倾诉了他的悲伤,而我却以愤怒回应。现在,我有很多时间思考,我终于找出了自己愤怒的根源。我生气的是神随意玩弄凡人的生命,但狄俄尼索斯并没有这样对待安普罗斯。我气的是自己越来越喜欢狄俄尼索斯,就像当初自己愚蠢地信任忒修斯一样,我也知道狄俄尼索斯不是一个没有良知、只知道吹嘘的英雄。在我心底隐藏的角落,我不甘心自己不是他的第一个爱人，如果不是因为安普罗斯失足摔死，狄俄尼索斯可能还远在大洋彼岸，和他最先爱上的凡人待在一起。

我渴望再见到他，以抚平离别的伤痛。不知道过去了多久，当我再次在海滩上看到他时，忧心的感觉一下子不见了，我毫无保留地向他奔去。

他热情、温暖的微笑是一束金色光芒，抚慰着我的内心。他把我搂在怀里，经过了长久的孤独，这种感觉既梦幻又真实。

我想说的话太多了，不知道从哪里说起，脱口而出是一句简单的"我真高兴你回来了"。

他望着我。"我总会回来的。"

我想相信他说的是真的。"我很抱歉，为所有事情。安普罗斯的事，我也很抱歉。我知道你和安普罗斯的故事跟其他神和凡人之间的故事不一样。"

他歪着头。"是不同。不过，你只知其一，并不知道如何不同。我想告诉你区别是什么，这样你就会明白。"

我被喜悦的巨浪冲昏头，竭力抑制着恐惧和疑虑的暗流，至少现在，我什么都不愿多想。我想听见他的声音，希望这次他的话能说服我。我抓住他的手向宫殿的方向走去。"来吧，我们一起去喝酒，告诉我到底有什么不同。"

院子里的火把闪烁着，宣示着他的回归。虽然纳克索斯属于他，但我已经习惯了这里的生活，以至于我觉得他才是客人。我拿出软垫和酒杯，和他一起坐下。我喝了一口加了蜂蜜的葡萄酒。"安普罗斯死后你做了什么？"我问道。

他晃了晃酒杯，叹了口气。"失去他我感到十分痛苦，我反复思考：人类如此生机勃勃、充满激情，但一瞬间一切都可能不复存在。我一边旅行一边思考这个问题。这怎么可能是真的，这样还有什么意义？我曾经为了逃离赫拉的折磨而远走他乡。现在我带着一个无解的问题回去了，这个问题同样使人疯狂。"

狄俄尼索斯再次停顿下来，望向远方，一个我看不见的过去。

"当然，这是困扰人类的问题。但我有能力找到答案，于是我下定决心要找到冥界。我保留了安普罗斯的灵魂，因此他并不在那里，我无法承受看见他毫无生气的脸和空洞的眼神。不过我希望能看一眼我的母亲，她死时我还是个未出生的婴儿，甚至无法在她的子宫外生存。我无法保存她的灵魂，她将永远在冥府游荡。但是，如果我能见到她，也许我可以为她做点什么，以补偿她遭受的巨大不公。"

"冥界？"我大呼一口气，"怎么找？"

他幽幽地笑了。"旅程漫长。冥界很隐蔽，甚至逃过了不朽之身的窥探。奥林匹斯山骄奢淫逸的神对冥王哈迪斯敬而远之，他们害怕他那苍白严峻的面孔。他们习惯躺在沙发上喝着香蜜，享受美食，被纯金和奢侈的事物所包围，绝不可能走进昏暗、潮湿的隧道。那里深不见底，爬满了昆虫、蠕虫和窜动的生物。但我和他们不一样，我不怕黑暗。"他喝了一大口酒。

他手握着高脚杯的底座，喉结滑动了一下。我着迷地看着。"那是什么样子的？"

"我从未见过这样的地方。当我到达冥河沼泽时，一身黑袍的船夫卡戎沉默不语，只是点头示意。岸边涌动的可怜的鬼魂试图抓住我的长袍，登上摇摇欲坠的小船。他们死后未被埋葬，灵魂将永远被困在沼泽地中。他们无法阻止我，也不能陪伴我。"

我打了个寒战。如果狄俄尼索斯没有及时回来，我的命运也是这样的。

"我该怎么向你描述穿越那条静止的黑河的感受呢？当我们的船驶过时，迷失的灵魂的哀号变成了微弱的呻吟。水流因为泥浆变得缓慢，唯一的声音是卡戎的船桨拍打着黏稠油腻的水面时发出的。这样的旅途，人类只能经历一次，而且有去无回。但我会再次回到地面，再次感受阳光照在皮肤上的温度，是这个信念一直支撑着我的精神，给了我希望。

"最后，我们到达了对岸，冥界正中心，那里不像沿途那么阴森和寂静。亡灵之地是一座巨大热闹的城市，虽然主色调是黑灰色，但这里有活动，有噪声，所有在人世间活过的灵魂都聚集在此。城市中央耸立着一座高大的宫殿，殿前是伟大的审判平原，哈迪斯在那里审视每一个来到他面前的颤抖温顺的灵魂。

"审判的任务将变得越来越繁重，哈迪斯终有一天无法独自管理。当那一天到来时，阿里阿德涅，你的父亲米诺斯会接管哈迪斯的审判平原，审判所有死亡灵魂。"

"我的父亲？"我脱口而出，"这怎么可能？"

狄俄尼索斯耸了耸肩。"我无法揣测哈迪斯的意图，但我的确预测到了这个未来。"

自从狄俄尼索斯回到纳克索斯，我不再害怕看到米诺斯的深红色旗帜。我以为自己已经摆脱了他，可以自由地活着。但是，如果他登上亡灵之乡的宝座，审判我惶恐不安的灵魂，那么他绝不会有任何怜悯。不会因为我们的血缘关系而给予宽大处理。我可以想象当我受到永恒的惩罚时他该有多么得意。只是想想我就感到很沉重。

"我无法在这么多的亡灵中找到我的母亲。"狄俄尼索斯继续说道。他看着我被恐惧侵袭，但还是继续讲他的故事，"但是哈迪斯知道每一个踏入他领地的灵魂，片刻之间，一个长袍信使向我招手，让我到大殿里去。殿前站满了焦虑不安的灵魂，他们的呻吟和哭喊响彻在无垠的黑暗之中，黑暗的穹顶盖过了绝望的杂音。他们接受审判之后，会喝下忘却之河勒特的水，抚慰死亡的悲惨记忆。

"我走过那片平原，走向宫殿前的大理石柱廊。在最中心的位置，耸立着哈迪斯的巨大宝座。这座漆黑多节的木质宝座是用一棵古老树干雕刻而成的。那棵树从时间诞生起就扎根在这里，紧紧固定住王座。当星星陨落，世界被烈火吞噬，一切都化为尘埃时，哈迪斯仍将坐在那里，统治他不断壮大的王国。

"当他说话时，声音低沉、缓慢，仿佛是一阵低吼，带有泥土的潮湿和烟灰的冷酷。'狄俄尼索斯，你来了。其他神从未来过这里，虽然他们都有能力。你为什么要来？'

"在哈迪斯的地盘，没有人可以隐瞒自己的目的。他知道每一个在那里行走的生物的想法。我清了清嗓子，微弱的声音在巨大的宫殿里回响，'我从未见过我的母亲。赫拉用残酷的诡计夺走了她的生命。我只希望能见她一面。'我没有问出那些自从安普罗斯死后，让我日夜煎熬的问题：为什么凡人像鲜花一样绽放，然后迅速枯萎什么也没留下？为什么他们的逝去会留下一个永远疼痛的伤疤、一个永远无法填补的空洞？他们存在的火光被彻底熄灭之后，为什么世界没有在痛苦和悲伤的重压之下而崩溃。"

狄俄尼索斯痛苦地笑了。"我没有大声问出这些问题，因为我不需要这么做。哈迪斯什么都知道。'你母亲完成了她的使命，'他的话像沉重的石头一样落在我面前，但他的语气并没有不友善，'她留下了一个孩子，注定成就不凡。她的生命没有什么遗憾了。你因此成为神，不再是肉体凡胎。你难道不想这样吗？'他说得没错，我从未渴望成为人，也不想放弃我的神性。我只想了解成为凡人的代价。

"哈迪斯坐在木质王座上，高大威严。他显然对我的想法和动机毫无兴趣，也不在意我是否回答他的问题。'塞墨勒来了，'他告诉我，'你可以见她，和她说话。但她属于我的王国，她不认识你，也不理解你说的话。她的记忆只有回到她的世界才能恢复，那样做是绝对禁止的。'我抬起头，吓了一跳。那双冰冷的黑眼睛正盯着我。但我还没开口，就看到我的母亲正向我们飘来。

"我不知道哈迪斯如何无声命令她的。我也无法解释为什么自己一眼就认出了她，我只听说她的美丽足以引起宙斯的兴趣。我的骨头、筋骨和血脉认识她。我感受到了一种不可动摇的实感。

"她不认识我。她空洞的眼睛看不到我。我说话时她没有转过头来。当我试图抓住她的手臂时，手指只握住了一缕青烟。'她会跟着你的。'哈迪斯的呼吸在我耳边变成了黏稠的雾气。我没有听到或看到他站起来，但他瞬间就站在了我的身后。'你可以跟你的母亲在我的城市里散步，年轻的神。结束之后，我的摆渡人会带你回到冥河对面。记住，他只带你一个人走。'他的警告让我脊柱发凉。

"我开始忙乱地向前走，不知道要去哪里，只想远离这个可怕的神。我的母亲跟在后面，几乎是一个影子，没有目的或方向地移动，什么也看不见，但一直跟在我身边。尽管她并不是真正在我身边，但这是我第一次和母亲一起散步。"

狄俄尼索斯的声音断断续续，我仔细看了看他。他的脸因为情绪而紧绷，悲伤让他永葆青春的脸脆弱得像个孩子，而在这表面之下，是一股沸腾的怒火。狄俄尼索斯是神，神不需要承受悲伤带来的耻辱。我听过的所有的故事里，当一个神感到悲伤的时候，另外一个人会受苦。

"我的计划一下子就形成了。我不知道自己的意图，也不允许自己多想，但这个想法越来越强烈，就像一棵古树的根盘踞在我的身体里。

我无法说服自己温顺地乘着卡戎的船离开。我被一种不可动摇的信念紧紧抓住,如果我母亲能再次看到阳光,她将不再如此浑浑噩噩、遥不可及。我发誓要把她带走。"

"但你要怎么做?"我支支吾吾地说,"你们怎么可能躲过哈迪斯的眼睛,你也说了,这是不可能的。"

他瞥了我一眼,僵硬的表情稍稍缓和了一些。"你是对的,没有人能偷走哈迪斯的东西,宙斯本人也做不到。电闪雷鸣的宙斯肯定不行。即使是诡计多端的赫耳墨斯,穿着能够飞行的鞋,带领颤抖的亡灵来到冥界的大门前——他是唯一一个接近亡灵之地的人——也不敢偷偷带走一个幽灵。没人敢跟哈迪斯作对。

"但我告诉过你,阿里阿德涅,我跟其他神不一样,我生活在凡人之中,我知道人性带来的快乐:人类的爱脆弱,但蕴含着无限的力量,人类的悲伤如洪水猛兽一般凶猛。当我与凡人分享美酒庆祝时,我感受到了你们共同的希望和渴望,我也和你们共享过痛苦和恐惧。在那些简单而古老的神圣仪式中,我们举杯共饮,将灵魂从日常的约束中解放出来。我们找到团结的理由,找到彼此的共同点。我感受过悲伤带来的无法愈合的缺口。我知道,人类的生命之所以异常闪亮,那是因为它不过是在永恒的黑暗中闪烁的蜡烛,可以被最微弱的风所熄灭。"

他靠向我,紧紧握住我的手,眼神坚定地看着我,我无法移开目光。

他的声音突然变得激昂。"神不懂爱,因为他们无法想象任何事情会有期限。他们的热情不像凡人那样强烈,因为他们有永恒的时间追求想要的东西。他们怎么可能懂得珍惜?对他们来说,任何东西都不过是过眼云烟,当他们失去兴趣之后,还会有下一个,直到时间的尽头。英雄也不懂爱,他们只衡量价值——用敌人的骨头堆成的山,无数的财宝和歌颂他们的不朽诗篇。他们只在乎名声,对只有凡人才能献出的回报视而不见,当成垃圾一样丢弃。他们都是傻子。"

他的话温暖了我的内心,抹平了我失去忒修斯的痛苦。狄俄尼索斯解答了我的疑问。忒修斯离开我不是因为我是个错误,也不是因为我不重要。对他来说,除了追求名声之外,其他什么都不重要。我不能因为一个不懂任何价值的人怀疑我自己的价值。

"那么,哈迪斯没有怀疑你吗?"我问道。

狄俄尼索斯又笑了。"恰好那天冥界缺少一个守卫,"他说,"冥界被俄刻阿诺斯河包围,有五条河流流经那里。卡戎看守着斯提克斯冥河,但其他几条河可以尝试。不过非常危险,其中一条被可怕的刻耳柏洛斯镇守着,这只大狗比人还要高,三个头每一个都口吐白沫。我承认,我并不想对付地狱犬,我没有音乐家奥菲斯那样的技巧,无法用琴声把野兽哄得安然入睡。但幸运的是,我去冥界的那一天,还有一位伟大的英雄在我之前到了,正是赫拉克勒斯。他去哈迪斯的领地有两个目的:制服可怕的看门狗,拯救他的门徒。是的,你的情人忒修斯因为执行一项愚蠢任务,把自己困在了冥府的沼泽里,他企图把冥后珀耳塞福涅从哈迪斯的身边劫走。"

看到我脸上惊讶的表情,他笑了。"高贵的忒修斯在讲述他的传奇经历时居然忘记了这个小插曲?也难怪,他同伴皮里托奥斯被刻耳柏洛斯撕成了碎片,忒修斯一直躲在暗处,直到赫拉克勒斯把他救出来。"说到这里,狄俄尼索斯甩了甩头,又发出一串响亮的笑声。

我既觉得好笑,又感到惊恐。狄俄尼索斯所描述的忒修斯贪婪、懦弱、异想天开,与忒修斯自己讲的故事天差地别。然而,我无法否认,这是真实的。

我抬起头。被忒修斯抛弃的耻辱感终于被浇灭了。狄俄尼索斯的眼睛亲切而温暖地盯着我。我感到我们之间的空气仿佛凝固了,充满了张力。"也就是说,因为赫拉克勒斯制服了刻耳柏洛斯,所以你才能带走塞墨勒?"我问道。

狄俄尼索斯耸了耸肩。"也许吧。这绝对是运气。当我带着她经过时,看到入口处无人看守,地狱犬的链子被扔在地上、扯断,我知道我不能错过这样一个机会。我催促她通过,不敢有片刻犹豫,但在回到地面的漫长而曲折的路程中,我感到了恐惧的冰冷触感,这是神不常体会到的感觉。"

"为什么你说也许?"我疑惑地问道。

"哈迪斯的想法深不可测,我很好奇,地狱犬不见了,他会不知道?他能不知道我到冥界的真正目的吗?他知道我想要我的母亲回来。"

"但他为什么会让她走?"以我对哈迪斯的了解,很难想象他会同情塞墨勒。

"不要小看神复仇的能力。"狄俄尼索斯挑了挑眉毛,"哈迪斯知道赫拉被自己的嫉妒之心折磨着。而且他知道,一旦我把塞墨勒从冥界带出来,我就不会再让她离开。当赫拉看到她的对手回到奥林匹斯山,分享她的黄金座椅,和他们一起享用美味珍馐,一定会让她气到发狂。我猜他和我都想看到这一幕。也许这为他寒冷的宫殿带去了一丝温暖,驱散了他周围的迷雾。我觉得他肯定不会允许我羞辱他,而且我不相信自己能够骗得了他。"

我愣了一会儿。"那么,你的母亲……?"

"成了奥林匹斯的一位女神,是的。"狄俄尼索斯说,脸上洋溢着胜利的喜悦。"当我们离开冥界的那一刻,她的灵魂完全恢复了,宙斯看到了我的成功,无法拒绝我的请求。她现在是主持我祭祀的梯俄涅女神。赫拉不能碰她,但必须每天见到她。"

狄俄尼索斯的故事是如此迷人,我不禁微笑起来。他毫无保留、坦率地谈论着他的感受。赫拉咬牙切齿的恨意让他十分得意，因为她曾经不择手段打压他。他对忒修斯的蔑视也减轻了我内心的痛楚，就像在烧伤的皮肤上涂抹油。

我真是个傻瓜，竟然会相信一个英雄：一个只为了自己的名字能流传千古的人。我差点就因此送命，在这片海滩上枯萎死去。我会流干眼泪，直到乌鸦叼走我的眼睛。我那失明的灵魂将永远在冥河边的沼泽游荡。但是，这个大笑的神出现了，把阳光洒进了我的生命里。

最后，一无所有的是忒修斯。历史虚幻的面纱会为他披上赏心悦目的外衣，让围着火堆或在宴会上的听众惊叹于他的勇气和胆量。但是，他们的火焰不会为他驱散浓雾或者带去温暖。他无形的灵魂只能在他的传说故事中获得微薄的快乐，像灰烬一样漂浮在微风中。

至于我呢？曾经被他所伤害者，在他看来，我已经是一堆白骨了。他有没有想起过我？当他讲述自己是如何用战锤击碎弥诺陶洛斯的头颅、用他的拳头敲碎他的骨头时，有没有一刻想起过我？是我在他的手腕上缠上红线。是我在迷宫里为他准备了那件可怕的武器，让他把我的弟弟打成肉酱，将他的尸体涂抹在克里特岛的沙滩上。我嘴中说出的誓言跟我献给他的吻一样热切而真诚。

忒修斯模仿了神最黑暗的一面：他们贪婪、无情和自私，世界仿佛是一个首饰盒，他们心血来潮就能随便拿走里面的东西，因为他们相信世界本就属于他们。忒修斯就跟那些斤斤计较的神灵一样，拿走他们想要的东西，抛弃他们不想要的，从不考虑他们留下的烂摊子。

但狄俄尼索斯告诉我，他跟其他的神不一样，我知道他也不像其他男人。我更紧地握住他的手。

他回来了。也许我可以开始相信，他真的会留下来。

# 第二十二章

这座岛每天都在变化。狄俄尼索斯回来的消息不胫而走，每天下午都有新的客人到来。一群欢声笑语、载歌载舞跟随他的年轻女孩来到了纳克索斯。突然间，孤独的海滩和空旷的森林里充满了笛声、琴声和女孩的歌声。我好奇地观察她们，他告诉我，她们被称为"迈那得斯"；她们快乐的谈话使安静的小岛变得生机勃勃。狄俄尼索斯的追随者跟他一样天真可爱。她们在茂密的树林里蜿蜒穿行，爬上山坡，披散的头发在空中飘散，微风把她们的歌声带到我的面前。到了晚上，她们不停地倒着美酒，向狄俄尼索斯致敬，而狄俄尼索斯则带着赞许的微笑看着她们一起喝酒，一块跳起慵懒的舞蹈。她们似乎享受着生活简单的乐趣。月光下波光粼粼的海面，阵阵飘来的花香都是她们歌颂的主题，歌声之后是更多的笑声。白天，她们打理自己的菜地、织布，那台大织布机像抛过光的缟玛瑙一样光洁。她们还给山羊挤奶，开心地从事着简单快乐的家务劳动，这是我没有想到的。

我从未见过这么多的女人聚集在一起。她们不戴面纱，不沉默，也不卑躬屈膝。大家自由自在、漫无边际地聊天。她们肯定是抛下了父亲、兄弟和丈夫在这里游荡，不知道她们的家人会怎么想？

我无法在她们中间找到自己的位置，但跟在一旁也很自在。我们在阳光下修剪、浇灌农作物，享受收获庄稼的简单奇迹。这期间，狄俄尼索斯一直都在。我们一起吃饭，当他主持迈那得斯的祭祀时，我没有和她们一起跪着，而是坐在他身边。这些日子像珍珠项链一样一颗一颗串在一起，是一份意外的礼物。

我每天都和狄俄尼索斯在一起，他似乎不再离开了。他用行动展示了什么是神的典范，模范的男人。不仅仅是因为他的故事。我被月光下编织的浪漫故事欺骗过，所以，最好不要相信一个人对自己的描述，而是看他做了什么。狄俄尼索斯对他的追随者亲切友善，热情款待所有人。他温和地索求着我的友谊，凡事寻求我的同意。他在纳克索斯岛为我们创造了一个快乐、繁荣的天堂小岛，一个不受外面世界的法律约束的群落。我在纳克索斯跳舞时几乎忘记了代达洛斯在克里特建造的圆形木质舞池。这里没有不怀好意的窃窃私语，也没有疯狂的牛蹄声。我不必因为看到母亲佝偻的身影像鬼魂一样穿梭在精致的挂毯和雕像之间而感到羞愧。空气中没有恶臭，大理石柱和复杂精细的彩砖上也不再沾满了瘴气。我很感激自己过着连做梦都无法想象的生活。我一点也不想念克里特岛。

我和忒修斯在一场恐怖的宴会上相遇，在我们四目相对、电光火石的一瞬间我爱上了他。虽然他被铁链锁着，但是他清澈的绿眼睛承诺要给我自由。我发誓要做他的妻子，但除了他的谎言，我对他一无所知。和狄俄尼索斯在一起，一切都不同。我们之间已经建立了信任，那是一种真实、可以感知的东西。我不否认我渴望他。但我不能忽视明显的问题。

"几年后你还会来这个岛吗？"一天晚上，我们一起在海滩上散步时，我问他。

他看起来很惊讶，被我的问题逗乐了。"我已经几周没有离开了，"

他回答,"我觉得你应该问相反的问题。"

"过几年,这个岛可能会发生改变。我会改变,"我慢慢把话题引向我真正想要谈论的问题。"但你的样貌还是跟现在一样,是吗?"

他思考了一阵。他知道我的意思。"神不会老。"他最后说。

"但我会的。也许到那个时候,你就不想回来,看我如何帮你看家了。也许你会带着其他的美女回来,我已经头发花白,满脸皱纹,我会为你扫地、烧水。"想到这里,我无法掩饰话里的苦涩。

"你变得苍老干枯,我也会爱你。"我从未听过他如此激动的语气。

我一直盯着远方,看夜空中闪烁的星星,但听到这句话,我把脸转向了他。他从来没有这样对我说过话,我感到一阵心悸。"这是真的吗?"我低声说。

他握住我的手。"我可以去世界上任何地方,"他说,"一个神的自由是无限的。但我只想留在这里,给羊挤奶,和你聊天……"他停顿了一下,"我不可能爱上另一个人类。他们虚荣、愚蠢,自以为是还斤斤计较。凡人会变老,神虽永生,但永远困在自己幼稚的仙境里,没有能力改变,永远不知道什么是爱,因为他们不敢冒失去爱的痛苦。"

他的表情如此坦诚,因为痛苦和诚实而苦恼。他此刻看上去比任何时候都像凡人,一个神怎么可能如此脆弱?

"我曾经爱过安普罗斯。我知道失去一个爱人是什么感觉。它教会我即便在神的永恒人生中,每一秒钟也都是宝贵的。我不想浪费任何时间。我不愿看到你嫁给一个不值得的人,也不忍心看着你的生命消逝,没有留下孩子和任何你曾经在这个世界上活过的痕迹。我们可能只有凡人一生的时间。但它将属于我们两个人。"

我的生命也许真的属于他,毕竟是他在死亡的边缘抓住了我。没有哪个凡人能比他更值得我信任。我想跟这个男孩一样的神度过一生。他的力量可以把地球劈成两半,但他的本性却比我认识的任何人都要温和。我另一只手按在我们十指交缠的手上,双手握住他的一只手。

夜空中飘过一片薄云,月亮若隐若现,就像新娘脸上飘动的面纱。狄俄尼索斯什么也没说,紧紧抱住我。他胸口传来有力的心跳声,像凡人一样。忘记他是神总是非常容易。

* * *

你想象中的奥林匹斯神的婚礼是什么样子?银色的马拉着云朵马车?丝绸长袍上面用紫色的线缝着红绿宝石作为装饰?精致奢华的黄金腰带?宴席上源源不断供应烤肉和香蜜?宾客是一群高高在上的神灵,有着难以想象的力量和美貌,周身散发着神圣的光芒?

狄俄尼索斯和我在日落时分的沙滩上举行了婚礼,头戴鲜花的女祭司包围着我们。我们用红酒代替花蜜举杯庆祝,仪式在柔和的夕阳中进行,没有神殿里雷电的耀眼光芒。那天晚上,我们在银色的月光下烤着海里钓上来的鱼,不去考虑岛外的人和事。

我戴着一顶华丽的王冠,那是婚礼仪式中唯一让人惊为天人的部分,不知道是出自哪位工匠之手。纤细的银色底座上伸出了拱形的冠尖,每一根的底部都装饰着精美的宝石,在夕阳的照射下,仿佛跳跃的火焰。我虽然是克里特的公主,但我从未见过如此美丽的东西。可那天晚上,当我们在海滩边散步时,狄俄尼索斯突然把它从我的头上摘下来,扔进了漆黑的海里。

我惊恐万分,不知道如何反应。他毫不意外地在一旁哈哈大笑。虽然他是新婚丈夫，但我非常生气。"你这是干什么？"我问道。

他回答说："首饰会丢失的。"

我竭力忍住没有发火。

"或者被偷，被压弯，失去光泽，"他继续说，"我不想送你这种昙花一现的礼物。你的光芒让它黯然失色，所以我把它放在了它能永恒闪耀的地方。"他双手捧起我的脸颊，抬起我的下巴，"看到那个星座了吗？"

永恒的夜空里出现了一道新的弧光，我的王冠在夜幕中熠熠生辉。

"你永远不会失去我、不会失去你的王冠，"他喃喃地说，手臂紧紧搂着我，"你的王冠将引导水手在险恶的海洋迷宫中安全航行。它是深渊里的一盏明灯，给女人带来安慰；孩子们在入睡前会向它倾诉自己的心愿。它会永远挂在夜空里。"

就这样，我们结婚了，田园诗一般的生活就这样延续下去。

金色的阳光为我们带来了梦幻般的丰收。花园里鲜花盛开，山羊产下浓稠的乳汁，适合做成美味的奶酪。目之所及，葡萄藤上挂满了果实。我们把诱人的紫色水果压成宝石色泽的葡萄酒，每天晚上在星空之下一起享用。

几个月过去了，有一天，我正在给我最喜欢的山羊挤奶，奶油一般醇厚的汁水发出了刺鼻的味道。炎热的天气仿佛无形的重压让我透不过气，我想躲到树阴里好好睡一觉，缓解突然袭来的疲惫感。我喝了一口变酸的葡萄酒，胃里顿时翻江倒海，反胃的感觉像是晕船。

我以为自己快要死了，但女祭司比我有经验，正确地诊断了我的症状：我怀孕了。这个好消息短暂地缓解了我身体的疲惫和晕眩的感觉。我没有因为怀孕而变得光彩照人，但这个事实足以安慰被孕吐折磨的我。我知道，当我亲手抱着自己的孩子，这一切都将不过是一个回忆。

当然了，前提是我能够生下一个健康的婴儿。弥诺陶洛斯出生之前，我母亲就知道怀孕并不意味着新生。不是每张皱皱巴巴的小脸都能被寄予厚望、抱在怀里。每个女人都知道生育是一场生与死的旅行，对她和婴儿都是如此。随着孩子出生的时间越来越近，我无法抑制地想象着这条危险的旅程。我记得狄俄尼索斯说过，凡人的命运在命运女神转动丝线的那一刻起就决定好了。他无法改变她们的意志。我怀孕的消息让他欣喜不已，没有任何迹象表明他预测到了一场可能的悲剧。但我知道，即使是他的神力也不能看到完整的一切。新生的奥秘对神和凡人来说都是未知。奥林匹斯女神也不能幸免于分娩的磨炼。

我向分娩女神厄勒梯亚斟酒。向丰收女神德墨忒尔表达由衷的感激，感谢她赐福于我的子宫。我召集了关系好的女祭司，她们曾帮助其他人安渡险境，有些人自己也经历过生产。我们做了一切可能的准备。但是，当剧烈的阵痛开始的时候，我疼到无法呼吸，我意识到自己丝毫没有准备好。

我听克里特岛的女仆们讲述过生产的苦难过程。女孩们都不愿意相信自己某一天会躺在那里，身体被恐惧和痛苦占据，冒着被撕裂的危险，把一个孩子带到这个世界。一开始，恐惧和疼痛一起牵制着我。我紧紧封闭自己的身体，与体内的阵痛搏斗。助产士耐心劝导我放松身体，放弃抵抗。她们把冰凉的湿巾放在我额头上，握住我的手，一同感受着我的痛苦。

我慢慢感到一种平静。此时此刻，有多少女人跟我一样在挣扎？我们所有人都在努力着想要把自己的孩子平安地带到这个世界。每一波阵痛袭来，我都在脑海中想象她们的样子。我不再惊慌，而是努力感受着阵痛的过程，然后在间隙调整呼吸。在世界尽头各个角落里都有正在分娩的女人，她们有的正躺在金色宫殿宽敞柔软的沙发上，有的躺在沙漠中遮阳的帐篷里,有的在泥土或石头搭建的小屋里;当我手脚并用地使劲时,我感觉到我们是一个共同的生命体。我们是夜空中闪闪发光的星座,每个人都在努力为宇宙带来一个新的光点。我似乎感受到她们支持的双手轻抚在我的背上,她们鼓励的话语不停在耳边回响,终于,在我最后的努力下,我的儿子出生了。

接下来的事我记不清了,只知道有人把他交给了我,他很小,全身湿漉漉的,不停地哭闹着。我无法用语言表达当时的感受。渐渐地,房间里安静下来,我感受到清爽的微风从窗外吹进来,灰白色的晨光照亮了黎明的天空,云层底端染上了一层玫瑰粉色。孩子的小拳头攥住我的手指,他完美的指甲在第一缕晨光中像小贝壳一样闪闪发光。

没有彗星划过地平线,宣告狄俄尼索斯之子诞生。没有地震撼动大地,也没有雷电响彻天际。我的儿子不是为了开天辟地或者与巨人作战而诞生的。喝过奶之后,他晕乎乎地贴着我的皮肤熟睡,我不需要从他细细的眉毛里预测非凡的命运。当他惊醒的时候,四肢像海星一样舒展,似乎意识到四周不是密闭温暖的子宫,我也看不到厄运的阴影盘踞在未来,等待着将他吞噬。他不需要挥舞着小拳头在摇篮里杀死一条蛇,也没有什么伟大的秘密在一块巨石下等着他去发现。

我们叫他俄诺庇翁,意思是喝酒的人。我不希望他被狄俄尼索斯神圣的血脉所影响,他只要继承他父亲快乐的天性就可以了,生活中只有葡萄压榨机和红酒,所到之处带去的只有快乐和欢笑。他不会对喜欢报复的赫拉构成威胁,也不会向奥林匹斯索取荣耀,引发纷争。

我总是温和地微笑着,尽全力掩饰着自己的欣喜。我没有为自己的好运大声欢呼,也没有向上天炫耀我的幸福。我们继续过着安静的生活。当我的儿子每次取得微小的胜利时——微笑时第一次上扬的嘴角,走路迈出的第一步,说话发出的第一个音节,我鼓掌的声音肯定不会过于响亮。我怀着喜悦和自豪的心情，把脸贴在他毛茸茸的小脑袋上，希望上天不会注意到我贪婪地呼吸着他的气息。我下定决心，绝不能引起神的注意。

狄俄尼索斯抱着他在海滩上散步时，我总是提心吊胆。他喜欢用严肃的语气对他胡言乱语，两人仿佛在进行一次深谈。当他挤眉弄眼做鬼脸的时候，俄诺庇翁总是咯咯不停地笑。不要让他们看到你有多爱他，我无声地祈祷。不过，纳克索斯的家庭生活太过乏味，即便某个神看到了，也无法激发出破坏的欲望。季节交替，斗转星移，时间带来了一个又一个惊喜，我的腹部也随之起起伏伏。我们的幸福似乎像一条不断流淌的河流，我开始相信，我们永远逃离了外界的关注。

当然，想要逃离的只有我。狄俄尼索斯仍在寻找追随者。我们的海岸不断出现新的女祭司，世界各地为他而建的神龛也越来越多。我全身心投入到母职中，沉浸在孩子们带给我的每一个新发现里，他们永远不会在我的眼中看到帕西淮眼里那种空白。

我不再跟随狄俄尼索斯去森林里参加祭酒仪式了。每天晚上我哄孩子们睡觉，他带领着女祭司迈着有节奏的步伐走向山里。我对仪式的内容烂熟于心：唱赞歌、倒酒和跳舞。我告诉自己，一个神需要追随者的崇拜，但我只想要孩子们用胖乎乎的手臂搂着我的脖子，在我的脸颊上不停地印上笨拙的吻。

我以为仪式是不会有什么改变的。直到有一天早上，我抱着小儿子陶洛珀利斯在沙滩上散步，哄他睡觉，他不喜欢躺在摇篮里。我越走越远，他的眼皮越来越沉。突然，我看到一群迈那得斯在河边的石头上敲打着白色的布料，这很常见，但那天，我站在原地看了很久。往常河水流经岩石会激起晶莹剔透的水花，但那天倾泻而出的是猩红色的液体，在岩石的底部积起了宝石红的泡沫。我困惑地看着，闻到空气中有一股铁锈和盐的味道。

　　我参与过的祭酒仪式没有动物献祭,狄俄尼索斯也从不要求他的追随者这样做,一想到他改变了主意我就不寒而栗。我痛恨血淋淋的屠杀,克里特从不缺少这样的场景:刀刃的光,祭坛的凹槽中流下的血水,没有了生气的动物。其他神喜欢观赏这种残酷的仪式。狄俄尼索斯肯定不会这样做。但是女祭司袍子上的血要怎么解释呢?

　　狄俄尼索斯在黎明时分离开了,他没有说什么时候回来。我应该现在去询问那些女人,还是等他回来解释?我深吸一口气。如果我直接问他,他会诚实地回答吗?我犹豫片刻,正准备走过去,远处的海面上出现了另一番惊人的景象,于是我在这个清晨再次停下了脚步。

　　一艘船正向我们的海岸缓缓驶来,船上挂着的是雅典的白帆。

# PART III

## 第三部

# 第二十三章

## 淮 德 拉

我现在只想知道，为什么这件事过了这么久才传到雅典。纳克索斯距离我们这么近，我只要航行一天就能到达那里。这么多年了，忒修斯和阿里阿德涅之间究竟发生了什么，我无从得知。我虽然不相信忒修斯讲的故事，但我从未怀疑过我的姐姐已经死了。

我发起的节日已经成为一年一度的盛事，吸引了成千上万的游客来到这座城市。我们每年都要接待很多客人，希腊和其他远方地区的富商与皇室成员源源不断地来到雅典。我享受做女主人的感觉，像女王一样被众人簇拥在中间，那天晚上也不例外。白天天气闷热，阳光无情地炙烤着大地，石砖地面仿佛要烧穿我的凉鞋。我怀着孩子，炎热的天气让我疲惫不堪，全身骨头发疼。我渴望寒风、雾、雨和远山的雪顶。晚宴之后，我们坐在露天的院子里喝红酒，月光柔和，微风搅动夜晚的空气，让人感到神清气爽。

一位船长举杯向我致意，他满载商品的货船早些时候已靠岸。我对他笑了笑。"我必须要赞美您的葡萄酒，淮德拉王后。"他说，"这酒太香醇了！难道这是狄俄尼索斯的馈赠？"

我笑了起来。"我们没有那种好运,船长,但我们的葡萄园在雅典是最好的。"我以为他是在开玩笑。

"啊,我原以为这是来自您姐夫的礼物。"他说。

我眯着眼睛看着他。"你说什么?"

我的困惑让他不知所措。"我是说狄俄尼索斯,您姐姐的丈夫,酒神……"他看到我脸上的表情,不由得停了下来。

"我想你搞错了,船长,"我说,"我的姐姐已经死了。"我看向忒修斯的眼睛,他的脸色异常苍白。我坐直了身体。

船长诚实的眉头皱了起来。"那么……请您节哀顺变,王后殿下。想必是最近发生的事。"

我感觉到忒修斯焦躁不安的情绪。他想站起来,但我举起手阻止了他,是我的表情令他服从了。他急切地想要一个继承人,所以我怀孕之后权力的天平暂时向我倾斜。"我姐姐已经死了七年了,"我轻声说,"你指的是阿里阿德涅,没错吧?据我所知,我没有其他姐姐。"

我和忒修斯同时瞪着船长,他在我们愤怒的夹击之下不知所措。我看得出,他对自己开口说话的行为悔恨不已。"是阿里阿德涅,没错,"他回答,"但她没有死,王后,她在纳克索斯和狄俄尼索斯结婚了。我不知道……我怎么可能……我做梦也没想到您不知道。"

"这怎么可能呢?"我低声说,肚子里的孩子突然开始乱动,他的脚顶着我的胃壁。最近几周,我的肚子越来越大,他几乎没有任何移动的空间。

船长紧张地吞咽了一下。"我的王后,请您看看那个星座,"他大胆地说,"天空中的王冠之星,就在那里。"

我抬头看了看他指的方向,感觉一切都变得不真实。北方天空中的星弧看起来确实像一顶王冠。

"那是狄俄尼索斯在婚礼上送给她的王冠。"船长说。

震惊的感觉像潮水一样冲刷过我的身体。我挣扎着站起来想要逃跑，我痛恨自己被这具笨重的身体拖累。

"我的妻子，"忒修斯反应迅速，"她身体不舒服，原谅我们先离开。"

他握住我的手肘，看上去像是扶住我，但我能感觉到他手指的压迫。一阵眩晕再次袭来。他带我离开院子，远离观众。我们身后传来一阵关切的谈话声，但他没有停下来，搜着我回到了我的房间。

一进屋，他就重重地关上门。他表情冷淡，一副随时准备反抗的样子。我坐在床上，双手按着肚子，集中注意力想着我该说什么才能让他说出真相。

他开始了。"我没有撒谎。"

太可笑，但我的呼吸还没有恢复平稳。

他继续说道。"开始的时候没有。她就躺在那里，死了。"他看到我开口说话，抬手打断了我。"我知道，我知道你想说什么。我想……我想一定是阿耳忒弥斯用幻境迷惑了我。"

震惊之余，我佩服他还在坚持自己的谎言。我的身体做出了剧烈的反应，似乎有一只拳头慢慢合上了我的子宫。我猛地吸了口气。

"没错，肯定是这样，"他继续说，开始在房间里踱步，"狄俄尼索斯一定想把阿里阿德涅据为己有。所以阿耳忒弥斯让我看到了她死去的幻象，这样我就会把她留给他。"

"你说你杀了阿耳忒弥斯派来的巨蛇，埋葬了她的尸体。"我用尽全身力气挤出了这句话。

"一个梦，"他回答，"那肯定是个梦。"

"你做了一个梦。然后把我姐姐一个人留在了那里。"我不带任何感情地说道。

他不愿意与我对视。"你自己也说过,我们无法了解神的想法,"忒修斯说,"他们的力量……他们的幻境。比任何人类都要强大。"

那个幻境是我的生命所依。我喘着粗气,一阵剧痛像匕首一样从内向外刺穿我腹部的下端。"但你一直都知道。"我咬牙切齿地嘶吼着。

他以为我是因为愤怒才咆哮。他不知道我正承受着阵痛的巨大折磨。"我后来才听说的。很久之后。直到最近我才知道,"他看了一眼我臃肿的身体,"我不想让你担心,你知道了肯定会很难过。"

我额头冒汗,阵痛的间隙终于有了喘息的机会,"我更难过的是想到她的白骨埋在一座遥远的岛上。但事实是,她是一位奥林匹斯神的新娘!"

最后,他看着我的眼睛,回答了我没有问出口的问题。"你姐姐是叛徒,"他说,"我怎么能把她带回雅典?雅典才刚摆脱美狄亚的毒爪,阿里阿德涅跟她一样手上沾着亲人的鲜血。"

"你是雅典的英雄,你可以选择任何人做你的新娘,"我喊道,"更何况,雅典应该感激我的姐姐,是她拯救了你们的孩子!"

他刚想开口争辩,但这次换我让他闭嘴。我终于意识到自己身体出现阵阵不适的原因。痉挛开始加剧,我趁着还能呼吸对他说:"忒修斯,把助产妇叫来。我要生了。"

# 第二十四章

生孩子的煎熬，我听说过不少，但没有人告诉过我生完孩子之后的事。我不知所措地接过婴儿。助产士簇拥着我，我不明白她们在期待什么。我浑身酸痛，疲惫不堪，对睡眠的渴望超过了我一生中对任何事物的渴望。她们却把这个尖叫的小生物交给了我，他的小脸因为愤怒的哭喊而变得通红，我感觉自己的头都要被他的哭声劈开了。

他无法从我生涩的拥抱里找到安慰，对我的乳汁也不感兴趣，我沮丧地哭了起来。我想起了自己的母亲是如何学着去爱一个怪物的。为什么我只感到绝望和对这个充满愤怒的小生命的怜悯？他似乎对我这个母亲感到非常失望。

"把他抱走。"我几乎是在乞求。助产妇有些迟疑地听从我的命令，我终于松了一口气。她熟练地抱走了婴儿，刺耳的尖叫声逐渐软化成了鼻息。我移开了双眼。

缺乏母性使我感到羞愧。我眼中灼热的泪水不是因为安心和喜悦，也不是因为母爱。我在为自己哭泣，为一个可怕的真相哭泣，为我灵魂中无边无际的黑洞哭泣。

真相就是，从孩子出生最初的茫然震惊，到之后的每个时刻，我都憎恨做母亲。孩子整天都牢牢趴在我胸前，贪婪、急不可耐地吮吸乳汁。他似乎整晚都在哭嚎，尖锐刺耳的叫声一次又一次摧毁我的平静，我觉得自己快要失去理智了。我担心有人会发现我缺乏母爱，发现我内心的腐朽和伤痛，于是我坚持照料他的一切需求。我打发走女仆，不理会忧心忡忡的老妇人，她们似乎时刻都围在我身边，提供无尽的建议和帮助。我不能让她们看出我真实的想法。一个母亲怎么可能对自己的孩子毫无感情？

忒修斯来看望他的儿子，我好奇地观察他。他非常在意这个孩子，似乎很高兴。我羡慕他毫无负担的不在意。

"他叫什么名字？"忒修斯问。

我耸了耸肩，不想多说一句话。疲乏几乎让我崩溃，我不知道自己一开口会泄露什么。

他粗壮的手臂搂着一个婴儿，看上去极为不协调，几乎有点可笑。他可以毫不犹豫地走进黑暗的深渊，用战锤打败潜伏在里面的怪物，但他不知道怎么照顾小孩。我头靠着身后的软枕，感到眼泪又涌了上来。我孤立无援，没有喘息的机会。我要独自承受这一切，这也是意料之中。一种自豪的执念在我疲惫的身体内升起。我永远不会让别人知道我看着我丈夫抱着儿子时感到的那种孤独感。

"阿卡玛斯？利诺斯？还是得摩丰？"

我点了点头，没有睁开眼睛。"得摩丰。"我并不在意。但孩子至少有了名字。

我练就了忍耐的本领。他哭，我喂奶。我抱着他散步，甚至给他唱歌。不起作用的时候尽量忍着不发怒，夜复一夜，我都坚持把这些苦涩咽下去。我希望如果我像一个正常的母亲一样坚持，最终我会成为真正的母亲。

一天早上，我站在窗前看日出，手肘放在窗台上，感受着那轮金盘照在脸上的温暖。我很久都无法入睡，身体虽然疲惫，但大脑混乱，无法休息。身后，婴儿的呼吸声轻柔平稳。他不喜欢我的怀抱，整晚都哭闹不停。他不想要我，就像我不想要他一样。他在我怀里总是全身僵硬，只要我抱他，他就会拱起背乱踢。我异常平静地想，如果我走出沉睡的宫殿，走进火红的黎明，不再回来，这对我们都好。

我绞尽脑汁寻找自己冷漠的根源。我唯一近距离接触的婴儿是我母亲生下的那个怪胎。只有阿里阿德涅有勇气去帕西淮的寝宫，忍住不适和反胃，把他当作一个普通的婴儿。温柔的阿里阿德涅，我的姐姐还活着，竟然没有死，但她不在我身边。如果她在这里，一眼就能看穿我，她肯定会被吓坏的。她不在这里更好，最好不知道我心里的空洞。

弥诺陶洛斯是不正常。我强迫自己看着儿子的小脸，试图在内心深处寻找母子之间的羁绊。他毕竟是我生的，可为什么我看着他却像看到一个陌生人？他不是禁忌的产物，不是可怕的半成品。我的孩子至少是人类。为什么爱他如此困难？我不知道。

孩子刚出生的几个月，我每天都昏昏沉沉，疲惫不堪，什么都做不好，感到极度孤独。几年前，我被哥哥当作交易的筹码送上前往雅典的船——我以为阿里阿德涅死了——就像金锭或者牲口一样。我知道自己不能相信任何人，所以一直保持精神上的独立。我身边不乏陪伴的人，我享受无关紧要的玩笑和谈话，但从未培养过亲密的友谊。我一直喜欢独处的机会，在远离宫廷和宾客的间隙我可以独自思考，那时的想法从未让我感到害怕。现在，空虚的时刻让人感到害怕。照顾孩子是枯燥无味的工作，每当有空闲的时候我会去城墙边散步，想象自己是否能鼓起勇气从城墙上跳下去。

有一次，我站在城墙上探出身子想象着跳下去的感觉，忒修斯突然从后面紧紧抓住了我的肩膀，我吓了一跳。他离开有一段时间了，我不知道具体多久，因为每一天都像被蒙上了一层黑白的雾。看到他那张熟悉的脸，我惊讶地感觉到自己的胸中有一种悸动。他的皮肤被晒成了古铜色，脸色红润，像是常年出海的水手，他似乎很高兴。

我双臂搂住他的脖子，他对我从未有过的热情拥抱感到意外。他皮肤上有盐的味道，我闭上眼睛深吸一口气。在那一刻，他拥有我想要的一切——自由、刺激、逃避。我感到他试图后退，于是紧紧贴上去。

他高兴地笑了，以为我是在向他示爱。我呼吸着他身上大海的气息，那是自由和无限可能性的味道。

"我们的儿子呢？"他急切地想要知道家里的情况。

这是我第一次想听他讲旅行的故事，我垂头丧气地离开了他的怀抱。

"他长大了。"我回答，再次感到厌烦和疲惫。

"快一年了。"忒修斯说起儿子健康成长语气里充满了骄傲。

"他见到你可能会害怕，会哭。"我警告说。他看到我时总是哭，我做了一个好母亲应该做的一切，从来没有对他抱怨过一句我的痛苦。但我的烦恼肯定以某种方式影响了他。

"他会习惯的，"忒修斯说，"他在哪里？让我看看他。"

当我把他带到儿子面前时，得摩丰居然高兴地尖叫起来，并对他的父亲露出了罕见的笑容。看着他们在一起，我感到一只冰冷的手攥住了我的内脏。小男孩笑起来就像忒修斯，他是忒修斯的缩影。

我恨忒修斯，我也不相信他编造的幻境的故事，他做了一个梦，就把我姐姐留在纳克索斯等死，那是谋杀，不过他失败了。但现在我退缩了。我觉得自己是个怪物，不能爱一个无辜的孩子。得摩丰毕竟是忒修斯的儿子，有其父必有其子，谁知道他将来会说出什么样的谎言，轻易毁了一个女人？我感到不寒而栗，转身离开了他们俩。有那么一瞬间，我以为自己能够在忒修斯身上找到一丝安慰，但冰冷的现实让我明白，自己对他的感情早就被扼杀了。

我实在是太累了。我已经不知道自己是谁了。曾经那个可以熟练处理国家政务的能干王后，现在被婴儿床里无情的哭声奴役着。我只盼着他快点长大，然后就不再需要我，也许那时候我就可以重新开始生活了。

他会走路了，我为他远离我的每一步感到高兴。令人窒息的麻木感终于开始消退，我几乎产生了可以称之为母爱的东西，或者至少是兴趣。他似乎不再对这个世界感到愤怒，早上叫我起床的哭声也变成了咯咯的笑声。有一天，当我出现在他的摇篮上方时，他对我笑了，当他伸出胖胖的小胳膊环住我的时候，我内心的一小块冰融化了。

可怕的第一年过去了。笼罩着我的迷雾似乎就要散去了，我的生活里又有了希望。忒修斯离开了几周后，我几乎觉得自己是幸福的。一天早上，仆人端来了早餐的面包、奶酪和蜂蜜，我顿时没了胃口，取而代之的是恶心，我还没来得及反应，呕吐物就喷射到了地上。我盯着这摊污秽物，渐渐有了不详的预感。

我祈祷自己生病了，什么病都好。但这种情况持续了很久，伴随而来的是熟悉的疲惫感。我迫切期待着月经的到来，但新一轮满月过去之后，什么事也没有发生。一个恐怖的事实摆在我面前，我又怀孕了。绝望再次将我拉入深渊。

怀孕的过程就像一场噩梦。我觉得自己被困在义务、苦役和疲惫的重压之下。我第二个儿子出生了。这一次生产比第一次容易，但当他们把孩子交给我时，我还是没有感觉。当我在城墙边拥抱忒修斯时，感受到的大海的吸引力已经变成了遥远的记忆。纳克索斯近在咫尺，但它像夜空中的星星一样遥不可及。

阿里阿德涅从未找过我,从未想过让我知道她还活着的消息。她嫁给了一个神,是否因此就要远离凡人的家庭?她是否已经卸下了我们家族背负的重负和诅咒?她是否庆幸摆脱了我们所有人?

我想去找我的姐姐,但两个孩子年龄还小,完全离不开我的照顾,我哪儿也去不了。我还没有发现忒修斯其他的秘密,尤其是那个让我不得不留在雅典的秘密,在那之前,我还不能去见阿里阿德涅。

# 第二十五章

## 阿里阿德涅

　　我已经很多年没见过这样的船了。狄俄尼索斯的追随者一般乘坐小船或者木筏来到这里,划船的是年轻强壮的女人:有不想嫁给干瘪老人的逃婚少女;有厌倦了日常生活的妻子,她们照料所有人的需求,但唯独忽视了自己。聪明热情的女人困在家里擦洗地板,照看炉火,织布,在河边捶打亚麻布;男人们则聚在一起赌博,进行漫长的哲学探讨,在午后的阳光里享受葡萄酒,让世界满足他们的需求。当这些女人听说纳克索斯有更好的生活,她们便划着小船向广阔蔚蓝的大海出发。

　　狄俄尼索斯不是一个严格的领导者。他轻轻挥一挥手,女人们就会应邀喝酒,取悦自己。她们披头散发,欢声笑语,排着长队在山间穿梭。我丈夫的祭坛上香火旺盛,鲜花的甜美香气弥漫了整座岛屿。让我感到欣慰的是,他不像其他神那样给崇拜者送去瘟疫、不孕或者早夭,接着再赏赐一个小小的奇迹——一场降雨,一个健康的婴儿,一片有收成的庄稼,这样凡人就会继续向虚荣和堕落的神供奉礼物,以为这样他们的心愿就会传到奥林匹斯的山顶。狄俄尼索斯不喜欢这样的游戏。他的追随者可以按照自己的意愿供奉他,只要有美酒,他并不在意祭奠活动是什么。

他在祭祀的夜晚带着那些人一起走进森林，走到我看不见的地方。我应该好奇发生了什么事吗？我一直都信任他。我相信他只需要我，他和其他的神不一样。但是，当我看到女祭司的袍子上沾染了鲜血，她们年轻的面容因疲惫出现皱纹时，我有些不确定了。是否发生了我不知道的事情？我动摇了片刻，怪异陌生的晕眩席卷了我。我原本以为自己走在一条安全、熟悉的小路上，结果突然发现脚下是悬崖峭壁。

我知道狄俄尼索斯有男性追随者，他们自称为萨蒂尔。我听说过他们总是喝得酩酊大醉，荒淫无耻，但他们从不在这座小岛上狂欢，打扰我们平静的生活。而且，我认为狄俄尼索斯和他们根本不一样。他们更加不可能乘坐眼前这艘遮天蔽日的大船来纳克索斯。

我离开了还在洗血衣的女祭司，回到岩石边上，这是我望着海盗船第一次把狄俄尼索斯带到我身边时紧紧抓住的巨石。我后退着，陶洛珀利斯在我的怀里不停扭动，不顾一切地想看到更多。我安抚了他，他从出生起就是个坐立不安的婴儿。我一时犹豫不决，不知道该怎么办。

狄俄尼索斯正外出旅行，不在这里。虽然他频繁离开让我有点担心，但所幸每次旅途都很短暂。他四处传播酿酒的方法，把快乐的智慧分享给追随他的人。但他神圣的脚步总会加速回到我们身边，将孩子搂在怀里。他的信徒是从美酒和歌声中发掘简单乐趣的人，当他们的血液里流淌着醉人的液体，快乐也随之而来。是他们为狄俄尼索斯带来了荣耀。

眼前这艘大船不可能带来任何聪明勤劳、寻求自由的迈那得斯，掌舵的人也不是好色快活、崇拜狄俄尼索斯的半兽人。船上的人究竟是谁？他们的目的是什么？我必须决定该怎么做，而且要快。按照惯例，我们欢迎所有的人，因为好客是我们最崇尚的品质。我们任何人都有可能流离失所，在远方乞求好心人施舍一顿晚餐和一张温暖的床。你帮助的陌生人可能是一位衣衫褴褛的王子，或者甚至是一位伪装身份、考验凡人的真神。

女祭司们也看到了驶来的大船，她们小声交流着，焦虑的情绪传遍了小屋和田野。是愤怒的男人来这里抓捕离家出走的女人吗？但她们的恐惧使我变得异常平静。"不要担心。"我安排大家做好准备：用黄金酒杯装满葡萄酒；把地板扫干净，不要让客人的长袍沾上灰尘；拍打羽毛床铺，这样，疲惫的旅行者可以睡得更舒服。我使自己平静下来，走到海滩上沉思。

一艘来自雅典的船。我已经很多年没有想起过忒修斯了，直到此时此刻。难道这是姗姗来迟的回心转意吗？他想从我这里得到什么？他知道我还活着吗？我意外成功地改变了命运，他知道吗？他是否依旧冷酷傲慢，指望我现在还会答应他的任何要求？或许他是带着歉意来的，希望赢得我那不朽的丈夫的青睐？

无论忒修斯的来意是什么，我都不知道该如何应对。我惊讶地发现自己竟然找不到任何言语表达责备或愤怒。我抚摸着襁褓中婴儿细软的头发，他正睡得安稳。我怎么可能还在乎忒修斯几年前对我做了什么？

我站在沙滩上，看着大船抛锚。接着一艘小船渐渐脱离巨大的木质船身向岸边靠近。我竭力寻找忒修斯强壮的身影，即便时间会削弱肌肉，但也绝不会变得跟越来越近的身影那样瘦小。我用手遮住阳光以便看得更清楚。我似乎看到了黄金色的卷发，就像落在我肩头的一样。我心跳加速，呼吸急促，我手捂着嘴，泪水不由自主涌出眼睛。

她很快就来到我面前，不顾脚边的海浪，从船上一跃而下，轻盈敏捷的动作让我想起了很久以前在克诺索斯的那些日子。"阿里阿德涅！"她叫道，我还没有来得及叫出我妹妹的名字，就紧紧抱住了她。

"淮德拉，"我喘着气说，"怎么会……你从哪里……这是怎么——"

她边笑边退后一步，我用布条裹着陶洛珀利斯绑在胸前，她的表情微微有些变化。"我简直无法相信。"她说，我点了点头。她试探性地伸出手，轻轻抚摸婴儿的手指，我和她的眼睛里都闪烁着泪光。他扭动了一下，皱了皱眉头，然后又安静了。"我没想到还能再见到你。"她语调低沉。

她的声音透着重逢的喜悦，但也有别的东西，我无法确定是什么。她为什么过了这么久之后来到这里？

她那熟悉的眼神冲击着我。我上次看着这张相似的脸还是在克里特岛，那个夜晚，我们一起在月光下筹划了家族的灭亡。淮德拉依然保留着那副熟悉的叛逆神情，仿佛在向世界宣战，她是不容小觑的对手。我想知道她看着我时是怎么想的？

我有很多问题，但我必须先安置好客人。"快，让你的船员下船，"我催促道，"我们有刚钓上来的鱼，还有葡萄酒，想喝多少就有多少。"我有点不知所措，不知道该如何接待她，她已经是个女人了，我们分开时她还是个可爱的孩子。好在迈那得斯比我有能力应对这样的情况，她们带着真诚的微笑把客人带了进去。

淮德拉轻松地指挥着同行的人配合女祭司的招待，她下颌的棱角让我想起了米诺斯的威严，简明扼要的命令让人臣服。

陶洛珀利斯不安地挣扎，一只胖乎乎的小腿从包着他的襁褓里伸出来。他弓起背，开始嚎哭，小脸因为生气变得通红，一直红到了耳根。我跟在队伍后面，无助地摇晃着他，小声说着安慰的话，但他哭得更凶了。

\* \* \*

淮德拉提议我们去大厅外面走走，她的手下正围坐在长桌边大快朵颐。我很乐意在院子的阴凉处待着，远离男人觥筹交错的场合。

陶洛珀利斯正酝酿着大哭，但我有更重要的问题冒了出来。"你船上的帆……你的人穿的斗篷，淮德拉——"我不安地来回踱步。我知道哪怕我只是想着坐下，婴儿的号叫都会贯穿我们的耳膜。

她动作利落地挥了挥手，打断了我断断续续的话语。"没错，他们是雅典人，"她回答，"我坐在雅典的王位上，这也是真的。看得出来，我有很多事情需要告诉你。"她瞥了一眼我胸前哭得正凶的孩子。

我感到一阵难为情，像是胃里打了结。为什么我什么都不知道？为什么我不去了解任何事？我只关心日常生活中鸡毛蒜皮的小事：俄诺庇翁长得太快了，尴尬地介于男孩和男人之间；二儿子拉忒罗米斯总是一本正经，不苟言笑；小斯塔费罗斯纤瘦的脚踝总是露在长袍外，无论我织得多快都赶不上他长高的速度；他们的小弟托阿斯好奇心旺盛，怎样才能让他远离悬崖，别拿棍子去戳蝎子；还有，陶洛珀利斯怎样才能多睡一会儿。早上站在海滩上，看着闪闪发光的海浪，感叹自己运气好，生活丰富充实。但现在，从外人的视角看来，我突然觉得自己非常渺小。

"我们走走吧，"我急忙说，"孩子很快就会睡着了——他不喜欢安静地待着。"

淮德拉的脸色变得柔和起来。"我知道那是什么感觉。"她喃喃道。

我松了一口气，没有意识到我一直在压抑着呼吸。我感到一阵……我也不知道是什么情绪。眼泪不自觉地涌出，我不耐烦地想擦干。"你有孩子吗？"喜悦和遗憾的苦涩心情交织在一起。

她又摆摆手，仿佛那是无关紧要的事情。"有两个，"她回答，但没有详细说明，"但我不想从这开始说起——从最一团乱麻的最后开始。"她用力吸了口气，是气愤还是不确定，我说不清楚。

"那就从头说起。"我建议。

"开头。"她慢慢地说。我们穿过院子，走过我平时看海的那块巨石，沿着悬崖边缘的小路走下去。虽然她以前从未踏上过这座岛屿，但我们步调一致，不需要我领路。她还是像当年那样自信满满，夜黑风高，她在礁石上跳来跳去，挥舞着几乎和她一样大的狼牙棒，随时准备着应对一切。

她嘴唇上扬，意味深长地笑了，仿佛想到了一个只有她知道的秘密。但这不是一个简单的玩笑，她嘴角扭动的样子有一些狰狞。孩子还在闹，风吹乱了我的头发，我抱着孩子不敢用手去整理，怕他会再次开始尖叫。

"阿里阿德涅，你知道米诺斯已经死了吗？"

我一无所知。我的表情充分说明了一切。

"他已经死了很多年了……自从——"她长长地呼出一口气。"但即使如此，这也不是开始。我不知道——"

当我看着她出现在海面上，我就一直渴望问一个问题。"很可怕吗？第二天，当他发现之后？"

她笑了，尖锐的笑声吓了我一跳。陶洛珀利斯愤怒地尖叫着，扭动着身子。我继续安抚他，她眼中露出不耐烦的神情。我曾无数次想象过我们的重逢，但没想到是这样的。我以为我们会相互指责，一起痛哭难过。不是小心翼翼试探和不耐烦。我有着不好的预感，我想知道那晚我究竟留下了什么样的烂摊子。

"他大喊大叫，又蹦又跳，看起来像个傻瓜。再也没有野兽能帮他消灭敌人了。这都多亏了你。"她补充说。

"即使没有了弥诺陶洛斯，我相信——"听到她嘲笑米诺斯是很新奇的感觉，淮德拉描述的滑稽形象和空洞威胁与我记忆中冷酷的暴君形象相去甚远。

"那天晚上他失去的不仅仅是弥诺陶洛斯。"她说。有那么一瞬间，我以为她指的是我，但她继续说："我想，失去代达洛斯才是最让他痛苦的。"

我一阵心悸。"我听说代达洛斯逃跑了。我一直想知道他是怎么离开的！"强劲的风将一缕头发吹到我眼前，我看不清淮德拉的表情，但她平缓隐忍的语调仿佛在谈论天气。我知道了这位善良的建筑师和他爱子的故事。我紧紧抓住他送给我的那只吊坠——和他给我的那天一样闪耀，代达洛斯的作品绝不会因为岁月而失去魅力。淮德拉注意到了我的手势，她的嘴角微微上扬，想起了我们童年的日子。

我下意识地紧紧抱住陶洛珀利斯。我想到儿子们仰着天真无邪的笑脸，在金色的海滩上自由奔跑，无论我在哪里，风都会把他们的笑声带到我身边。我闭上眼睛，试图把他们从脑海里赶走，让海水将一切淹没。

"我知道，一只嗜血的猛兽是有效的威慑手段，"淮德拉反思道，"但代达洛斯的头脑比囚禁在黑暗中的猛兽更加有力量。"她继续讲述米诺斯立即出发寻找代达洛斯的故事。

"起初，我每天望着地平线，等待米诺斯的船，"一想起来我还是感到后怕，"我以为他随时会出现在纳克索斯的海岸。"

她又笑了。"阿里阿德涅，米诺斯根本没有提起过你！他已经失去了传奇的野兽和神通广大的发明家。失去一个女儿他怎么可能会在乎呢？你没有给他带来任何声望，也没有助力他给任何人带去恐惧。"

她没有为了我而说得委婉些。我很庆幸微风缓解了我脸颊上的灼烧感。"他是怎么死的？"我问。

他远走他乡，在西西里皇宫的浴室里被活活烫死。

我一边听着淮德拉的讲述，一边有节奏地抚摸着陶洛珀利斯，我不确定这是为了安抚他还是我。我不能假装感到悲伤，但也无法从他的覆灭中体会到任何快感。不过，我可以从淮德拉的声音中听到一丝不安。我想米诺斯已经到了冥界那片阴暗的领域。他是否已经在哈迪斯的宫殿前登基，对每个到来的灵魂进行审判？他是否等着我下去的那一天？想到有一天他那无动于衷的目光将停留在我的灵魂上，我就感到脊背一阵发凉。"米诺斯踏上了徒劳的征途，"淮德拉继续说，"丢卡利翁接管了一切，他知道克里特岛和其他地方的人对我们家族怀有恨意，这种仇恨在胸中酝酿着叛乱的苗头。他知道他可以通过制造恐惧抑制这种仇恨，就像米诺斯那样；他也可以选择一条不同的道路，与我们的敌人和解。阿里阿德涅，我们的哥哥是个温和的人，你知道他的选择。"

我的确知道。终于，所有的拼图都归位了，显而易见的事实逐渐变得明朗。"你坐着雅典的船，"我说，"狄俄尼索斯告诉我你嫁给了一位雅典王子——"

她点了点头。"没错，不过那时忒修斯已经是国王了。雅典民众同意我成为他的王后。"

我内心深处知道这是唯一的解释，但得到肯定的答案之后还是感到恶心。

"那我呢？"我听着自己颤抖、尖细的声音感到十分懊恼。

她下巴的线条变得坚毅，傲慢的甩头动作与过去如出一辙。"那还用说吗？阿里阿德涅！我们不知道你发生了什么事！"她听起来很气愤，仿佛我是一只拍不掉的苍蝇。"忒修斯谎话连篇，做好了万全的准备。"她告诉我他讲的故事，语气不善。

忒修斯无疑会向世人隐瞒自己的背叛行为。"所以你一直都以为我已经死了？"我惊叹不已。

"有一段时间是的。"她若有所思地回答。我们已经沿悬崖边蜿蜒的小路走了一段距离，她在一个石凳边停了下来，这个位置恰好可以望见宽阔的海湾和波光粼粼的海面。"我当时不知道，说谎对忒修斯来说就跟呼吸、走路或喝葡萄酒一样容易。"她平淡苦涩的语气让我感到惊讶，但她对忒修斯的精准评判在我意料之中。她逃离克诺索斯的束缚，但是又落入了忒修斯的陷阱，这会是什么感觉呢？

当狄俄尼索斯告诉我淮德拉要嫁给一位伟大的王子时，我曾设想过她的幸福生活。如果我知道那个王子是忒修斯，我的感觉会大不相同吗？难道这就是狄俄尼索斯没有告诉我全部真相的原因？他不让我知道是为了保护我内心的安宁吗？如果他告诉我真相，我会怎么做？我会远航去雅典拯救我的妹妹、把他从忒修斯那种人身边夺走吗？

我现在还记得他给我们讲故事的那个夜晚，她盯着他时那陶醉的眼神。当他不再需要我的帮助时，变得冷酷无情，深深伤害了我。但这并不意味着他也是这样对待我妹妹的。也许叛逆的天性对她有好处，因为忒修斯鄙视我的恭顺。她肯定不会像我一样愚蠢，相信他每个谄媚的谎言，她会挑战他的权威。当她说出他的名字时，声音里透着另一种情绪。我听得出，这不是一段幸福的婚姻。当她看清了爱人的真实面目时，该有多么痛苦。

她告诉我："我别无选择，只能嫁给他。但我真的不知道他是如何抛弃你的。"

我相信她声音中的诚意。有那么一瞬间，我们之间一直无法跨越的鸿沟似乎缩小了一点。

"我有怀疑，但尽量不去想这件事。我什么都无法确定，再纠缠下去对我没有好处。此外，我自己的孩子出生了，你自己也知道，母职会占据一个人全身心的精力。"她的语气有了些许变化，一些我无法辨认的东西悄然而至。"我原本希望能够见到拥有不朽之身的姐夫，他不在这里我很失望。我听说他经常远行。"

我不知道该如何回应,这不应该是什么难事,但不知为何我无话可说。我们停下来后,陶洛珀利斯又变得焦躁不安,发出断断续续的呼喊,预示着一场哭闹。我臀部左右摇摆,有节奏地晃动着怀里的婴儿,这是母亲的舞蹈,与我在舞池中疯狂的旋转截然不同。

"没关系,"她说,不再等待我的回答,"虽然我对你那来自奥林匹斯的丈夫十分好奇,但我不是来参加家庭聚会的。"

如果不是为了见我,她来做什么?

"忒修斯不可能永远地隐藏这个秘密。狄俄尼索斯声名远扬,我们听说一位克里特的公主有幸成为他的妻子。他们说他为你在天空中升起了星冠。据说狄俄尼索斯说服阿耳忒弥斯制造了你死亡的幻象,忒修斯因此抛下了你,他就可以把你据为己有。但我知道这是谎言,在我听到它的那一刻,就像一支箭射向心脏。"

我感受到了她的愤怒。我很感动她为我感到不值。我们身上流着相同的血液,我们一起度过了童年的时光,是这些事激起了她这种感受。

"我知道他可以轻易抛弃一个女人。"她不屑地哼了一声,甩了甩头发。

那晚她肯定一直等着我们,那具小小的身躯肯定勇敢坚定地在岸边站到天明。我多么希望,当我们孤独地站在两片海滩上时,我在那心碎和愤怒的时刻可以拥抱她。

"我终于看清了真相。我很高兴你还活着,但我发现自己的生活是一个骗局——"她停顿了一下。

她茫然地注视着在远处的海面上翻转飞翔的海鸥,我想知道她看到了什么。

"——然后希波吕托斯来了。"

# 第二十六章

## 淮 德 拉

当我知道了阿里阿德涅还活着，我慢慢拼凑出了纳克索斯的真相，忒修斯的谎言开始一个接一个暴露，就像我拉开挂毯上的一根线，发现它的表面出现了很多破洞。

在克里特岛时，忒修斯说他清除了特洛伊西纳和雅典之间的怪物和坏人，但他并没有告诉我们他还去了哪里。我开始注意听周围的八卦。我不再担心听到关于自己的流言蜚语。我密切关注着来访的水手、旅行者、商人和王室成员的谈话。当女仆窃窃私语时，我就潜伏在附近；我在人群中放慢脚步，有人提到国王就竖起耳朵。当我第二次做母亲时，意外发现胸前抱着婴儿是个完美的掩护。我不情愿地感激贪婪吮吸母乳的儿子，因为女人总是敞开心怀跟新生儿的母亲交谈。儿子长大后也是如此，我一边看着他们玩耍，一边听其他母亲的谈话。慢慢地，我开始真正了解我嫁的这个男人。

首先，我收集到了忒修斯真正去过的地方的信息。他根本没有从特洛伊西纳走直线路程回到雅典。我还发现他跟可怕的亚马孙人有交集，还因此捡到了一份功劳。他不仅想带着惩恶扬善的英雄事迹衣锦还乡，还想娶一位配得上他的新娘,让他的父亲引以为傲。

我小时候就听说,在遥远陌生的海域,距离吕基亚不远的地方,有一座神秘的岛屿。传说岛上住着一群野蛮的女人,她们比我们当中最高大的男人还要魁梧。她们在马背上驰骋,任何入侵者都会死在她们致命的箭雨之下。这些女战士虽然让冒险家感到恐惧,但同时深深吸引着他们。他们既渴望遇见她们,又希望证伪她们的存在。年轻的忒修斯看到了一个可以让他在雅典皇宫炫耀功绩的机会,于是把目光投向了亚马孙女王希波吕忒本人。

我是从散播谣言的人和好色的水手口中听到这个故事的。忒修斯独自来到那个可怕的部落,没有带任何武器,自称是一名寻求庇护的水手。她们怜悯他的遭遇,于是接纳了他,给他提供了食物、酒水和休息的地方。我很清楚他会编造什么故事。晚上,他悄悄进入希波吕忒的房间,在睡梦中把她掳走。那晚她喝醉了,在混乱中,他设法把她带到了自己的船上,当她的姐妹被她的哭声惊醒之后,她们追了过来。忒修斯反应很快,他当即放弃带她回家,但他趁着他们在船上独处的机会强暴了她。当希波吕忒挣脱了他的魔爪,回到解救她的亚马孙女战士身边,忒修斯已经得到了他想要的。当女战士找到她把她带回家时,忒修斯的船已经开出去很远,变成地平线上的一个小点,那时她还不知道他给她留下了一个儿子——希波吕托斯。

几年过去了。忒修斯在雅典获得了他与生俱来的王位继承权,接着来到克里特岛进行掠夺。他把阿里阿德涅留在纳克索斯岛等死,然后娶了我。而在这期间,希波吕托斯长大了,他是亚马孙部落中唯一的男性。

当然了,忒修斯从未向我提起过他的儿子。这些宝贵的消息都是我一点一点从说漏嘴的人那里收集到的,还有一些是希波吕托斯本人告诉我的。

我想我永远不会忘记他来到雅典王宫的那一天。忒修斯难得在家，我们一同坐在王宫的黄金雕花椅子上。这时，希波吕托斯走了进来。他穿着一件朴素的长袍，腰间松松垮垮地系着一根绳子，看起来有点不自信。我突然觉得自己穿得过于隆重，脖子上戴满了沉重的金项链，手腕和手指上的珠宝首饰熠熠发光，卷发精致地盘在头顶。那天早上，我觉得自己很优雅，现在回想起来有点可笑，就像一只孔雀面对森林里简单诚实的动物开屏炫耀。

希波吕托斯长得一点儿也不像他的父亲。他的皮肤散发着古铜色的光泽，这是源自他的母亲。虽然他还没有完全长大成人，但他已经比忒修斯高了。从他的外表完全看不出他的身份。因此，当他说出求见我们的理由时，我们都大吃一惊。

"我的名字是希波吕托斯。"他站在巨大的宫殿之中显得有些局促不安，但我看得出来，他有一种冷静的笃定。"亚马孙女王希波吕忒是我的母亲，你——忒修斯，雅典的国王——你是我的父亲。"

我倒抽一口气。我当时已经知道忒修斯强暴希波吕忒的故事了。这是我鄙视他的又一个原因。但直到这一刻，我才知道他们有一个孩子。希波吕托斯在众人的沉默中长长地吸了一口气，然后继续说。

"我不是来挑战你的王位，也不是来挑战你儿子的权利，"他一边说一边恭敬地朝我点头，"我只是希望我的父亲能够收留我，因为我不能再和亚马孙人一起生活了。"

他跟忒修斯的区别一目了然，他不是来雅典认父的。希波吕托斯没有荣耀的光辉，没有征服者的故事，也没有神的启示，只有简单的诚实，这是他说谎成性的父亲所不齿的。

"这是为什么？"忒修斯问道。

他的敌意让我惊愕。我一直被这个勇敢的年轻人吸引，没有看一眼我丈夫，没有注意到他的反应。

希波吕托斯踌躇了片刻，抬眼看着父亲向他解释。当他还小的时候，他在母亲、姨妈、姐妹和表姐妹的关爱下长大，她们对他宠爱有加，教他各种技能；教他驯服野马和箭术。

"但当我长大后……"他的表情似乎有些痛苦，一种孤独的痛楚。

我可以想象。随着年龄的增长，男孩的消瘦身型逐渐向男人过渡，他不能留在一座只有女人的岛上。他说希波吕忒派他到雅典向我们求助，以补偿忒修斯对她的暴行。

虽然他沉稳克制，但他说话的语气十分坚定。我感觉到忒修斯调整坐姿，等待着藏在丝质刀鞘里的倒钩刺向他。我似乎能够看到他的手伸向他一直带在身边的战锤。我知道他等待着一个儿子找他报仇。

忒修斯瞪着希波吕托斯，直到他说完话，大厅再次陷入沉默。他已经提出了他的要求，现在该忒修斯——也只有他有能力——实现他的愿望了。

忒修斯沉默不语。

最终，他站了起来，走到儿子面前，坦然地上下打量着他。他观察他的体格，他长袍下微微隆起的肌肉，还有他的身高，看得出忒修斯对此感到不快。我感到胃里一沉。他不会允许这个年轻人留下来。我不知道为什么我想让他留下来。也许我希望我的丈夫能纠正自己犯下的错，哪怕只有一次，他能为过去的罪行作出补偿。

"我不否认我欠你一个人情。"忒修斯大声宣布。

他蛮横的语气与他表达的意思形成鲜明的反差。

"作为客人，你有权享受我们的款待。"他很不情愿地说出了下半句话的内容，"作为我的儿子，同样也是。"在发出这样不礼貌的邀请后，他转过身径直离开了房间。

我为我的丈夫缺乏风度而感到羞愧，他如此粗鲁地对待这样一个温和的年轻人。我瞥了一眼王宫里的长老，他们正嘀咕着国王太过傲慢。我不得不再次抚平被忒修斯搅动的混乱局面。

我站起来，突然感到腿在微微颤抖。我若无其事地走向希波吕托斯，完美地隐藏了自己的感受。"来吧，"我对他笑了笑，"我带你去客房休息，女仆会为你准备洗澡水和食物，长途旅行你一定累坏了。"

他稍稍挪了挪身子。"谢谢您，王后陛下，"他回答，"但可以先带我去马厩吗？我希望先照顾我的马。"

我笑了笑。"我们的马厩工人很能干，他们会照顾好你的牲畜。"我向他保证。

他摇了摇头。"不必了，谢谢您，"他说，"这件事我不会假手他人。"

我不确定他的回答是否无礼，但他看着我的眼睛，目光温暖而笃定，我知道他没有冒犯的意思。我当时还不知道他有多爱护自己的马，但在那一刻，我会满足他的任何要求。我向一个仆人点头示意，他马上领着我们的客人向马厩走去。

我看着他离开。他和这座王宫里的任何人都不一样。而且他一点儿都不像他的父亲。

起初，忒修斯并不信任他失散多年的儿子。他无法理解一个与他自己的性格截然不同的人。他不相信这个年轻人的单纯美德。忒修斯将青涩的克制误认为是傲慢、自大、怨愤和其他无数愚蠢的猜测，他从未真正了解希波吕托斯。这只能说明忒修斯肮脏的灵魂无法辨认出纯洁的人。接下来的几周，忒修斯一直在观察他，对他保持警惕；希波吕托斯则默默地照料他的马匹——给它们喂食他精心采集的粮草，为它们梳理浓密、有光泽的鬃毛，帮它们拔掉肉刺、赶走蝇虫。他慢慢发现，他儿子的心里没有恶意，他也不想密谋推翻他父亲的统治，夺取他的王国。

有一天，忒修斯和我一起观察他。他骑着最好的骏马穿过田野。那是一匹纯白的野兽，跑起来时两侧涌动着清晰的肌肉线条。希波吕托斯用我见过的最温和的方式调教马匹。他不会用鞭子抽打或对着它的耳朵大喊大叫，每当忒修斯这样做的时候，马匹总是变得胆怯，还会因为恐惧和疲惫而口吐白沫。希波吕托斯在马的耳边小声说着什么，在他熟练的触摸下，马变得像流水一样灵动。一人一马先是平静地小跑，接着逐渐加快步伐，马像鹰一样在他身下飞翔，为了纯粹的运动乐趣和取悦它心爱的主人而狂奔。

我可以一直看他看好几个小时，忒修斯厌烦了之后就去喝酒或者找马夫玩扑克牌。我待在马厩附近，看着希波吕托斯骑马归来。他将水槽装满水，当马喝水时，他就站在一旁关切地抚摸马的后背。马脖子伸向他，低头靠近他的手，让他挠耳朵。马还会把长长的鼻子放在他的肩膀上，为接近他而感到兴奋。

他和忒修斯之间相处融洽，鉴于他们两个人性格迥异，这让我感到非常惊讶。我无法理解他们之间有什么可说的，但他们经常深入交谈。可惜的是我几乎没有跟希波吕托斯说过什么话。我想听他讲讲跟亚马孙的母亲在一起的生活，以及他所学到的东西，他看上去要比自己的年龄成熟。我想揭开他羞涩的外表，深入了解他，我确信他严肃的伪装下有一颗火热的心，但每当这个时候，忒修斯就会出现，炫耀他的英雄事迹，他无比确信这是希波吕托斯想听到的。我无法想象希波吕托斯是如何忍受他的。

终于，在一个清晨，我在忒修斯醒来之前偷跑到马厩里。黎明时分，天蒙蒙亮，东方的天空有一层淡粉色。希波吕托斯果然跟动物待在一起。在这万籁俱寂的时刻，只有他安静的音调和马匹满足的气息。

我站在旁边观察他。说实话，我不相信他真的会善待动物。也许没人看的时候,他会大吼一两声威胁它们——这就可以解释它们为什么对他十分顺从。但是并没有。他跟它们随便聊天,都是一些可笑的蠢话,看得出他是真的喜欢它们。作为回应,马摆动着大脑袋,在他抚摸它的嘴和搔弄它的耳朵时陶醉地闭上眼睛,好像还是未成年的小马驹。

希波吕托斯似乎真的没有什么可隐藏的。他是极其罕见的那种人——一个完全表里如一的人。我不禁感叹他的存在。

我以为自己这样偷窥会吓到他,但我一定是看入迷了,他清嗓子的声音突然把我拉回现实,我意识到他正盯着我。

"王后,"他恭敬地说道,"您这么早来马厩有什么事吗?"

我一时语塞,不知道如何回答。"我睡不着。"我最后回答说,这是事实。我醒了很久,一直等着黎明的第一缕阳光。

他耸了耸肩。这个答案显然足够了,他不需要知道更多。我想,他的天性就是这么简单。他觉得没有必要进行不必要的交谈,没有必要献媚奉承,或者寻求任何形式的利益。他只有在真心好奇的时候才会问问题。

"你呢?"我问,"你晚上睡得好吗?你的床舒服吗?有什么不合心意的地方吗?只要你说一声,我会派人满足你的任何要求。"

他笑了一下。"不用了,谢谢您,"他说,"我不需要床。"

"这是什么意思?"我问道,"你住在我们最好的客房里。你习惯睡在冰凉的大理石地板上吗?还是说亚马孙人根本就不需要睡眠?"

他显得很困惑。"我们为什么不睡觉?"

我对他笑了笑,被他诚实的反应迷住了。"我在开玩笑,希波吕托斯。不过我有时怀疑你究竟是不是凡人。亚马孙人的故事在我看来是如此神奇和不可思议,也许你跟我们完全不同。"

"我们是凡人。"他的脸上似乎掠过一丝阴云。"我只是不想在宫殿里休息。我更喜欢和我的马待在一起。"

我看了看马厩。这是一个简单的棚屋，墙上光秃秃的，脚下是石板。皇宫客房的墙面是彩绘大理石，装饰着壁画、镶嵌画和精美的挂毯。"但你睡在哪里？"我询问道，然后看到一个角落里铺着一堆稻草。"你真睡在这里吗？"我讪笑一下，尽管我并不觉得有趣——相反，这很不寻常，但我不知道该如何反应。

"我觉得这比铺着丝绸和软垫的床更舒服。"他说完转过去背对着我。

我以为他感到局促不安，于是急忙安慰他。"你想睡在哪里都可以。这里是你的家，我只希望你能感到舒适。如果你喜欢马厩——"

"我没有不尊重你和我父亲的意思，"他说，"我只是更喜欢睡在外面。"他开始为身边的马梳理鬃毛，马发出了愉悦的轻哼。

"请你放心，我们不会感到被冒犯的，"我说，"就算你睡在屋顶，你父亲也不会在意的。我向你保证，他对礼仪没有任何兴趣。"

"我很高兴，"他说，"这是我最喜欢他的特质之一。"

我犹豫了一下，然后改变了主意。我不想让忒修斯来这里，这是我和希波吕托斯可以单独交谈的地方。"如果你选择睡在马的身边，你未来的妻子可能会反对。"我希望我的调笑可以让他放松。他在我身边还是那么僵硬和拘谨。我想让这个严肃的年轻人放下包袱，我想看见他的笑容，听到他的笑声。

"我不会娶妻的。"他唐突地说了一句。

他牵着那匹大白马走向马厩的门。我不得不闪到一边给他腾地方。

"当然，现在说这种话还为时过早！"我不想让我们的谈话就这样突然结束。"你离开家还没多久，你还没有好好看过这个世界。"

他摇摇头，头发在昏暗的晨光下闪着光。我想，摸上去肯定非常柔软。

"我要把生命献给阿耳忒弥斯,"他告诉我,"为了向这位处女神表达敬意,我要保持贞洁之身。淮德拉王后,我现在必须出去遛马,它想要奔跑。"

我嘟囔了几句,找不到回答他的话,一晃神的时间,他骑上马背从我身边飞快地跑开了。我留在原地消化这个奇怪的发现。忒修斯是个好色之徒,他的儿子发誓要保持贞洁之身?我知道他在其他方面都与他父亲不同,但这还是让我大吃一惊。一个强壮英俊的青年,坐拥财富和特权,会因为崇拜冷酷无情的阿耳忒弥斯,选择在野外孤独终老?我无法理解。

我知道他拒绝荣耀和征服。希波吕托斯不是在英雄故事的熏陶下长大的,那些传说是忒修斯的精神食粮。如果有一位肌肉发达的赫拉克勒斯躺在亚马孙皇宫的沙发上,吹嘘他四处征服和厮杀的传说,把自己的名字写进历史,说不定可以点燃希波吕托斯的贪婪之火,或唤醒永远无法满足的胃口。希波吕托斯是由女人养大的——强大凶悍的女人,但她们只是为了自保而杀人。亚马孙人并不想入侵遥远的国土或统治远方的国家,她们也没有让儿子受到他父亲的影响。但我不觉得这样会导致他选择单身和孤独的生活。除非,他有一个爱人,但是他无法拥有。我停住了脚步。这可以解释这种奇怪的选择,不是吗?如果他已经坠入爱河,但是知道他无法得到回报,那么他可能会选择放弃情爱,像阿耳忒弥斯的追随者那样孤独地在冰水中沐浴,缓解激情的灼烧。

一个他认为自己不可能拥有的女人。这确实是一个可能性。我走到他突然离开的那扇门前,他不愿跟我多说一句话,急于从我的身边逃走。他是害怕自己说得太多吗?我目光扫向远处的地平线,仔细思考刚才的一幕。他已经跑出去很远,变成远处的小点,正向下面的山谷飞奔而去。我不是特别热衷于骑马,但我看着他消失在眼前,突然也想体会那种自由的感觉。我内心深处听到了过去的淮德拉发出的一声呼喊——当年那个女孩充满激情和决心,在决定克诺索斯生死的夜晚挥舞着忒修斯的狼牙棒,从此彻底改变了自己的人生。我以为那个女孩的精神已经被婚姻和母职完全扼杀了。

忒修斯的龌龊事暴露之前我就已经无法忍受他了。我恨他离开我姐姐、离开我,我恨他的谎言,所有的谎言。但现在,他的一举一动都让人厌恶。他的唠叨沉闷无聊、喋喋不休。我曾经居然把他的话奉为圭臬,居然迷恋他绿色的眼睛,觉得他英俊、高贵!我为自己的愚蠢感到羞愧!我在儿子的身上看到忒修斯的影子总是感到心寒。

我越是了解希波吕托斯——虽然我们的谈话很简短,但我仍然觉得我了解他,我可以看到他的内心世界——就越觉得他是一个真正的男人。我对忒修斯的不满堆积成仇恨。我的灵魂得不到安宁,我睡不着觉,孩子的笑声也无法给我带来慰藉。

我无法纠正他在我们结婚后的漫长岁月里犯下的错误——太多的错误。但有一件事我放在心里很久了,我之前太害怕,什么也不敢做。我终于可以去纳克索斯,去见我的姐姐了。

# 第二十七章

## 阿里阿德涅

风神埃俄罗斯随性扭转风向,一股清新的微风吹向大海,带着丁香和百里香的混合气味令人陶醉。陶洛珀利斯扭动着身子开始哭闹,他坚硬的额头戳着我的胸口,我稍稍松开了衣领方便喂奶,过了一会儿,我们又恢复了安静。

淮德拉的声音里有其他的东西。她温柔地念出希波吕托斯的名字,眼神迷离地看向雅典的方向。她春光满面,陶醉在自己编织的愿景里。虽然她正站在我身边,但她的心思已经陷入了万劫不复之地。

她的话让我感到不安,但更令人担忧的是她语气的转变。她痛恨米诺斯和忒修斯,说起他们,每个字都带着鄙视的尖刺。但是,当她的继子来到雅典之后,她的话像蜂蜜一样甜蜜、黏稠,一滴又一滴,势不可当地流淌。

"淮德拉。"我打断了她的话,想要说点什么。陶洛珀利斯把头往后一缩,奶水从他嘴角流出来,我用披肩的一角帮他清理,但笨拙的手指被布料缠住。我仔细考虑下一句该说什么,胸前的婴儿闹个不停,打断了我的思绪。"你说起希波吕托斯的时候,非常……你对他的感情似乎……超越了一个母亲……"我没有给出作为长辈和姐妹的见解,但我想表达的意思非常清晰响亮。

"哦,阿里阿德涅!"她对我的愚蠢和迟钝很不耐烦,"我根本不懂什么是爱?忒修斯来到克里特岛的时候,我还是个孩子。我被他的谎言迷惑,但他很快就露出了真面目。我的心一直保持着纯洁,没有受到任何影响。遇见希波吕托斯之前,我不知道自己能有如此充实和丰富的感受。他具备忒修斯没有的一切特质。他比忒修斯真诚、温柔。他高贵的美德更是堕落、卑鄙的忒修斯望尘莫及的!"

她慷慨激昂的演讲将我想说的话扼杀在摇篮里。淮德拉以为我离开之后自己已经不再是当年那个小女孩了,但她的意志还是像钢铁一样坚固。她撩开脸上的头发,用手指捻弄着,似乎一瞬间失语。

"他把自己献给了阿耳忒弥斯,"过了一会儿,她继续说道,"他用长矛和弓打猎,把猎物都献给她。他发誓要保持贞洁。在这一点上,我们是一样的,因为我从未了解过爱情,所以我身心都是纯洁的。我们会在彼此身上找到新生,就像青春期的第一朵绽放的花一样。"

她倔强地支起下巴,看上去跟小时候一样叛逆,我心头感到一阵刺痛。但是,刺眼的阳光暴露了她皮肤的轻微下垂,以及她眼角细微但清晰的纹路。她仍然很美,但不愉快的婚姻——与高贵的希波吕特斯的父亲的婚姻——在她脸上留下了印记。她怎么会对事实视若无睹,对自己的荒唐故事视而不见?

她发出了一阵短暂、没有感情的笑声,然后微微摇头。"我试图告诉他我的想法,一次、两次、三次,我一直在尝试!但这些话像是坚硬的石头卡在嘴里,我根本说不出话来。于是我要求和他一起打猎——我这辈子从未拿起过长矛。为了希波吕托斯,我可以带着猎狗走进森林和深山。我觉得自己像你们的迈那得斯一样迷失在追逐的乐趣中,没有任何让我感到沉重的忧虑，我也不在乎王后的礼仪和尊严。如果他愿意带着我，希波吕托斯和我也许可以找到一个没有人能偷窥到的地方。我会向他表露真心，像爱神阿佛洛狄忒和美丽的阿多尼斯一样，我梦想着我们能一起找到一个隐蔽的地方，在狩猎之余休息。我知道黎明女神厄俄斯多次避开她年老的丈夫，与年轻英俊的刻法罗斯在森林里幽会。"

我大喘了一口气。淮德拉一向心直口快，但她竟然毫不避讳说出这样的事！

她看着我的表情，嘴唇扭曲。"你为什么用惊恐的眼神看着我，姐姐，这些都是神的所作所为。我绝不会干忒修斯那种卑鄙、堕落的勾当，可笑的是他走到哪里都被奉为英雄！我对爱情的憧憬让你感到震惊，可你自己也心甘情愿爬上了忒修斯的床，就在这座岛上，那时你根本不是他的妻子。所以别对我评头论足。我只是追随我内心深处真实的热爱，他比你知道的任何一个人都要高尚和美丽。你嫁给了一个以放荡和酗酒闻名的神，他的追随者抛弃丈夫和儿子，反抗自己的父亲，在狄俄尼索斯的疯狂祭祀中迷失自我，在大山的隐藏下进行着变态行径。"

她的话像冰水浇在我的头顶。"不是你说的那样！"我抗议道，逼自己不去想女祭司洗血衣的画面。淮德拉暗示的不可能是真的。"仪式是隐蔽神圣的，这是事实，但不是你想的那样。这些指责是人类心底黑暗的表现，而不是……我不……"我语无伦次说着反击的话，"淮德拉，想想你在说什么？他只是个孩子，发誓要为阿耳忒弥斯守贞，对他的父亲忠心耿耿。他肯定不会被自己的继母引诱，放弃他所珍视的一切。这有多么荒谬，你看不出来吗？"

话一出口我就知道自己不该这么说。我妹妹的脸颊上泛起了红晕。我并不是要嘲笑她，但她肯定是这样想的。

她甩了甩头。"荒谬？"她啐了一口，"真正荒谬的是我来这里寻求你的帮助。你在自己的流放地活得很舒服，以至于忘了你自己的丈夫是什么！一个神！阿里阿德涅，我们都知道神能做出什么事。我的爱，我的希望，又有什么荒唐？我还年轻，我的腰身没有变粗，脸上也没有皱纹的痕迹。胸前也没有嗷嗷待哺的孩子，"说到这里，她向我投来鄙夷的目光，"我不会被琐碎的家务事拖累。他是我的继子，但你看看我们的神，统领奥林匹斯的宙斯，他的妻子赫拉是他的妹妹……"她停顿整理了一下思绪。沉默变得异常突兀，然后她继续说，"你只关心简单的事，我可以理解。这些年来，你一直在这里像个家庭主妇一样活着。纳克索斯之外的世界已经经历了翻天覆地的变化。你忘记了城市是什么样子。在克里特，我们的母亲引诱了一头野牛。没有凡人可以抵抗我，我是太阳神的孙女！"

我气急败坏地摇摇头。"我就是因为想起了母亲，才告诉你不要这么做！我永远不会忘记我们终身背负的耻辱和肮脏的诋毁。母亲的罪行让我们变成了荒唐的笑柄，被人取笑、指指点点都不是最糟糕的。这是你想要的吗？我们过去的生活还没有教会你什么吗？"她显然一个字都听不进去。

"我来这里是为了请求你丈夫的保护，"她说，"我以为他不会站在道德的高地评判我们。我听说他在世界各地举行狂欢宴会，我想做的事是绝不可能冒犯他这尊神的。我想和希波吕托斯在纳克索斯避难，远离忒修斯的报复。现在看来，我们在这里也没有喘息的机会。"

"不要这样做，淮德拉。"我恳求道。这一次我没有顾及她的感受。"希波吕托斯不会跟你走。你是很美，但你是他父亲的妻子。你说的这些对他来说没有任何吸引力，他不会为此偏离守贞的道路。他不想要你，淮德拉，更不想要你们结合带来的耻辱。他找到了自己的父亲，不会这样不光彩地背叛他。如果你不为他着想，那就为你自己的孩子着想吧！如果你——他们怎么能承受这种耻辱呢？"

她的脸因为某种我不懂的情绪而变得扭曲。她眼中噙满泪水，猛地转过身去。刺耳的话还在空气里回响，我多希望我们能够重新开始这次谈话，可我不知道该说什么。她转过来时已经恢复了平静的样子。"他们是忒修斯的孩子，"她说，语气中已经不再有苦涩的意味，她看起来非常疲惫，"他们跟我没有任何相似之处……我不理解他们。我不应该和他结婚，如果我没有结婚，那么他们就不会出生在这个世界。"

我有些愕然。"但这肯定不是你想要的。"她的想法让我感到发怵。我以为孩子会带给她很大的安慰，她只有孩子，因此会更加爱他们。她悲惨的婚姻中至少还是有一点美好的东西。

她叹了口气，眼睛里的空洞让我感到惊恐。我们从小一起长大，淮德拉总是充满生机和活力。我做梦也想不到她会感到绝望。

"世事难料，"她说，"我以为被忒修斯选中的你是幸运的，但最后是他的离开才使你变得幸运。"她试图微笑，但我看得出她很勉强，"你现在的生活带给你很多乐趣，"她继续说，"所以你无法想象任何其他的可能性。你从十八岁起就住在这里，而我统治着希腊最强大的城邦。我们的生活经历差别太大。"她的语气变得严肃简短，"感谢你款待我的船员，但我们要即刻起航返回雅典。"

我使劲摇头。"待一晚吧，就算不是为了我，也考虑一下你的船员。让他们好好休息，我们有足够的床。天马上就要黑了，不要在海上冒险。"

她抿着嘴，看着太阳下山的轨迹，评估我的话的真实性。我看得出她是多么渴望回到雅典，一心想要实施她那愚蠢、危险的愿望。她可以无视我说的一切，但她不能否认，在她到达雅典之前，天早就黑了。

她不愿意在希波吕托斯的话题上多费口舌，我也不再提起。她和船员稍作休整,在第一缕曙光升起的一刻再次起航。我在薄雾笼罩的沙滩上拥抱着她,恳求她改变主意。

她说:"忒修斯又去执行另一项愚蠢的任务了。这是我的机会,我不打算错过它。"

在清晨幽暗的光线中,我还是看清了她坚毅的表情。我放开环抱着她的双臂,向后退了一步。

"那么,我祝你好运。"我是真心的。尽管我对这个心愿不抱希望和信心,"这里永远都欢迎你来,纳克索斯有你的家。"这件事只能带来灾难、羞辱和绝望,我不相信会有其他的结局。因为畸形的欲望,我们童年经历过的所有错误将再次重演。可她不这样想,我也无法强迫她。她的船消失在远方的海平面,我盯着她离开的方向久久不愿离去。我不知道我能否再见到我的妹妹。

# 第二十八章

## 淮 德 拉

我感谢神明，海上的风速很快，掀起阵阵海浪，纳克索斯这颗璀璨的明珠在地平线上缩成一个小点，羞愧的感觉终于慢慢散去。

阿里阿德涅显然在抚养小孩和田园生活的表象之下找到了安慰。她可以假装忘记我们在克诺索斯学到的真理，但我知道她是在欺骗自己。她表现得生活美满，对可能击碎她美梦的事实睁一只眼闭一只眼，这样她才能睡得着觉。

帕西淮生下野兽这件事教会我们一个道理：一个女人在这个世界上唯一能做的就是争取一切她想得到的东西，彻底击垮所有阻挠她的人。这么多年来，我都承受着内疚的重压：阿里阿德涅死了，我却活了下来，嫁给了一位英雄，过上了我可以忍受的生活。但真相是，她与她的神一直在纳克索斯快活。

我烦躁地咬着牙，希望船能快点到家。我现在可以抛开内疚了，毋庸置疑。我已经厌倦了付出代价：为了维持我们在克里特岛的权力而死去的孩子；为了华丽的衣服、珠宝和美酒，我不得不忍受忒修斯；为了在我根本不在乎的人面前保持王后的体面，我不得不试着压抑自己的欲望。

希波吕托斯是一股清流，冲刷着虚幻的景象，让我看清了生活的真实面目。阿里阿德涅被蒙蔽了双眼，我有理由同情她。整个世界都知道纳克索斯岛的祭祀仪式是什么，对那里敬而远之，就像我们在克里特岛感受到的耻辱一样。如果她认为付出这样的代价换取幸福生活是合理的，她有什么理由胆敢评判我？

我想跺脚，对着乌云密布的天空尖叫，但我不想让别人看到我可笑的样子。我也对自己撒过谎；我告诉自己，忒修斯跟所有的男人一样，所以我应该好好利用自己的处境。希波吕托斯向我展示了不同的生活方式：除了残暴和贪婪之外，这个世界还有善良。

我姐姐残忍地否定了他对我的感情……想到这点，我心跳加速。这是不可能的。如此纯粹和强烈的爱，不可能只流向一个方向。也许希波吕托斯还没有意识到他爱我，因为他是如此纯洁和真挚。等我回到雅典，向他描述一个远离政治和规则，只有我和马的世界，一个像亚马孙那样的世外桃源，一个我们必须为自己创造的世界，他肯定会感受到内心深处对我的爱，对此我深信不疑。

纳克索斯向我们关上了大门，我并不在乎。我也不想参与他们在森林深处举行的秘密祭祀。我们去哪里并不重要，只要远离雅典和忒修斯，我再也无法忍受现在的生活。我不想继续粉饰太平、收拾残局，在责任和狂怒之间寻找平衡点。

远处，雅典的海岸渐渐变得清晰，我感到前所未有的平静。我不需要阿里阿德涅的帮助，我从来都不需要。她的劝阻反而使我的决心比以前更加坚定了。

今晚，我要用最好的精油沐浴，尽情享用我迫不及待想要抛下的奢侈品。我会等着外出狩猎的希波吕托斯归来，告诉他我心里的话。我重新找回了勇气，不会再让它从我身边溜走。

# 第二十九章

## 阿里阿德涅

淮德拉短暂、痛苦的拜访给我心里留下了一根倒刺。无论我如何努力，也无法忘记她说的话。她来找我，是为她和希波吕托斯寻求一个避难所，她不是因为我才来纳克索斯的。她寻求狄俄尼索斯的庇护，因为她认为这里是犯罪者的家园，我们绝不会拒绝这样一对罪人。她的计划——继母和继子的结合——对我来说是骇人听闻的，我不相信这个世界会乐观看待这件事。否则她为什么要来这里？但她为什么要那样说狄俄尼索斯？你甚至不知道你自己的丈夫是什么。

我不否认，女人们确实是为了逃避不幸的婚姻来到这里。但她们并没有带着情人来。她们与女人为伴，平静和睦地生活在一起，这种自由是别处找不到的。淮德拉暗示祭祀中发生的事究竟是什么？我经常看着女祭司在傍晚的时候走进山里，她们头戴花环，手捧美酒。我一直对她们纯洁美好的仪式充满信心，我相信她们一起喝酒，在醉人的快乐中给灵魂松绑，巩固她们之间的爱和友谊。但淮德拉含沙射影地指责她们在做龌龊的事。还有狄俄尼索斯的狂欢，仿佛那是他罪恶和堕落的佐证。但我知道事实并非如此。迈那得斯离开了那些愤怒、刻薄的男人，他们想必对狄俄尼索斯感到不满,所以到处散布不实的谣言;淮德拉怎么可能相信他们的一面之词,她知道这样的故事是多么残酷和虚假。如果她继续实施她的计划,那么她很可能会成为这种流言蜚语的受害者。

我知道这不可能是真的。但我无法忘记她对我在纳克索斯的生活的评价。我的世界在不断缩小。她是对的,我不知道外面的世界发生了什么变化,而且我确实不知道狄俄尼索斯去了哪里以及为什么。自从她来到纳克索斯,我的完美平静就出现了裂痕,她留下的那些疑惑就像一首合唱,伴随着女祭司洗血衣的画面,这个场景在我脑海挥之不去。

狄俄尼索斯旅行回来之后,我开始更加仔细地观察他。这个像男孩一样的神救了我,这么多年过去了,他几乎没有变化。神不会变老,他还是那样甜美可爱,但他的眼睛不再像以前那样闪烁着喜悦的光芒。除了有趣的异国风俗、习惯,我们很少谈论外面的世界。但现在,他去了很多异教徒之地,变得有些焦虑,那些地方的人不压榨葡萄,不向酒神狄俄尼索斯举杯致意。他们甚至反对喝酒,对其麻醉的作用也表示怀疑。

我看着他,寻找他身上难以预测的神性——随意满足米达斯的愚蠢愿望,然后又马上收回。他刚从奥林匹斯回来,肯定要发表一些刻薄的见解:其他的神堕落和颓废,愚蠢而又小气。他正在讲述他与宙斯的对话,无疑要嘲笑他父亲的威严和浮夸姿态。

"我向他抱怨,因为他也是珀耳修斯的父亲,他应该能管管自己的儿子——"

我第一次听到狄俄尼索斯这么任性的语气。"你是什么意思?"

他阴沉地皱起眉头。"我说的话你一个字都没听进去,"他回答,"你想让我再说一遍?"他重重叹了口气。"给我吧!"说完从我的怀里抱过正在熟睡的陶洛珀利斯。最近,我总是一直抱着他,只要离开我的怀抱他就开始大哭大喊。淮德拉走后，我还没有勇气面对他的啼哭。

狄俄尼索斯把他的宝贝儿子搂在怀里。换作是其他人，他们会立刻感受他全部的愤怒，但我的孩子面对狄俄尼索斯都非常乖巧。陶洛珀利斯依偎在他父亲怀里，从襁褓中伸出一只胖乎乎的手臂，一只手摊开放在他父亲的白色外袍上，我的目光被他的小手指吸引，不得不强迫自己集中注意力听狄俄尼索斯说话。

"我同父异母的兄弟，珀耳修斯，"他说，"骑着飞马的戈耳工杀手，自认为强大、优秀，无人能及。他禁止阿尔戈斯设立我的神龛，禁止凡人在他的城邦内崇拜我，也不允许阿尔戈斯的女人走进山里举行我的祭祀仪式。我们的父亲是同一位神，我是他的兄长，他应该向我下跪，但他却蔑视我，宙斯居然默许他这样做！"

珀耳修斯。达那厄的儿子，她的父亲把她囚禁在一座没有屋顶的高塔里，以为这样就没有追求者能接近她。她终日孤独地待在塔里，只有头顶一片蓝天作伴。他的父亲是多么愚蠢，才会把如此诱人的奖品暴露在天堂的视线之中。宙斯没有竞争对手，他化身无数滴金雨，从她的圆形监狱的弧形墙壁上滑下。珀耳修斯，怪物杀手，阿尔戈斯的统治者。他的盾牌上镶嵌着美杜莎的头，一眼就能把对手变成石头，没人敢挑战他的王权。

"你抱怨的时候，宙斯怎么说？"我问道。我对珀耳修斯的崇拜不感兴趣，也不介意他不尊重狄俄尼索斯。我不希望他在这里，寻求他哥哥的青睐。

"他不会插手这件事。"狄俄尼索斯的嘴唇紧绷，我知道自己最好不要多问。"只要他自己的祭坛上堆满了贡品，他就不会关心其他人。他告诉我去其他地方寻找新的追随者。世界广阔，只要我去找，处处都是愿意跟随我的人。"

"你刚好喜欢到处旅行，寻找新的信徒。"我温和地说道。

他眼中闪过一道陌生黑暗的光芒，像一条蛇爬进了树叶当中。"我厌倦了旅行，"他没好气地回答，"如果我自己的弟弟都看不起我，那么蛮荒之地从未听说过我的陌生人凭什么跪倒在我面前。"

我丈夫什么时候要求过别人下跪？他以前总是邀请他的崇拜者跳舞。如果不是因为斯塔费罗斯和托阿斯兴奋地跑进来，我不知道自己会说出什么。他们高兴地尖叫着，欢迎父亲的回归，扑向他的怀抱，在他身上爬来爬去。陶洛珀利斯不满地抗议着，但他的哥哥正玩得高兴，忽视了他的存在。狄俄尼索斯喜笑颜开，孩子们在阳光下像花朵一样。他们在一起嬉笑打闹，四肢和头发纠缠在一起，互相亲吻着。看到这一幕，我的心几乎因为幸福而感到疼痛。

斯塔费罗斯试图将他八岁的瘦长四肢塞进他父亲的腋下，托阿斯试图占据另一边，陶洛珀利斯仍然躺在他胸前，他们兴高采烈地望着他，让他讲旅行的故事。他一如既往满足他们的要求。他告诉他们，遥远的科尔基斯有龙，那里的公牛也会喷火，海蛇盘踞在岩石的洞穴里，食人族统治着蛮荒的土地，还有独眼巨人饲养的巨大绵羊。他们不放过狄俄尼索斯说的每一个字，我找机会插几句话，告诉他岛上发生的事。

"你不在的时候，我们也有客人。"他刚开始讲另一个地方的故事，我告诉他，"我的妹妹淮德拉来这里寻求我的帮助。"

他的眼睛里闪过一丝好奇。但我可以看出他并不在意。

"淮德拉，很多年前，你告诉我她嫁给了一位王子。"我的语气有点酸涩。

现在他想起来了。

"哦，"他说，有点不自然。"是的，淮德拉。她和英雄忒修斯的生活怎么样？跟她梦想中的一样吗？"

我不想当着孩子的面说出那些灼烧我内心的话。"恐怕并不尽如人意，"我回答，"孩子们，回去告诉迈那得斯你们父亲回来了，让她们准备宴席。"我打断了他们的抗议，吩咐他们离开。当我回头看狄俄尼索斯时，他脸上露出了我从未见过的挑衅神情，我无法抑制自己的怒火。"你为什么对我撒谎？你为什么不告诉我她嫁的人是忒修斯？"

他耸了耸肩。我喜爱他漫不经心的态度，但此刻却变得十分难堪。"你会难过的，而且你无法改变什么。我告诉你的是真相——淮德拉很幸福。岂止是幸福。忒修斯向你讲述他的故事时，她也在旁边，她现在拥有了她在克里特岛所梦想的一切。"

"她不知道他是什么样的人！"我哭了，"她不知道他做了什么。"

狄俄尼索斯轻轻地晃动陶洛珀利斯。我从来没有怀疑过他。直到淮德拉乘着雅典船来到这里，播下她不信任的种子。他直视着我的脸。

"她知道了也不会有什么区别，"他平静地说道，"淮德拉迷恋忒修斯，也许比你更甚。雅典比克里特岛要安全得多。米诺斯寻找代达洛斯的过程十分愚蠢，但最终带来了和平。我认为事情发展成这样已经非常不错了。我没有告诉你是因为我不想让你有片刻的不安。但从你的表情来看，淮德拉已经看清了事情的真相，他是如何让她失望的？"

我犹豫了。我认识的淮德拉是个小女孩，在克诺索斯的宴会厅里，用温柔的眼神盯着一个被铁链拴着、眼神冰冷的人质。当她知道忒修斯是如何抛弃我的时候，她会感到厌恶吗？还是说，他有方法说服她，迷惑她？曾经意志坚定的小女孩已经被一个骄傲自大、热情冲动的女人取代，她听不进去我说的任何道理。以前她会听吗？我不自觉地摇了摇头。我突然意识到，我跟狄俄尼索斯相处的时间已经超过了我和淮德拉在一起的时间。"他的儿子希波吕托斯来到雅典和他们一起生活。"我不想提起淮德拉的禁忌恋情，但我不知道如何绕开这个话题。

"希波吕托斯，"狄俄尼索斯说，"阿耳忒弥斯常炫耀这个忠实的追随者。他发誓保持贞洁，与他的父亲很不一样。他拥有亚马孙人的品格。一个好青年，忒修斯不值得拥有这个儿子。"

"我想淮德拉也是这样认为的。"我不需要再多说什么，狄俄尼索斯已经从我的语气中洞悉了一切。他睁大了眼睛，脸上闪过一丝玩味的表情。如果他公开嘲笑淮德拉，我不会原谅他的。

"她又要做一件注定失败的事。"

我感到很无力，毫无疑问都写在我脸上了，即使不是神也能看得出来。狄俄尼索斯搂着我，沉默了几分钟，我们看着陶洛珀利斯餍足地睡觉。

"凡人，"他叹了口气，把脸颊靠在我的头发上，"他们总是如此顽固，不讲道理。每个人都可以像我们在纳克索斯岛这样轻松地生活，可是他们非要给自己挖下陷阱。他们是自己痛苦的根源，这点他们永远不懂。他们白天对神灵大发雷霆，夜晚向神祈祷，恳求他们的怜悯。他们可以轻松地让自己的生活变得更好，但他们选择视而不见。"

积极乐观、不屈不挠的狄俄尼索斯很少说出这么消极的话。与此同时，淮德拉的话像无情的鼓点一样在我脑海深处敲响：你甚至不知道你自己的丈夫是什么。

我一直信任和顺从他。我相信这是通往和平和幸福的道路。家庭生活的富足像金色的雾气笼罩着这座小岛，为我们创造了一个微型的天堂。我相信狄俄尼索斯宁愿和我们在一起生活，也不愿在奥林匹斯得到一个宝座。我以为我们的爱远比一千名狂热的信徒对他的崇拜更有价值。我不相信事实并非如此。但我第一次好奇，我们的爱能够满足一个神吗？

当狄俄尼索斯在纳克索斯找到我时，我已经准备好接受死亡了。我计算了一下，自己的牺牲拯救了许多雅典人的生命，这已经远远超过了我存在的价值，这很公平。现在，我有五个好奇、天真的儿子。他们照亮了我的世界，带来了耀眼的欢乐。他们是无价之宝，没有任何高尚的交易和奖赏值得他们做出一丝一毫的牺牲。如果狄俄尼索斯到处游荡，我发誓一定不会让这件事扰乱他们的幸福。

　　我们像往常一样一起看日落，他温暖的怀抱十分有安全感。但我决定要找出更多的秘密。我要跟踪迈那得斯，看看她们在干什么。我要观察狄俄尼索斯在山上的神圣仪式，我要看清他和他的追随者的真面目。我希望并且相信，淮德拉说的一切都是错的。

　　我们大设宴席庆祝他的归来。长桌中央摆着一大盆热腾腾的烤羊肉，一大摞橄榄闪着油光，当然，还有取之不尽的美酒。两个大一点的孩子认真听着父亲的每一句话，而小一点的孩子搂着他的脖子，爬到他的腿上，困倦的脸贴着他的脖子打起了哈欠。我坐在一旁，比往常更加警觉，但他的行为举止跟往常没有什么不同。我是否过度解读了淮德拉的话？

　　我去安顿孩子们睡觉，我丈夫和迈那得斯偷偷离开了房子。我知道他们去了穿越森林的小路，狄俄尼索斯曾经告诉我那条路通往山坡上的一片空地，银币一样的满月会照亮那个地方，月亮也是祭祀仪式的唯一见证。

　　我在空旷的房间里踱步。作为年幼孩子的母亲，夜晚的平静时刻是一种奢侈，但现在我感到异常的孤独。我不知不觉走到门口，夜风温柔地吹拂着我的皮肤，我望着通往森林的斜坡，希望透过纠缠在一起的树木，看到迈那得斯吟唱的地方。

　　我回头看了一眼房间，无数根蜡烛发出的金色光芒照亮了黑夜。我的身后是我们的避难所,我们的孩子在那里安然入睡。我的前方——我不知道。纳克索斯的夜晚属于狄俄尼索斯,当我踏出房间的一刻,我觉得自己像一个闯入者。这一切是怎么发生的,事情是什么时候发生的?为什么我一直没有发现?

我犹豫不决地徘徊着。我现在要不要去?虽然我发过誓了,但这个誓言在白天似乎容易得多。我告诉自己没什么可看的。有那么一瞬间,我又看到血染红了溪水。迈那得斯面无表情擦洗着衣服,深红色的泡沫在她们的手上翻滚着。我摇了摇头,试图赶走这个画面,然后回到了熟悉的房间里。

我决定了。今晚不行。我今晚不会去。

我度过了漫长不安的夜晚,直到黎明时分也无法入睡。当他蹑手蹑脚回到房间时,没有发出任何声响,我试图透过昏暗的光线辨认他有何不同。我想问他问题,但话到嘴边又说不出来。

\* \* \*

他不受打扰地熟睡,但我起得很早,孩子们都还没有醒来。我溜到外面,纳克索斯在万物苏醒的时刻焕然一新。我沿着小路走向昏暗寂静的森林,我能感觉到凉鞋下泥土的潮湿。

我在寻找什么?我不知道。在我的心里,我期待着一切如常,没有意外。我希望我熟悉的森林里没有秘密,这片光明欢乐的小岛上没有隐藏的黑暗。我想要打消淮德拉带来的不安,我想确定这样的生活能够满足狄俄尼索斯。

我先听到了粗重的呼吸声，然后才看到两个人影。那是一种尖锐、颤抖的嘶哑声，起初听起来像是动物发出的声音，像受惊的猎物在树林里疯狂躲避追杀。她们跌跌撞撞地走下山坡，并没有看到我。女祭司熟悉森林的每一寸土地——她们总是步伐优雅地穿行其中——但这两个人似乎精神恍惚，仿佛突然发现自己置身陌生的土地。她们紧紧抓住对方的胳膊支撑着自己。她们长袍的下摆被撕破，裙子上有凝固的深红色。

我耳边听着自己的心跳声，向后退到一棵大雪松的树干后面，熟悉的气味充斥着我的鼻腔。我躲在大树后面，呼吸着熟悉的气味，看着她们蹒跚的步伐。

当她们从我身边走过时，我看到污垢和泪水沾满了她们白皙的脸颊。我想起狄俄尼索斯平稳的呼吸，安详的睡颜。他把这些女人留在树林里了吗？她们只是女孩，逃离外面的残酷和痛苦，来到这里避难。

我的丈夫向她们索要了什么？在他回到我身边之前，这里发生了什么？我敢问吗？月光下，荒芜的森林里，神究竟提出了什么要求？

也许狄俄尼索斯离开后发生了其他的事。动物袭击。她们走得太慢了，有野兽袭击了她们。我现在应该询问清楚，帮助她们。我从混乱当中清醒过来，准备朝她们走过去，远处的女祭司跑过来，把她们搂在怀里一起离开了。

我看着她们离开。如果我问她们发生了什么事，狄俄尼索斯肯定会知道。唯一能够确认的方法就是做我昨晚本该做的事。我别无选择，只能跟着她们，自己去看。

# 第三十章

那天晚上，我们再次举行宴会，一直到深夜，孩子们躺在父亲的怀里睡着了，长长的睫毛在光滑圆润的小脸蛋上翕动。狄俄尼索斯隔着桌子默默看了我一眼，这是我们之间默契的交流方式，他微微偏了偏头，我们同时站了起来。他毫不费力地抱着他们。他的脸因酒气和笑声而轻轻泛红，跟凡人一样，我几乎要忘记他是神，直到我看着他抱着三个小孩大步向前，动作平稳，没有惊醒任何一个人。我跟在他身后，看着他把孩子们轻轻地安置在柔软的垫子上。月亮在地板上画出一条鲜明的银线。我感到凉爽的空气吹拂在脸颊上。他走到我身后，挡住了火把的光线，片刻之后就消失不见了。

我向窗外望去，银色的月光照在他们身上，一支长长的队伍在山坡上行进。她们披散着头发，白色的衣裙在身后翻飞，低沉的歌声被微风吹散，落入我的耳中。

俄诺庇翁和拉忒罗米斯已经自己上床睡觉了。房子里没有人，只有熟睡的孩子发出的鼾声。我知道陶洛珀利斯很快会醒来，他饥饿的哭声会打破这片宁静。如果我想跟上她们，现在就必须出发。

没有人敢擅自闯入狄俄尼索斯的家，即使是森林里游荡的野兽、疯狂的野猪或饿狼也无法跨越这座房子的入口。当狄俄尼索斯离开小岛或者和迈那得斯一起进山的时候，他的神力会守护着每一扇门窗。我还是犹豫能否把孩子们单独留在黑暗中。我听见远处传来海浪撞击岩石发出的声音，以及猫头鹰对着星星发出的低沉的哀鸣。

如果仅仅是因为淮德拉的话，我完全可以把它当作恶意的流言蜚语。与我在克里特一同长大的那个充满希望、阳光的女孩经受了生活烈焰的洗礼，她所说的不过是苦涩的气话。她用忒修斯的行为评判所有的男人。这情有可原。但我看到的血流成河的小溪，树林里哭泣的迈那得斯……不知怎的，这些画面融合在一起，让我想起狄俄尼索斯的眼神。他说其他神的神坛上总是堆着满满的祭品，他的神坛却被别人遗忘。这个画面让我感到不安。他眼中一闪而过的情绪是愤怒吗？还是蔑视？抑或是原始而疯狂的嫉妒？

我别无选择，猛地转身离去。我很快就会回来，陶洛珀利斯根本不会发现我离开过。我披上披肩，像幽灵一样走出房子。女祭司们早已不见踪影，但我可以沿着山路找到她们，山坡两旁参天的橡树将为我提供充足的掩护。夜晚的空气比我想象的更冷，我的心跳声跟匆忙的脚步节奏一样快。

我曾陪在狄俄尼索斯身边，看着女祭司唱歌和倒酒。我无法确定从什么时候起，这一切发生了变化。俄诺庇翁出生之后，我一直守在他的床边，然后很快就有了拉忒罗米斯。当夜幕降临，我不再跟着大部队爬山，端着金杯喝葡萄酒，而是在床边照看婴儿，双眼也因睡眠不足变得模糊。但我一直觉得，我也可以陪伴我的丈夫，我的存在是受欢迎的。

我突然脊背发凉，感到紧张。如果我被人看见，他肯定会生气，我不知道自己为什么会这样想，也不知道是从什么时候开始的。曾经的阿里阿德涅前途未卜就敢登上忒修斯的船，把旧的生活扔进火海；那个女孩打开了迷宫大门，戴上狄俄尼索斯的王冠，用尽所有的力气把她的孩子带到这个世界。那个勇敢的阿里阿德涅去哪儿了？我与神并肩而立统治着这个岛屿，为什么不敢大大方方地走进山里？为什么我要偷偷摸摸地穿过树林，为什么我不敢满怀信心地走到我自己丈夫的身边？

我瞻前顾后犹豫不决：我想快点跟上去看看到底发生了什么事，但同时害怕陶洛珀利斯突然醒来发现我不在身边。也许这就是我惶恐不安的原因，是母亲的本能督促我早点回到沉睡的婴儿身边，仅此而已。

不远处传来迈那得斯清晰流畅的歌声，伴随而来的还有低沉、绵延的鼓点声。沐浴在月光中的空地就在前方。除了歌声和鼓声，我还听到了羊叫声，非常像婴儿的哭声。我差点以为这是陶洛珀利斯的哭声。但它不停地叫，我意识到这是动物的声音。是山羊，一只小羊崽，身上刚长出来的绒毛光滑柔顺。我慢慢靠近她们，手扶着橡树干站稳。我看到迈那得斯围着小羊崽站成一圈，慢慢把它举到半空中。

如果不是因为狄俄尼索斯专心致志地投入在祭祀仪式中，他肯定早就发现我了。他肩上披着厚厚的兽皮，手里紧握着一个巨大的白色雕花角骨，细长浓稠的红色液体从角骨中流出。空气中弥漫着甜美、醉人的酒香。他头戴一顶月桂花冠，眼睛在月光下一片空白，盯着山羊崽的方向。山羊惊慌失措的哭声变得越来越大，越来越刺耳。

我丈夫顽皮、青涩的脸上从未出现过这样的神情。我的目光无法从他的脸上移开，我眼角的余光看到了迈那得斯的脸组成的圆圈，她们眼睛空洞，大张着嘴。鼓点的节奏变得急促、狂野。她们嘴里的歌声变成了此起彼伏的号哭。这些女人白天的时候会和我一起打理花园，小托阿斯用染成紫色的手指拽着她们的裙子时，她们会塞给他一颗葡萄，她们的笑声总是响彻整座小岛。现在，她们像是外形扭曲的蜡像，表情空洞怪异。

我惊恐地退后几步。这片空地上的任何东西我都没见过，我也不知道这些仪式的内容，尤其是仪式正中间那个人，他向天空举起手臂，好像要把这些嘈杂的尖叫声从她们的喉咙里拉出来。我不想再看下去了。我的手掌在树皮上打滑，全身都起了鸡皮疙瘩，我的心跳比鼓声还要快。他们被疯狂的激情蒙蔽了双眼，似乎对周遭的一切视而不见，不管怎样，我希望没人看到我。我不想被卷入那个圆圈里，我不想加入她们，忘记自己是谁。

我想到了温暖、熟睡的孩子们躺在羽毛垫上，我渴望再次拥抱他们，但我颤抖的双腿拒绝移动。

我无法阻止自己看到接下来发生的事情。

一个女祭司把小山羊高高举起。呻吟的圆圈里缓缓伸出一只苍白的手，抓住了它拼命踢动的一条腿。然后是另一只，再另一只。她们紧紧抓住它，纤细的手指抓着四肢，深深地陷进绒毛里扭动。小羊崽尖叫着。断断续续不停的声音让我头疼欲裂。

突然一声闷响，一道柔软、黏稠的撕裂声，紧接着所有的声音戛然而止。

羊叫声停止了。

我捂住双眼，但刚才发生的事还在脑海中重演。我尝到了喉咙里有酸涩的胆汁味。我把它吞了回去，祈祷我的身体能够承受得住。我不敢再看，但我也不想躲在自己怀抱里。如果他们看到我，我也要站在原地。我长长地吸了一口气，松开了颤抖的双臂。

我继续看。

狄俄尼索斯站在那坨四分五裂、血腥残余物的旁边。他的表情凝重如大理石雕刻。刚才还在哭喊的迈那得斯现在一动不动，沉默不语，只有浓稠的血液顺着她们的手臂和脸颊缓缓流淌，颜色暗淡，看上去几乎是黑色。她们的脸渐渐变得清晰可辨。狄俄尼索斯身边站着欧佛洛绪涅，她才刚来不久。我记得她从小船上轻盈地走下来，头发像抛光的木头一样油亮，微笑的脸上有两个酒窝。现在，她的头发松散打着结，我唯一能听到的声音是她的喘息声。

狄俄尼索斯说话了。他发出野蛮的、古老的声音，说着陌生而野性的话语。

我听到一阵呜咽声，赶紧用手捂住了自己的嘴。我害怕那是我发出的声音，害怕自己暴露了。但那不是我。虽然难以置信，但狄俄尼索斯脚边散落的皮毛和筋骨开始翻动，它们在我眼前聚集在一起，重新拼成了一只山羊——完整的，全新的。小羊突然站了起来，四蹄不稳晃晃悠悠。它的绒毛是最纯洁的白色，就像未开垦的雪地一样，没有污点，没有压痕。

那个奇怪的圆圈解散了。女祭司们放松身体，相互查看，接着发出阵阵狂笑，冲破寂静的夜空。

这是我在他们离开前逃跑的机会。我要安静跑下山，没有人会知道我来过这里。我要把脸埋进孩子们温暖、柔软的身体中，试图忘记我所看到的一切。但我在逃离之前回头看了一眼。他一动不动站在圆圈的中心，看着小山羊从他脚边跑走，脸上没有发生任何变化。一股寒意涌上了我的心头。

我以最快的速度跑回了屋子里。

# 第三十一章

那晚，我一直看着孩子们睡觉，直到日出的粉红色线条灼伤了我的眼睛。他们的小胸脯上下起伏，美梦在光滑的眼皮上轻轻跳动。我想起了弥诺陶洛斯，他幼年的时候在马厩里抓老鼠，老鼠发出尖锐的叫声，内脏蠕动着洒落在黑色的土壤上。我想到了肉体撕裂，骨头从关节中脱臼，血液浸透了女祭司的白色薄裙。我想到了肌腱、软骨还有这个世界肮脏恶臭的丑陋。我用指关节按摩着眼皮周围，现在我一闭上眼睛，就能看到在冰冷的月光下，狄俄尼索斯空洞呆滞的脸。

孩子们醒了，吵着要吃早餐，要拥抱，要他们喜欢的玩具。我疲惫不堪，但我渴望听到他们的唠叨和要求。我想要他们搂着我，让我呼吸他们头顶上独有的甜蜜气味。吃过饭后，斯塔费罗斯到房子后面的橄榄树林里打猎；托阿斯忙着找树枝，用它来敲打树干，发出只有他自己喜欢听的声音。我把陶洛珀利斯绑在胸前，去葡萄园摘葡萄。这通常是我喜欢的工作，但葡萄的甜味让我想起昨晚空气中发酵的味道。厚重的阴云在地平线上聚集，空气中的热量随时都会爆发出来。我摘下一串葡萄装进篮子里，突然觉得有人正盯着我看。

她身上没有留下任何狂欢的痕迹，皮肤干净无瑕，头发不再打结，也没有血块。不过，她脸上的酒窝也不见了。她表情严肃，没有笑容。

她看上去如此年轻——也许跟我来纳克索斯时的年龄差不多。那似乎是很久之前的事了。

"欧佛洛绪涅?"我试探性地问道,尽管我确信我是对的。她名字的意思是喜悦,或欢笑。当她面带微笑来到这里时,这个名字似乎很适合她。但我不知道什么样的名字能够形容她昨晚空洞的脸庞。

她点点头,似乎不确定该如何接近我。她知道我看到她们了吗?她为什么要来这个岛?是午夜森林中的血腥狂欢吸引她远航来到这里吗?

她为什么现在出现在这里,在葡萄园里。一股倦意在我体内涌动,我用手遮住眼睛,希望能躺下睡觉。我没有心思继续谈话,而她欲言又止的态度刺激了我已经想要发怒的心情。

"我想知道……"她没说完。

"请说吧。"我毫不掩饰不耐烦的语气。她瞪大了眼睛。我叹了口气,指了指旁边光滑平坦的树桩。"我们坐下再说吧。白天很热,我昨天晚上没睡好。你休息得好吗?"

回应我的只有沉默。她坐在我身边,但是没有回答这个问题。她把裙子的一角编成辫子。她害怕我。因为我是狄俄尼索斯的妻子,她不想激怒我。她是否认为我的愤怒会让狄俄尼索斯把她烧成焦炭?她以为我像赫拉一样喜欢报复,狄俄尼索斯像宙斯一样凶残。我们和他们不一样,我们总是这样告诉自己,我也因为这种信念感到安慰。

"我想我昨晚看到了你——你的头发在树林间一闪而过。"她结结巴巴地说。

我深吸了一口气。所以我已经被发现了,即便只是在狂热的聚会中一个不太确定的身影。而现在这个可怜的女孩不知道该去找谁,她不想夹在神和他妻子的争论之间。"你为什么来找我,不去找我的丈夫?"我问她。

她抬头看着我。"你不参加这些仪式。"

"我不喜欢那样的活动,"我回答,"这件事,如果你对狄俄尼索斯保密,我会很高兴的。"

"我会保密的。"她立即回答。

虽然我对她的出现感到厌烦,而且我仍然不明白她为什么来找我,但我想知道她的情况。这些问题灼烧着我的内心:为什么她这么天真可爱的人想要参加我昨晚看到的祭祀仪式。所以我问她为什么来纳克索斯,为什么她要背井离乡,追随我丈夫的神圣足迹。

"我从雅典来,"她告诉我,"我家很穷,我们挣的钱只能勉强生活。我父亲总是说,一次歉收,一个寒冬,我们就完蛋了。他向丰收女神德墨忒尔祈祷,让我们稀疏的庄稼生长,为我们提供生存所需。我十六岁时,他告诉我,我要嫁人了,不再是他的负担,天知道他是怎么凑够嫁妆的。他为我选择的丈夫有一双冰冷的眼睛,像火石一样。我不喜欢他,我哭了,但我疲惫的母亲没有安慰我,她的善良被苦日子消磨殆尽了。我不敢反抗父亲,我知道后果是什么。就这样,我们结婚了,我以为当我有了自己的孩子,我至少可以爱我的孩子。我肚子大了,当我用手抚摸它时,感到了婴儿在踢我。我知道这个小生命在与我交流,它迫不及待想要出来,被我抱在怀里。我分娩的时候没有感到任何恐惧。这个过程漫长而艰难,但我只感到兴奋。当他们把我的宝贝女儿放在我怀里时……我无法向你描述这种感觉。"

她不说我也知道。我还记得第一次抱着新生儿时的那种甜蜜。我想知道她的孩子怎么样了。

"我把孩子带到我丈夫那里,让他看看我们毫无乐趣的结合创造了一个多么完美的小奇迹。"我不想看她的眼神,我害怕目睹如此残酷的事实。"一个女孩,"他说,"一个女孩对我来说有什么用?把它扔到山坡上,她不过是一张需要吃饭的嘴。"她的脸扭曲了。"他们不顾我的尖叫，抢走了我的女儿。她哭了，我尖叫着，他们还是把她抱走了，我不停尖叫，直到我周围的世界变黑。我昏迷了好几天，等我醒来的时候，我的孩子早已死在了空荡荡的山坡上。但无论我走到哪里，无论做什么，都能听到她的哭声。当我爬上那条船来到纳克索斯时，哭声才安静下来。我自己划着桨来到这里，第一次感受到了幸福，当然了，除了我抱着女儿之外，第一次感受到幸福。我笑得很开心，觉得自己的脸都要裂成两半了。"

我长长地吸了一口气，颤抖着。她空洞的脸再次浮现在我脑海里。那只小动物，在她面前重生了。我想，我知道她向狄俄尼索斯许下什么愿望了。我感到恶心和空虚，非常、非常累。

乌云密布，天空中没有一丝光亮。我找不到任何话可以安慰这个充满希望、异想天开的绝望女人。"那么我很高兴你来到这里。"这是我唯一能说的话。我双手包裹住她的手。她的故事让我心碎。我无法想象一个人会对一个母亲和她的孩子做出这样的事。但我知道，这种事每天都在发生，滋养着众神，神龛上升起的每一缕烟都是这样绝望的祷告，恳求上天让痛苦停止。奥林匹斯的金殿里应该响彻凡人的苦难声。但狄俄尼索斯说大厅里唯一的回声是众神自满的谈话。

"我也很高兴。"她回答。她捏了捏我的手，然后松开了。

那天晚上，我没有看着他们进山。我躺在孩子身边，把他们紧紧搂在怀里，看着我自己有多么幸运。

第二天醒来之后，我下定决心要去雅典。我离开过淮德拉。我不会再抛下她不管了。

# 第三十二章

我做好决定，就火速准备离开。

"我不明白你为什么要去找她。"狄俄尼索斯皱着眉头，躺在我的床上，我在一旁整理旅途需要的东西。

我轻装上阵离开克里特时，以为有爱情就足够了。那时我还没有孩子。陶洛珀利斯还太小，我不能留下他，但是带着孩子航海需要的准备工作让我十分头疼。

"她离开这里时，已经明确表达了她的想法。"狄俄尼索斯继续说。

"那我更要快点走了，"我抗议道，"我不能放任事情这样发展下去。我不能让不好的预感发酵，变成事实。"

"你希望去说服她别走那条路，但你不能。"他告诉我。

我抑制不住心中的愤怒。"你怎么能这么肯定？"我没有给他回答的机会。"再说了，重要的是我要尝试，不管结果如何。"

他哼了一声。"你和孩子留在这里结果会更好。"

我立刻反驳道："你说得多简单啊！但你为什么不接受自己的建议！"

他惊讶地睁大眼睛。我已经停不下来了。

"你总是到处跑。努力传播你的名声，可你曾经说过你并不关心这种事情。追求荣誉的是其他的神——和他们宠爱的英雄。现在，你只要心血来潮就会消失不见,我不知道你去了哪里、做什么、什么时候会回来!"我越说越急。淮德拉的到访、山羊献祭……所有的事情都在大脑里绞成一团,我根本没办法注意自己的言辞。

"你从未说过你介意我外出旅行。"他的眼神温和,但嘴唇抿成一条线,与平时快乐的笑脸不同。

"你从来没有问过我是否介意,"我反问道,"也没有问我是否想和你一起去。我想知道这是为什么?"

他听后直起后背。"你从来没有想过要来!"

"在这个问题上,我们一直兜圈子也不会有什么结果,"我嘀咕道,"但现在轮到我离开了。我要走了。"

我转身准备出去,但他轻轻抓住了我的肩膀。

"我不会阻止你的,"他说,"我只想保护你免受伤害。淮德拉正在重蹈覆辙,是不会有好结果的。"

我压抑着内心的情感,吞下了我现在没有时间对他说的话。我握住他的手。"那么你肯定明白,我必须在为时已晚之前尽我所能地帮助她。"

他没有告诉我已经太晚了。对此我很感激。

他和四个男孩站在岸边,向我们挥手告别。当大船起航的时候,我紧紧抱住陶洛珀利斯,害怕他从我怀里滑落,但他在我怀里代表我们两人挥舞着胖胖的小拳头。

\* \* \*

狄俄尼索斯的船又快又稳,虽然我们没过多久就到了雅典,但我觉得这个过程像是永恒那么漫长。淮德拉一定派了最出色的望风人，因为我们还没靠岸，她就在港口等着我了。

她微微一笑，但笑意没有到达眼底。"阿里阿德涅。"她说。我爬下高高的船舷，码头的甲板吱吱作响。

"淮德拉！"我急忙向她问好。

"你怎么这么快就来了？"她问。

我走近她，远离她的随从，在她耳边小声说道，"我不想放任事情这样发展下去。"

她无所谓地耸耸肩。"好吧，欢迎你来雅典，姐姐。"她的语气表达着相反的意思，"来吧。去王宫的路很陡峭。离开克诺索斯之后，你可能已经不适应了。"

码头的噪声和景象比我想象中还要让人感到不安。我不仅不习惯爬长长的楼梯，在纳克索斯安静的环境中生活了这么多年后，我也无法驾驭热闹的人群了。我应该偶尔陪着狄俄尼索斯一起旅行。我放任自己在田园诗般的梦境里活着，现在突然回到了现实世界，面对着几乎要把我卷走的浪潮。我很庆幸自己把陶洛珀利斯紧紧绑在胸前。

人群主动散开给淮德拉让路，我紧跟在她的身后，回想着事情怎么会变成这样。当我们到达山顶时，她突然回头看着我。

"如果你是来说教的——"她说。

我举起双手。"我向你保证，这不是我来这里的原因。"

她的态度稍稍变得缓和。"很好。忒修斯还没有回来，我打算今天下午就和希波吕托斯谈谈。"

我松了一口气，忒修斯不在岛上。我等了一会儿，然后小心翼翼地提问。"你觉得他会怎么回答？"

她拨开脸上的头发。"我跟他之间有种联系，我全身每一根骨头都了解这种感觉。这不可能是我单方面的情感。他也感觉到了,我知道他肯定感觉到了。"

我感觉自己如履薄冰,行走在狄俄尼索斯到访过的远方某座冰湖之上。我必须每一步都小心翼翼,以免冰块在我脚下裂开,把我吸进极寒的深处。

"我不是来指责你的,淮德拉,我发誓。我只是想告诉你,我曾经对忒修斯也是这样的感觉,但他抛弃了我,留我在岛上等死。"

"希波吕托斯跟他父亲不一样。"她停顿了一下,"这正是我爱他的原因。"

她十分固执,听不进去任何规劝的话。我很庆幸自己在她准备表明心意的当天来到她身边,也许当她感受到羞辱的灼烧时,会考虑跟我一起离开。

我们走到王宫庭院的阴凉处。我坐在一张沙发椅上,淮德拉去取水和葡萄让我解渴。我松开了绑着陶洛珀利斯的绳子,让他站在我的腿上。他大大的黑眼睛打量着周围陌生的环境。

华丽侧柱旁的动静引起了我的注意。一个年轻人走了过来。他跟淮德拉描述的一样,高大、挺拔和强壮,全身散发着活力。他腼腆而有礼貌地走到我面前。我好奇忒修斯怎么会有这么可爱的儿子。

"你一定是希波吕托斯,"我说,"我是阿里阿德涅,淮德拉的姐姐。"

"啊,是的,"他回答,"那么,您应该是我的姨母。"

"哦,可能是吧——"我有些困惑。

他的笑容有些动摇,似乎担心套近乎过了头,但这根本不是问题。如果我对他来说是姨母,那么他一定视淮德拉为母亲。我闭了一会儿眼睛,真心希望淮德拉能够放弃她无望的梦想。

淮德拉回来了,拿着一盘葡萄匆匆走过廊柱。当她看到希波吕托斯站在我面前时，不由得向后退了一步。"哦……看来，你已经见过我姐姐了。"她说。

他怎么可能看不出淮德拉对他的感情！如果他不是特别天真，那么他就是一个完美的演员。淮德拉在我眼前变成了当年那个痴迷盯着忒修斯的十三岁小女孩。她的眼睛瞪得大大的，手指在颤抖——是的，在颤抖！——手里的托盘抖得像海浪中翻滚的小船。

希波吕托斯可能没有注意到，但我敢打赌，淮德拉的仆人、随从和食客都能看出来。没有流言蜚语我才会感到惊讶。

"你要去马厩吗？"她激动不安地问。

他点了点头。

"我稍后自己过去。"她的脸已经红到了发根。

"再见。"他说，显然还是无动于衷。他向我点了点头。"再见，阿里阿德涅姨母。"

他一走远。她温柔的姿态立刻变得疏远冷漠。我什么也不敢说。

我一边吃葡萄一边想：也许现在是她表白的最好时机，尽管过程很痛苦，但一旦说清楚了，我们就可以一起离开雅典，我希望我们可以在忒修斯回来之前离开。

我安顿陶洛珀利斯睡午觉。宫殿的房间宽敞、豪华，有很多软垫。当他终于放松入睡，我才敢蹑手蹑脚地离开。院子里空无一人。她已经走了，一心一意地去追求她愚蠢的梦想。

下午过去了，淮德拉仍然没有回来。我开始在院子里徘徊，沿着走廊和大理石柱子周围窥视。我不禁产生了一丝好奇。我曾经想过这个地方会成为我的家。如果我嫁给忒修斯，我在这里会过着怎样的生活？我闭上眼睛，纳克索斯出现在眼前——一望无垠的翠绿海湾；高耸入天、蓝灰色的山峰；孩子们的笑声在岩石上回荡；我丈夫大步穿过沙滩向我走来。

突然，下面的港口响起了激昂的号角声。片刻之后，陶洛珀利斯的哭声召唤着我，我赶紧把他从舒适的小窝里抱出来，感受着他柔软的脸颊在我的颈窝里的触感。

我抱着他走回来。走廊里很安静，对于王宫来说过于空旷。我想知道大家都去哪儿了、号角声意味着什么。陶洛珀利斯伸出手描绘着墙上明艳的壁画：雅典娜和橄榄树，波塞冬和盐泉，一座伟大城邦的诞生。我边走边在他耳边轻轻讲述这些故事，然后突然停了下来。

有人在那里，但那不是淮德拉。

# 第三十三章

## 淮 德 拉

阿里阿德涅的到来太突然,我毫无准备。我在她面前保持镇定自若。但事实上,我被情感的漩涡无助地推搡,好像被一阵旋风卷起,一切都不由自主。

我从纳克索斯回来之后,满怀信心和决心。希波吕托斯去打猎了,但我怀着平静而坚定的耐心等待他回来。我发誓要抓住这个时机,但我的勇气再次背叛了我。现在,阿里阿德涅来了,我还是没有说出口。我知道她肯定会尝试说服我,虽然她不承认。我不信任自己听到她的话能保持无动于衷。我不忍心听她的话。

所以,是她逼我的。我今天必须这么做。

我的手指抖得厉害,无法拿起银梳子整理头发。无所谓了。希波吕托斯肯定更喜欢我披散着头发,我敢肯定。

就是现在。阿里阿德涅要照顾婴儿脱不开身。我要做,必须是现在。

我不知道我是怎么离开房间和皇宫的。我的未来和命运都悬在我的面前,我需要做的就是一脚踩进去。

毫无意外,他在马厩里。我感到众神与我同在——美丽勇敢的爱神阿佛洛狄忒一定在向我微笑。他是独自一人，周围没有一个人影。他是我一个人的，我马上就要拥有一切了。也许我们可以坐阿里阿德涅的船离开，也许她的到来确实是偶然的。

他看到我时有些惊讶，脸上的严肃表情从未改变过。我多么希望逗他笑，让他对我展示温柔的一面，感受到他的温暖，像一朵向阳的花重获新生。他转过身来面对我，马厩昏暗的光照出他高大的身形，我失去了理智，紧紧抓住他的胳膊。他脸上露出关切的表情——他在担心我，我看到了。

"希波吕托斯，"我大喘着气，呼吸急促，所有要说的话都乱了套。"希波吕托斯，我们必须谈谈——马上！"

他皱起眉头，疑惑地后退，但我紧紧抓住他的胳膊，手指感受到他皮肤的温暖，于是强迫自己抬头看着他的脸。

在他目光的注视下，我感到那股让我慌乱不堪的躁动突然平静下来。我终于可以开口说话了。

# 第三十四章

## 阿里阿德涅

他转过身看到我,震惊的神情像一道光印在脸上。他退后一步,看上去似乎要摔倒了。

自我们初次相遇已经过去了15年。我在他的怀里睡着,醒来后只有冰冷的灰烬,荒凉的黎明。

"我一直在想你什么时候会来。"他的声音有些哽咽。

尽管淮德拉对她丈夫的评价很刻薄,但我看得出,时间对他并没有很残忍。他仍然很强壮,肌肉线条清晰,头发浓密。当然,他的眼睛还是和以前一样,是摄人心魄的绿色。

我刚到纳克索斯岛时,无数次幻想过这种场景。我有很多事情想对他说,对他大喊,质问他。但现在这些话似乎都不再重要了。

"你还好吗?"他问,"我听说……听说你结婚了。"他的目光瞥向我怀里的婴儿。

我稳稳地看着他。"我也听说了你的事。雅典终究还是接受了一位克里特公主。"

他吞咽了一下。"也许我的人民比我想象中要宽容。"

他真的认为雅典会拒绝我，所以才离开我吗？我已经不在意了。我走到院子深处。"我是来见淮德拉的，"我告诉他，"我不打算重温过去的事情。"

他看起来明显松了口气。"我的妻子在哪里？我回来时没有人在港口。"

我耸了耸肩。"也许出去散步了？我不确定。她到时间就会回来的。"我故意说得很含糊，希望他不要再问我。我最不希望的就是他去找她。我希望她回来的时候不会太过伤心。

一阵冷风吹过，我打了个寒战。忒修斯看着我身后，好像在听什么。过了一会儿，我也听到了。一声高亢婉转的声音从远处传来。随着风向的改变，声音时有时无。

他僵住了。

"那是什么？"我问道，但他没有回答。

声音变得越来越大。那是哭声。也许是葬礼的队伍？女人绝望的哭号划破了天空，让我脊背发麻。那不是淮德拉，一个人无法发出这样的声音。

"跟我来。"忒修斯说。

我跟着他，穿过宏伟的拱门，回到了宫殿的大花园里。号哭声越来越强烈，音量越来越大，我觉得自己的头都要裂开了。

然后我们看到了人群。缺席的仆人全都聚集在花园逶迤的步道上，他们大张着嘴，双手撕扯着头发和长袍，阴森恐怖的吵闹声越来越大。陶洛珀利斯呜咽着。

忒修斯向他们奔去。"这到底是什么意思？"

一看到他，有些人哭得更大声了，还有人跌倒在地上。

我全身因为恐惧而颤抖，想要尽快弄清楚发生了什么事。我望着那些痛苦的脸，但没有看到淮德拉。

队伍前面的女人——只是个女孩——递给忒修斯一张皱皱巴巴的纸。是一封信吗？这一定是淮德拉写的。她已经逃跑了吗？是她出走的消息吗？我的心痛苦地跳动起来。她成功了吗？她和希波吕托斯一起逃走了吗？难道他被征服了，不再有所保留，他们已经离开了雅典？她没有跟我告别，没有寻找纳克索斯的庇护，这都是我的错。但尽管如此，如果她摆脱了忒修斯，这就是最好的结果。

忒修斯读完信，脸上的血色消失了。随着一声痛苦的呼喊，他把信纸揉碎，砸在地上，向哭喊的人群飞奔而去。

我惊惶失措。如果他抓住他们，不知道能做出什么事。我笨手笨脚地把陶洛珀利斯交给递信的女孩。"请照顾好他。"当我放开陶洛珀利斯时，他哭了出来，和女人高亢的哭声融合在一起。我捡起忒修斯扔在地上的纸条，提起裙子就跑。

天空变得灰蒙蒙的，夕阳消失在云层后面，但我可以看到远处忒修斯的身影。我飞奔过柔软的土地追赶他，没有孩子的牵绊。我的肺因为每一次呼吸而灼烧，双腿颤抖着想要休息，但我决心要追上他。

他在一片树丛中停了下来。我放慢了脚步，粗重的喘息声在这片寂静中十分响亮。我看不清他的脸。

"忒修斯？"我叫道。我希望，如果淮德拉和希波吕托斯潜伏在附近，他们能听到我的声音，知道他的存在。

他转过身来。我见过他因为荣耀而斗志昂扬的样子，他成功走出迷宫之后胜利的愉悦，还有他在亲密时刻以假乱真的温柔。但我从未见过他崩溃。他整张脸都垮了下来。

"不要看。"他警告我。

我不明白他的意思。我以为他不想让我看到他的脆弱。

我没有转身离开。

在接下来的夜晚，我无法忘记自己看到的一切，无论我如何祈祷和乞求，它都不会消失。

# 第三十五章

## 淮 德 拉

起初,我以为希波吕托斯不明白我的意思。我的话已经很清楚了,但这完全出乎他的预料。我松开了手,向后退一步,给他时间消化这件事。我们的自由和幸福近在咫尺,唾手可得。

但他表情扭曲,不是因为喜悦,而是因为别的东西。恐惧在我心中升起。"我知道你担心你的父亲,"我试图安抚他的忧虑,"这很自然……"

"我不为我父亲担心,"他终于开口了,"我担心的是你,淮德拉王后。我担心你已经完全失去了理智。"

我愣住了。这跟我设想的不一样。我知道肯定会有意外,比如因为背叛而产生的犹豫不决的痛苦,但即使如此,我想也不会持续很久。多年前,在克里特岛,我只花了片刻时间,就选择跟随忒修斯,反抗我父亲珍视的一切。这根本算不上是一个决定。为什么希波吕托斯现在看起来如此悲伤,如此愤怒,如此……厌恶?

我全身颤抖。这不可能。恍惚之间,我强迫自己干燥的嘴唇动起来。"爱情与理智有什么关系?"我的声音低沉而沙哑。

他猛地摇着头,从我身边退开。"我来到雅典,把你当作母亲。"他低声说道。

羞耻像炙热猩红的铁水浸透了我。我以爱的名义来找他,相信爱的翅膀可以带我们俩离开。伊卡洛斯陨落的场景突然在我脑海一闪而过。我突然觉得自己很老,荒谬可笑。我是个傻瓜,我不该这么做。我突然无法忍受他出现在我面前,就跟他对我避之不及一样。

他对我充满了反感和憎恶。

事实显而易见。正如他所说的一样,我对他的爱是一种疯狂。

他粗暴地从我身边走过,我没有看着他离开。我定在原地。如果我移动,这一切就变成现实。如果我迈出一步,我将进入一个脱离正轨的现实,我没有能力让一切恢复原样。

几个月来,我每天都梦想着与希波吕托斯私奔。我,克诺索斯和雅典的淮德拉,为什么要把希望寄托在一个男人身上?我为什么不明白,我真正想要的是逃离。

我不能再过那种生活了。我仔细回想——忒修斯的妻子,一个孤独的王后,一个疏远孩子的母亲。这不是我想要的生活,我对真相一无所知,就跟我对爱情的误解一样深刻。

但现在该怎么办呢?希波吕托斯还年轻,年轻人都是轻率而浮躁的。我应该想到的。我敢打赌,他单纯简单的生活中绝不会遇到这样的时刻。我现在当然明白了。他不会怀疑我对他的感情。一刻也不会。他秉性诚实,做梦也想象不到别人会对他隐瞒真实的想法。

他的诚实。他的简单、美好的诚实。我用手捂住嘴,我那张愚蠢的嘴,一切就这样祸从口出。

希波吕托斯不会隐瞒这件事的。他会立刻告诉忒修斯,就像黑夜跟随白天一样没有意外。

只有神知道忒修斯在我们结婚之后做过什么龌龊下流的事。但是,如果他知道我对另一个男人有任何想法——那个男人还是他自己的儿子。想到这里，我感到了前所未有的恐惧。我突然眼前一黑，身体摇摆着，不得不抓住马厩的墙壁保持稳定。

我必须阻止他。我必须阻止希波吕托斯，求他保护我。他不理解不诚实，我知道，但他理解仁慈。他是一个温和的人。我可以跪在他脚下，骗他说我被一种狂热控制了，变得疯狂。或者说我是骗他的，为了考验他的忠诚？如果他知道忒修斯会如何惩罚我——他想不到，他无法想象——如果我告诉他，他肯定不会把我交给他的父亲。如果他不同情我，我的儿子怎么办？一个不忠的母亲给家族带来的耻辱我再清楚不过了。现在我的孩子们也要遭受这种痛苦吗？

我的腿酸软无力，但我必须跑。去抓住他。我跌跌撞撞跑到门口，他已经不见了，他可能在山里的任何地方。如果他骑着马，那么我已经追不上了。

我环顾四周，困惑和恐惧压倒了我。如果我跑回王宫，也许我可以和阿里阿德涅一起逃走？我知道是我连累了她。如果忒修斯在我之前见到希波吕托斯，很难想象他会做出什么事。毕竟他曾毫不犹豫地抛弃了阿里阿德涅。我把她推到了风口浪尖上对抗忒修斯的暴怒。这里没有神能保护她。因为我，她孤立无援，不堪一击。

我从马厩墙上的架子上拿起一张羊皮纸。可能是一张马匹的清单，我没有精力去看。如果希波吕托斯先回到马厩，我想留给他一封求情的信。

但我刚刚写下他的名字，就把纸揉成一团，塞进腰带里。一封信是比希波吕托斯的片面说辞更有力的证据。我必须烧掉它。

我走到外面，看着远处的宫殿、山丘和附近隐约可见的森林。我该去哪里？该怎么做？我想剖开自己，剥掉自己的皮，连带扔掉让我疯狂的羞辱和痛苦。

我考虑了片刻，我和阿里阿德涅可以一起逃走。我现在可以找到她。如果有必要，我会划船带她走，只要能离开这里就好。

但是已经晚了。对我来说已经太晚了。因为我听到了号角声。自从忒修斯第一次出海后，每次雅典上空响起这个声音我都感到害怕。

首先是一声长长的号角声，接着第二个、第三个加入，直到困住我们的岩壁之间回响着胜利的合奏声，宣布国王安全抵达。

忒修斯回来了。我失去了逃跑的机会。

泪水顺着我的脸庞滑落，我发出一声动物般的呜咽。四周没有希波吕托斯的踪迹。他说不定已经回到王宫里，准备告诉大家发生了什么。

我望着远处空旷的山谷和山脉，如果我朝那个方向跑，会被野兽撕成碎片。忒修斯和希波吕托斯可能会骑着马来追我。我不想被猎杀，在岩石间东躲西藏，听着马蹄的声音担惊受怕。另一个方向通往王宫，我不敢想象那里等待我的会是什么。我最隐秘的希望和肆意妄为的臆想，都将暴露在世人面前，从前被我统治的人现在可以蔑视我、审判我。他们会如何为我的耻辱而欢呼。堕落的女人是最好的娱乐谈资。这我最清楚不过了。我不会让这样的事发生在我身上。

我无处可去。有那么一瞬间，我想躲在马厩的稻草下面，像小孩子一样，相信只要闭起眼睛藏起来，就安全了。但我知道，一个小孩是无法用那种方法去对抗怪物的。

马厩里的一样东西吸引了我的注意。我长长地吸了一口气，试图整理思绪好好思考。我作茧自缚，想要逃离这个噩梦，那个东西是唯一的希望……

我看了一眼对面那片茂密的树丛。吞噬我的恐惧慢慢散去，取而代之的是某种触手可及、实实在在的感觉。

一条出路。这是我现在唯一能希望的。

# 第三十六章

## 阿里阿德涅

我先听到了绳子摩擦发出的吱吱声。树林影影绰绰,风静静地吹过,树枝晃动、树叶翕动。有一个与这幅画面格格不入的形状在他身后摇摆。他伸出手臂想阻止我,但我向前走去,仿佛这是一场梦。

她的脸浮肿发黑。当我意识到自己看到了什么,我立刻转过身。但我妹妹僵直的尸体悬挂在树枝上的画面已经烙在我的脑海中。

"希波吕托斯,"忒修斯呻吟道,"她的纸条上写着希波吕托斯的名字。"

"把她放下来。"我嘶吼道。我无法忍受她弱小的躯体在风中摇摇欲坠。

"我的儿子,"他说,"这是他干的。"

我眼角的余光看到人影向我们靠近。年轻人,也许是马夫。但不是希波吕托斯。"把她放下来!"我再次说道。来人在看到这一幕时脸部抽搐了一下,一瞬间所有人都愣在原地。然后一个人从腰间掏出一把刀,走向树丛,其他人跟在他身后。

我没有看他们。

忒修斯揪着头发来回踱步。

"你是什么意思?"我咬着牙问道,压抑着正在吞噬我的恐惧。"这是希波吕托斯干的吗?怎么可能?"

他磨着牙。"她的信中提到了他的名字。希波吕托斯。可怜无辜的淮德拉。她无法写下他的罪行,但我都知道。"

我身后,绳子发出的吱吱声已经停止了。我逼自己转过身。马夫抱着她的身体,把她放在地上,他动作轻柔,在这场噩梦中给了我一丝安慰,枝头上一小截绳子在微风中挥动着,说不出的怪异。

"你知道什么?"我喘着气说。

"我知道男人能做出什么。"他语气阴沉。

我逼自己打开信,逼自己的手停止颤抖,双眼注视着羊皮纸上秀气的字迹。"信上说——信上只有他的名字,"我说,"没有说他做了什么事。"

他摇了摇头,眼中的怒火在燃烧,烧掉了绝望的情绪。"她写不出来,她说不出口,但他一定做了。否则——否则她为什么要从马厩里拿一根绳子上吊?"

我低下头。我不想背叛她,但我不能让忒修斯认为他的儿子是个怪物。"她爱着他,"我低声说,"但我认为这是淮德拉一厢情愿的想法。他一定是这样告诉她的。事情就是这样。"我闭上眼睛,不想看到他的反应。

"哈!"他啐了一口。

我惊讶地睁开眼睛。

"阿里阿德涅,你不了解男人。他玷污了她,是他把她逼疯了,否则她不会这样做的。我知道。"

这是真的吗?他把淮德拉的表白当作是他为所欲为的许可?难道他守贞的誓言只是一个幌子,就像他父亲的谎言一样,让女人卸下心防,但善良的表面下是一只禽兽？淮德拉认识到自己的荒谬，但后悔也来不及了？

从淮德拉告诉我的关于希波吕托斯的事来看，我不这么认为。我与那个害羞的年轻人匆匆见过一面，我无法想象他是忒修斯形容的那种人。他恐怕是用自己的做人标准来判断他的儿子。

"忒修斯，你的儿子不像你。"我直截了当，不在乎他的感受。"淮德拉什么也没有写，你是无中生有。我告诉你，她爱着他，她打算今天向他表明心迹。"

"那么他把她的表白当成了邀请！"忒修斯吼道。

"为什么？"我反问道，"你的儿子什么时候诱拐过女人，然后头也不回地抛弃她？他是母亲养大的孩子，不会沾染父亲的恶习。"

忒修斯摇了摇头。"我把你留在纳克索斯已经过去这么多年了，你还是跟那时候一样愚蠢。"

自从我看到淮德拉的尸体，身体仿佛裂开了一个大洞，我很高兴他的话终于让我感到了愤怒。"愚蠢的人是你，"我对他嘶吼道，"你对周围发生的一切视而不见。淮德拉跟你在一起只感到痛苦。我很高兴你离开我。我宁愿在那片海滩上腐烂，也不想嫁给你。我痛苦是我没办法救她！"

他大步向我走来。我以为他要动手打我，但他却把我推到一边，离开我和淮德拉，离开了这里。

马夫盯着我。砍断绳子的人张嘴想说话，但似乎找不到话说。

"你能把她抱回去吗？"我用微弱的声音请求道，感到脸颊有些刺痛。

年轻人点了点头，走向前，似乎要安慰我，然后又想了想，还是算了。"我们会带她走，"他向我保证，"但是，忒修斯……"

"你必须警告希波吕托斯，"我不假思索地说，"让他快点跑，告诉他忒修斯是怎么想的。"

年轻人的脸上露出了惊恐的表情。"希波吕托斯正在骑马，在海滩上。"他说。

"海滩在哪个方向？"我问。

他回答之前我就知道了。

"忒修斯去的方向。"他双手拧在一起。

"带上她的尸体。"我嘱咐他，然后跑开了。

天色暗黄，天空开始下起了大雨。我脚下的地面似乎在震荡，当我到达海滩时，岩石发出可怕的隆隆声，荒凉的沙滩笼罩在可怕的天幕之下。远处，一匹受惊的马不受控制地向忒修斯的方向疾驰，马背上有个年轻的身影。忒修斯站在沙地中央，向大海伸出手臂。

"伟大的父亲，波塞冬，"他的声音盖过了海浪的咆哮声，"请为我无辜的妻子报仇，惩罚我的孽子，他犯下了不可饶恕的罪恶！"

沸腾的海水涌动着，仿佛听到了他的请求。那匹骏马嘶叫着开始狂奔，离我们越来越近，它口中飞溅着白沫，背上的希波吕托斯拉动缰绳，眼中满是惊恐。

"忒修斯，停下！"我声嘶力竭地号叫着。我能尝到喉咙里的血腥味。"你错了，忒修斯，不要这样做！"

太晚了。他现在沉浸在复仇的渴望中，什么都听不进去。

一个浪头落下，像一面巨大的绿色水墙砸在了骑士和马的身后，马蹄失去平衡，摔倒在地。一人一马在沸腾的海水中翻滚，四肢纠缠在一起。冰冷的海水冲刷着我的脚踝，海浪的力量把忒修斯掀翻在地，退潮之后，他坐在沙滩上喘息。

希波吕托斯躺在地上，被缰绳缠住，他的马安静地躺在几英尺外。他们身下的深黑色污浊正在慢慢扩大。

云层散开,海面恢复平静。波塞冬的怒火平息了。

几个小时前,我还把淮德拉紧紧搂在怀里。她有时候倔强、不屈不挠,但她同时也充满生命力和毅力。她的内心究竟发生了什么样的变化?她为什么要套上绳索,夺走自己的激情和活力。

事情的真相是什么?希波吕托斯是否如忒修斯所说的那样犯下了不可原谅的罪。他和四处奸淫掳掠、招摇撞骗的忒修斯一样卑劣?也许他只是拒绝了她,就像我预言的那样?他们之间发生了什么已经无从得知,只有他们自己知道。

忒修斯留在原地,一动不动地盯着希波吕托斯残缺不全的尸体。我离开了,我们之间没有什么可说的。

\* \* \*

宫殿里,人们默默料理后事。女仆已经开始清洗淮德拉的尸体,施涂油礼,准备葬礼。我眼中噙着泪水,但是流不出来,我用沙哑的声音说出,希波吕托斯也死了。我弯下头去,不想看到他们的脸。我抱着陶洛珀利斯,哭得浑身发抖,无法释怀。我想在忒修斯回来之前离开,我一刻都不想在雅典多待。

我不知道回程的路是如何度过的,在漫天的星光之下,我默默无言。我只想回家,我希望我根本没有去过雅典。当我们在纳克索斯靠岸时,我低着头避免看到狄俄尼索斯的脸,我不想看到他责备的神情,也不愿想起他警告过我,这趟旅途只会引发灾难。

我感受到他在我身旁的力量,描绘得出他肩膀的形状,靠着他扶在我后背的手臂。但是，我仍然没有抬起头。我希望世界回到淮德拉来这里之前的样子，我希望自己什么都不知道。

他走在我身边，什么也没说。陶洛珀利斯不安地哭闹，他抱过他，安慰他。他一直搂着我，但没有强迫我说话，最终，我把脸转向他。

那张熟悉的面孔，没有任何变化。他的眼里充满爱意和担忧，没有森林之神的印迹。看着他，我终于哭了出来——绵长、痛苦的啜泣。我感到全身的骨头都在颤抖，肺部没有任何空气。

# PART IV
## 第四部

# 第三十七章

我的丈夫听我讲述了整件事的经过。他没有插话，只是听着。然后他让我去休息，我沉沉地睡了很久，没有做任何梦。

第二天，他带我回到了我们以前经常走过的海滩，那时要比现在更快乐。

"如果我知道会发生这样的事，我不会让你走的。"他说。

我摇了摇头。"这没有什么区别。"

他仔细看了看我。"那晚你在森林里。"他说。

他一直都知道吗？我点了点头。

"你害怕了吗？"他问，"现在呢？这就是你想远离我的原因吗？"

我双臂环绕着身体，仿佛在拥抱自己。我没有意识到我在远离他，但我现在可以看出来，我们的确变得疏远了。

他没有等我回答。"我知道那看起来可能有点……"他左顾右盼寻找合适的词，一时间没有了奥林匹斯神的威严，"令人不安，"他说完，"对外人来说，甚至很野蛮。"

我什么时候变成了外人？我曾以为我们是一个完美的家庭，我和他，还有我们的孩子。他是什么时候溜走的？我怎么什么也没有注意到？

"血祭。"他像品尝美酒一样玩味着这句话。他瞥了我一眼，看到我反感的表情。"我们不是在为死亡起舞。"他的声音变得恳切,他的手指紧紧抓住我的手臂。"山羊——它的死亡是为了重生。我能让它重生。我希望我能向你解释,阿里阿德涅,我希望你能亲眼看到!"他看起来像个小男孩,像很多年前从船上跳下来的年轻的神,海豚在他身后的海浪中疯狂跳跃,充满欢乐和生机。"每个神都有自己的小把戏——雷霆、飞鞋、银弓和其他的东西。但是,谁能把死亡捏在手中,重新注入生命?谁能让眼前渐渐变冷的事物重获生机,变得温暖而有活力?只有我,阿里阿德涅,只有我站在生死的界限之间。只有我能够在尚有余温的身体呼出最后一口气的瞬间,将生命的气息再次注入其中,仿佛它根本就没有消失过。"

我们都想起了淮德拉吊在树枝上缓缓晃动的尸体。

"如果身体已经变凉了,我就没办法了。"他承认,"如果灵魂完全离去,正走在通往冥府的路上,我是无法从哈迪斯那里抢回来的。只有在最后的时刻,生命的最后一丝脉动还在流淌的时候,我才能扭转死亡。如果我能从阴暗的冥府里带走另一个灵魂,相信我,阿里阿德涅,我会把你妹妹带回来的。但这是不可能的,否则我会为你做这件事。"

我相信他。我很高兴还能够信任他。

"所有的奥林匹斯神当中,只有我有这种能力,"他再次说,"谁也无法索取和拥有。对我的追随者——迈那得斯,对她们来说,这是超乎想象的力量。越来越多的人会开始追随我。狄俄尼索斯能让死人复活的消息传开之后,成千上万的人都会加入我们……"

他停顿了一下,把目光投向烟雾缭绕的祭坛,投向了岛外新兴城邦里的祭祀、祈祷和赞歌。这的确是一个巨大的诱惑。我没有足够的意志力指出这是一个空洞的骗局。我知道,崇拜狄俄尼索斯的人希望他能让死者复活,但他们珍爱的兄弟姐妹、父母儿女是无法逃脱冥王的禁锢的。我丈夫能复活的只有一只刚被杀死就立刻拼凑在一起的山羊。

以前，我可能会对他说出我真实的想法。但有些东西告诉我，他现在不想从我这里听到这些话。就像淮德拉一样，她对不受欢迎的真相无动于衷。

我也不知道该从何说起。"我不喜欢。"我无力地说道。毫无意义。

"那就别再跟着我们了。"他的语气中没有任何不悦。

我让他扶我站起来。我们一起走回屋里，走到孩子们玩耍的地方。我们并肩而行，也许他认为我们的关系是前所未有的亲密。但我知道我们之间已经打开了一道鸿沟，我不认为他能弥合它。

我也不确定我是否愿意尝试。

\* \* \*

在纳克索斯，生活依旧继续。虽然生存的简单快乐被破坏了，但我发现像过去一样活着出奇地容易。狄俄尼索斯和我仍然谈笑风生，但我们不探讨我看到的东西，也不提起神。孩子们继续成长。迈那得斯白天在阳光下唱歌，夜晚在黑暗的掩护下向深山行进。

狄俄尼索斯又开始到处旅行，但我现在对他的所见所闻不感兴趣，也不去打听大海彼岸有什么消息。我也懒得再问他为什么不带我一起走。

他的心情变好了，这一点是肯定的。他的力量如愿给他带来了新的崇拜者，旅行归来，他也不再闷闷不乐。那个脚步轻盈、总是笑呵呵的狄俄尼索斯又回来了。

有时，在夜深人静的时候，我在黑暗中睁开眼睛，看见森林的空地上，迈那得斯围成一个圈。她们表情狰狞、眼神空洞，吟唱着阴森的歌；淮德拉挂在其中一棵树上，来回转圈，远处传来大海的咆哮声。然后我就会醒来，在黎明前走到海雾笼罩的沙滩上，一直等到金色的日出将我脑中这些画面焚烧。

在晴朗的阳光下，我可以用理智说服自己。他们的仪式没有造成任何伤害——那只动物毫发无伤地活着，到了早晨，一切都会恢复原样。白天，迈那得斯在田间劳作时，身上没有任何虐杀的残忍迹象。也许这正是她们温和的原因。愤怒和悲伤驱使她们来到这里，在祭祀活动中，她们把最极端的情绪发泄掉。她们在晚上大喊大叫，跳着疯狂嗜血的舞蹈，这样她们才能在阳光下平静地生活。狄俄尼索斯还没有把欧佛洛绪涅的女儿还给她。她女儿的尸骨还孤零零地躺在她死去的地方，没有人听到她的啼哭声。一想到这一点，我似乎可以理解大家因为发自肺腑的狂喜，而一同号叫时体会到的满足感。她们撕裂了皮肤和肌肉，暴露出一颗活生生跳动的心脏，一起迷失在疯狂中，控诉着各自的痛苦和挫折。我作为五个健康孩子的母亲，有什么资格评判另一个女人的苦难？也许，我丈夫的祭祀仪式为这些痛苦提供了解药，一般情况下，人们只是默默忍受着。

狄俄尼索斯，我和迈那得斯——我们找到了一种和平共处的方式。我们坚定地忽视眼前的问题，在巨大的沉默中绕行，不承认我们在回避什么，以及为什么要回避。这样做很管用。但当他离开时，我会更轻松，因为海滩、森林和月光下的平静都属于我一个人。

不过，阿尔戈斯人的问题仍然困扰着狄俄尼索斯。他对同父异母的兄弟仍然心怀怨恨，因为珀耳修斯禁止他的子民崇拜酒神。

有一天晚上，他又在抱怨阿尔戈斯的顽强抵抗。我对他说："我并不感到意外。"

慵懒的海风带来了岛中央茉莉花的浓郁香气。狄俄尼索斯似乎并没有注意到我们周围的美景。每当他从尘土飞扬的沙漠平原或臭气熏天的城市回来时，总是尽情呼吸着纳克索斯未受污染的新鲜空气，醉心于鲜花的芬芳。现在，他踢着脚边的沙子，试图把夹在中间的一块石头弄出来，他的整个前额都皱了起来。

"你不意外什么？他的傲慢？还是他的不服从？"他咕哝道。

"都是。无论你说的是哪个，我都不意外。"他继续用脚趾踢那块石头。如果是凡人，肯定会一只手抱着脚，皱着眉头，单腿跳来跳去，皮肤上会出现像花朵一样青黄色的瘀伤。狄俄尼索斯瞄准石头又踢了一脚，粗糙的石头表面上出现了头发丝一样细的裂缝。"任何拥有盾牌的人都不会格外关心尊重的意义。"

每当狄俄尼索斯提起珀耳修斯，我就想起美杜莎。我可以想象英雄的大剑划破长空，在阳光下明光铿亮，而他的眼睛看着她在镜面盾牌中的倒影，瞄准她脆弱的喉咙。美杜莎唯一的罪行就是炫耀她美丽的头发。她扭曲、畸形的脸，发出无声的尖叫，永远定格在那面盾牌上。阿尔戈斯的城墙因石化雕像而闻名。每个冒犯他的罪犯和敌人，都在看到他盾牌的瞬间，以最狰狞、最惊恐的表情留在了城墙上。

狄俄尼索斯说："你不高兴了，为什么你这么厌恶美杜莎的故事？"

当我们第一次谈论我的母亲帕西淮和他的母亲塞墨勒时，他很容易就从我的表情看出我的想法。他知道我的感受，因为他也有同样的感受。为什么他现在不明白？

"美杜莎为了偿还波塞冬的罪行被变成了一个怪物，"我提醒他，"现在，一个男人拿着她的头颅卖弄自己的力量，惩罚他的敌人，这是多么毛骨悚然、骇人听闻的事。每个人都对她避之不及。但波塞冬的祭坛上仍然燃烧着祭品。"

"珀耳修斯的行为就像米诺斯对弥诺陶洛斯所做的事。"狄俄尼索斯低声说。

我惊讶地转过头,他还是记得的。他握住我的手,他的掌心温暖而干燥。我感到我们之间的空隙缩小了一点。

"米诺斯在一座遥远的王宫受到了惩罚,陌生人伸张了正义。事情本不该这样。我应该亲自实施惩罚。他和忒修斯都是,他们应该为自己的所作所为付出代价。"

我从来没有渴望过复仇,只要能摆脱他们两个就足够了。我想知道美杜莎被砍下的头颅是否还能思考,是否还有感觉。她被自己的征服者镶在盾牌上,无论珀耳修斯走到哪里都能取得胜利和荣耀。怎样的复仇才能满足她的渴求?如果她知道自己被当成战利品一样展览,但是人们惧怕的却是珀耳修斯,那么怎样才能平息她的怒火?

"克里特岛的国王和雅典的王子跟你有什么过节?"我问,"他们并没有对不起你。忒修斯带我来这里,把我留给你,也许我们应该感谢他。"我笑了起来,但笑声听上去很陌生,"但是珀耳修斯……珀耳修斯是你的弟弟。你是对的,他应该听从于你。谁比你更有资格惩罚他?"

这是个谎言。我不介意珀耳修斯禁止他的臣民崇拜狄俄尼索斯。愿阿尔戈斯的小山羊永远不会遭到毒手。但我希望狄俄尼索斯能煞煞珀耳修斯的锐气。如果他能夺走珀耳修斯的盾牌,也许能安慰这个可怜的女孩……

我们十指纠缠。当他微笑的时候,我感觉一切都回到了原位。

"我们去阿尔戈斯进行一次冒险,你觉得怎么样?"他的眼睛里流露出一种熟悉的快乐。"你说过你想陪我旅行,现在正是时候。也许我们可以向他展示,拒绝我的狂欢,他的子民会失去什么。"

我没有问他是什么意思。但我还是同意了。所以，他做的事，我怎么可能撇开责任？

* * *

那天晚上，暴风雨席卷了纳克索斯。天空中布满了阴云，风神送来了狂风，吹打着柏树和葡萄园，甚至把山上最强壮的橡树也吹弯了，发出噼里啪啦的响声。一道道跳动的闪电照亮了夜空，雷声像一头贪婪的野兽在咆哮。

我把孩子们紧紧搂在怀里，躺在软垫上给他们讲故事：尼萨山的仙女抚养了他们的父亲；亚马孙人狂野自由，她们可以在跳跃的马背上准确无误地射箭，她们的长矛技巧无人能比。尽管雨点不停敲打着石墙，他们还是睡着了。我小心翼翼松开肩膀，悄悄走到窗前，我曾无数次地看着狄俄尼索斯的队伍走向山中。今晚没有女祭司在纳克索斯行走。那片空地什么都没有。只有树木和风暴。

我确实想知道狄俄尼索斯打算在阿尔戈斯做什么，但我只是随便想想。可能是力量的展示，证明他比冥顽不灵的珀耳修斯更加厉害。但具体是什么，我无法想象。这是其他奥林匹斯神惯用的方法，狄俄尼索斯一向不屑于这样做。他自己会怎么做，我也不确定。

暴风雨终于在清晨过去了。我们醒来后，在微弱的阳光下吃了无花果和蜂蜜当早餐，然后在海滩上散步，大口呼吸着新鲜空气。这是一个航行的好日子。

孩子们对我的离开感到不安——而且是和他们的父亲一起。他们已经习惯了我在身边。我甚至留下了陶洛珀利斯，他现在已经长大了，我不在的时候，迈那得斯会悉心照顾他。

与孩子分离很痛苦，我不知道会发生什么。"别担心，你们会得到很好的照顾。"我向他们保证。

狄俄尼索斯把他们抱在怀里，亲吻他们，并宣布我们离开后，他们是纳克索斯的英勇守护者。

他们看着我们离开，岛上只留下了个迈那得斯。其他的人和我们一起出发。巨大的常春藤盘踞在桅杆上，白色的浪尖闪闪发光。狄俄尼索斯握住了我的手。淮德拉死后，这是我第一次感到一丝希望。

# 第三十八章

我看到伯罗奔尼撒半岛的第一眼就感到非常兴奋。拜访雅典的灾难性后果使我对旅行的兴致大减，但我很高兴能到一个新的地方，一个跟我没有交集的地方，一个没有被我的家庭和不幸拖累的地方。

我们没有直接驶向城邦。这里的国王不欢迎我们，我也不指望他会欢迎。我们把船停靠在一个安静的海湾里，周围只有俯视着我们的山峦。

"我们要从这里走吗？"我惊讶地问狄俄尼索斯。

他笑了笑。"我们要显示谦虚。"他说，"我不想向我的弟弟炫耀神迹——现在还不行。作为一个国王，他是一个品位出乎意料简单的人。"

野外的感觉很好，空气中弥漫着树木和海盐的清新气息。

"你一个人旅行时也是这个样子吗？"我问他，"没有战车，也不飞行。"

他耸了耸肩。"有时是这样。但观察世界的最好方式是步行。当神在天空中一闪而过，或是变成兽形在地上狂奔的时候，错过了很多东西。我喜欢了解一个国家，感受其中的差异。如果我蒙着眼被随便扔到地球某个地方，我可以通过微风吹在皮肤上的触感分辨出我的位置。"

说得容易，你是神。我心想。我喜欢纳克索斯，为什么我没有想过这样做。

我们大概走了一个小时,一座巨大的雕像出现在远方,勾勒出天空的形状。黄金和象牙在阳光下闪耀着光芒。随着我们越走越近,我看到了更多的细节。那是一张傲慢的脸,僵硬的卷发上戴着一顶王冠。严肃冷酷的眼睛注视着我们。她的背上雕刻着新娘的面纱。她一只手拿着一个巨大的石榴,也许有我的头那么大。我从未见过如此巨大、细致、华丽的雕像。她坐在自己的神庙前:赫拉,奥林匹斯的女王。迫害我丈夫的人。我看了一眼狄俄尼索斯。他不动声色,没有多余的表情。

他问道:"这真是个杰作,你不觉得吗?"

我无法想象完成这样一座雕像需要花多少金钱、多少时间。只有国王才有这个财力。只有一座伟大城邦的不朽守护者才配得上这样的荣誉。我刚刚才感受到的简单快乐开始变质了。

但我没有时间纠结于雕像,当我们绕过下一个海湾时,城墙壁赫然出现在眼前。守卫在城墙顶巡逻。我的心微微一沉,不知道等待我们的是什么样的对峙。

狄俄尼索斯站在城墙脚下。双手合拢做喇叭状:"珀耳修斯!"我知道城墙对他来说毫无意义。他没有向他的凡人弟弟展示真正的实力。也许他是想嘲弄他:我遵守你的规则,来到你的面前,但你知道我跟你不一样。你要小心招待我,否则我会让你见识我真正的力量。

短暂的沉默之后,巨大的青铜门打开了。通过王冠和身后的圆形盾牌,我认出了珀耳修斯。他的盾上盖着紫色的织物。像狄俄尼索斯一样,他似乎也在保留自己的实力。他周围站着几列守卫,长矛在立正时齐声敲击地面。

"狄俄尼索斯,"我似乎听到了一丝疲倦的意味,"你又来到我的城市。为什么?"

"我是你的哥哥，你就这样欢迎我吗？"狄俄尼索斯笑了，"你是宙斯的儿子，你肯定知道不能蔑视宾客的神圣习俗？"

"你滥用我的好客，"珀耳修斯语气平和，"我上次告诉过你，我的城门不会对你开放，但是你又来了。"他的目光扫过我们，看到我时停了下来。"你带着你的妻子吗？"他惊讶地问。

狄俄尼索斯轻轻地捏了捏我的胳膊，示意我说话。我想知道我们到底在这里做什么。

"是的，我是阿里阿德涅，狄俄尼索斯的妻子。"我回答。

珀耳修斯彬彬有礼地点点头。"请原谅我的无礼。我没有冒犯您的意思，王后陛下。"

"那么，为什么你不欢迎我的丈夫，你的哥哥？"我问道。

我本以为我会唾弃珀耳修斯。又是一个了不起的英雄——一个强大的神的儿子，怪物的征服者，为了征服不择手段。他在乎美杜莎的遭遇吗？他只享受她的头颅带给他的至尊地位吧！意外的是，他看上去似乎很温和，不是我想象中那种招摇过市的蠢货。

"你丈夫的存在时刻提醒着我们，我是宙斯的儿子，"他回答说，"我和他一样，出生于一次可耻的结合，是对忠诚的赫拉的侮辱。我知道她看到我们是多么痛苦，我们是她丈夫经不住诱惑的活生生的证据。"他冷冷地看着狄俄尼索斯，"但我不像你，我的哥哥，我不会在她面前炫耀，加剧她的痛苦。我想要弥补她。我为她建造了一座雕像和一座神庙，以她的名义举行祭祀。她对我很仁慈。她原谅了我的出生，来到我的城邦祝福我们。"

我当时就明白了。珀耳修斯是宙斯的儿子，但他没有神力保护自己免受赫拉的迫害。即使是狄俄尼索斯也没能经受住她的折磨。珀耳修斯怎么可能对抗她？我理解他的恐惧。她可以轻易摧毁他的城市，这还不是最糟糕的。看看因为宙斯的错误而诞生的其他孩子，围绕着他们的是鲜血、痛苦和死亡。事实上，他只需抬头看看夜空，就能看到其中有些人永远留在了上面。

所以，珀耳修斯不得不在得罪赫拉和得罪狄俄尼索斯之间作出选择。对于一个凡人来说，这是一个可怕的困境。我可以从他的眼睛里看到他的压力，因为他如此坚定地回绝我们。狄俄尼索斯一定很恼火赫拉的影响力超过了他的。现在我明白了为什么珀耳修斯会成为他的眼中钉。这是一个他无法摆脱的刺激。这是一场不能输的战斗。

狄俄尼索斯不屑地哼了一声。"那个爱吃醋的老巫婆，"他说，"我高看了你的勇气，戈耳工屠夫。"

珀耳修斯厌恶地回答。"我不会容忍你在我的城墙脚下亵渎神灵。"

"那你对我的亵渎呢？"狄俄尼索斯语气中带着嘲弄，"你的亲兄弟，一个掌握生死大权的神。"

珀耳修斯的眉毛拧到一起。他显然怒火中烧，但他看起来非常疲惫。"你没有这种能力，"他说，"你的追随者是酒鬼，是被社会抛弃的人。正直的人不想要你的酒，你的颓废，你的恶习。你的祭祀是对人性的侮辱。阿尔戈斯人永远不会屈服于你。"

狄俄尼索斯眼底的嗤笑不见了。天空瞬间闪现出明亮的白色。"你很坦率，"他的声音低沉，"允许我以同样的方式回应。你会后悔的，阿尔戈斯的珀耳修斯。你赶走了一位奥林匹斯神，你拒绝自己的哥哥。你鄙视美酒和它蕴含的真理。你的侮辱跟你本人一样不足挂齿，但它们背后的深意远不只如此。我向你保证，迟早有一天，你会后悔今天说的这番话。"

侍卫们转过身向珀耳修斯靠近，整个队伍向那扇巨大的门走去。当他们走到门前时，珀耳修斯转过身来，用沮丧无奈的声音大喊。"走吧，狄俄尼索斯！"他的喊声在高墙和山峰之间回响，传遍整个平原。大门关上了，金属的巨响让我全身一震。

我的脸颊发烫。我为什么要参与这件事？我相信了狄俄尼索斯的故事，以为珀耳修斯是个傲慢自大的英雄，跟忒修斯一样。我不知道他是个在磨难中默默保持自尊的凡人。他的盾的确是不可原谅。但我同情他因为狄俄尼索斯的自大而陷入的困境。

回去的路比来时的要长，我们一直保持沉默，直到回到船上，远离迈那得斯，我才转过身来和他说话。我知道他不想在自己的追随者面前丢脸，但我希望能在私下里劝劝他。

"我们走吧！"我一关上门就恳求他。

他皱着眉头，倒了一杯酒，大大地喝了一口。"我为什么要离开？我说过，我们来这里是为了教训那个自大的傻瓜。你觉得他已经受教了吗？"

"我认为神给他的教训已经够多了，"我反驳道，"你真的想让赫拉降罪于他吗？如果她把阿尔戈斯夷为平地，你的崇拜者同样不会增加。放过他们吧。我们去别的地方。"

"别的地方不行。"他大口喝着酒，又倒了一杯。"我想要阿尔戈斯。我要得到他的服从。这是我应得的！"

我用手捋了捋头发，上面落满了城墙外刮起的灰尘。"那我们应得的呢？"我问道。

他抬起头来。"你是什么意思？"

"你在纳克索斯有五个儿子和一个妻子，"我说，"我们每一天都在变老。你明明知道这一点，但你却一次又一次地离开我们。你只拥有我们短暂的一生，为什么还要寻求世界的爱？为什么你要浪费时间迫使一座城邦屈服，而你的儿子的童年化为尘土，只剩下被你抛弃的记忆？"

他沉默了很久。他不停倒酒,急切地喝下去,我从未见过他这样。"你不明白作为一个神意味着什么。"他终于开口说道。

"意味着在我们离开后,你还拥有永恒。也许你应该考虑一下这一点。"我轻轻地说。

他猛地抬起头。"我考虑的只有这个!"他站了起来,在狭小的空间里显得异常高大,像一只被关起来的野兽,不安分地在笼子里巡逻。"作为一个神,爱着凡人,无非是看着他们死去。我很清楚这一点。每当我看到孩子们学会一项新的技能,使用一个新的词语,踏出新的一步,我就会看到他们的影子漂浮在冥府的宫殿里,我对此无能为力。你也一样,除了烟雾和灰烬,什么都不会剩下。"他不再动情,但他的话还是一样残酷。"比起一个脆弱的肉体凡胎,我认为得到一千个凡人的爱、一座城的崇拜要更好,我这样想有错吗?"

我别过脸不去看他。我不会让他看到我眼中的泪水。"你一直都知道这一点,"我提醒他说,"你曾经告诉我,一个凡人一生的爱值得你放弃其他的一切。"

"我是个傻瓜。"他说。

终于,他说了实话。我听着淅淅沥沥的雨声和他不停倒酒的声音。我知道我已经失去了他,也许在树林里那晚之前就已经知道了。但我不知道他跟我一样痛苦,甚至更甚于我。

多年前,我爱上了他的脆弱。脆弱是他跟其他男人和神的不同之处。但现在,他的痛苦让我感到不安。因为人生教给我的一件事是,一个痛苦的神是危险的。

# 第三十九章

他再次扬帆起航，有那么一瞬间我以为我们要回家了。我错了。他把航向转向阿尔戈斯的主港口，就在珀耳修斯蔑视他的那座城市前面。然后他消失了。踏着海浪大步向前，对着空旷的墙壁大喊。他呼唤阿尔戈斯的女人，声音在海湾回响。我在甲板上看着她们像鸟儿一样聚集在城墙顶上。

"阿尔戈斯的女人！"他张开双臂，丝滑的声音像奶油一样倾泻而下，"你们的神在呼唤你们！听我说，因为我需要你们。"他的脸上露出一个大大的、温暖的微笑，他的眼睛闪烁着顽皮的神情，就像我第一次在纳克索斯见到他时一样浑身散发着喜悦，让人难以抗拒。

她们警觉地盯着他。谁都没有动。

他继续说，我不确定自己是否看到了他有一点动摇。"你们现在有机会取悦一位奥林匹斯神，"他说，"我不要求你们献出任何东西，只要你们听我说。你们的国王欺骗了你们。追随一位强大的神没有罪过，没有耻辱。跟我来，跟着我去发现狄俄尼索斯的秘密。如果你不想留下，我不会挽留你。我只想与你们分享荣耀——年轻人还是老年人都可以参与我的祭祀仪式。我要与你们分享秘密——生与死的关键。现在就来吧，你们都会受到我的保护。"

她们不可能听不出他话背后隐含的威胁。

我看着他要求一百个女人跟他走，感到非常心寒和绝望，还夹杂着羞辱的刺痛。我的丈夫渴望这个世界上所有的女人都能陪着他。我们共同建立的爱似乎只给他带来了痛苦，我该怎么办呢？

阿尔戈斯的女人仍然无动于衷，不祥的预感在我胸中翻腾。尽管我希望她们留在原地——这样他就能放弃了，放过她们——但我越来越确定，他不会离开的。

"跟我来！"他喊道，"抛弃你们的父亲和丈夫，抛弃暴虐的压迫者！和我的女祭司一起到森林里去。我会让你们体会到什么是真正的自由和自我！"

我担心他变得疯狂。看着他的人摇摇头，转身离开。我知道他的计划：带走城市中的女人，将她们纳为信徒。这样珀耳修斯就不得不接受他，换回这些女人。

但这并不奏效。她们不想走，而是成群结队回家。剩下他一个人对着空气吼叫。

他转身背对着城市。我看到他的脸，完全的空白。他向天空举起常春藤权杖，然后狠狠地砸向地面。他张开嘴，露出牙齿，念出古老的、无法破译的语言。

无数条长蛇从森林中里爬出来，蛇芯子发出的声音像是海浪声或从天而降的雨点。天空变暗了，灰暗的光笼罩着万物。

接着，女人们从青铜门里涌出。她们在地上翻滚，手紧紧抱着头，好像头骨要破裂一样。她们因痛苦和折磨而号叫，不断地胡言乱语，像动物一样发疯了。

我想起了那些变成海豚的海盗，用自己新的身体在甲板上乱蹦乱跳。他是否打算改造那些女人。但似乎只有她们的思想被触动了。她们咬牙切齿，一起呻吟，然后站起来，像海潮一样一起回到了城市中。这支哀号的队伍发出的巨大噪声让我想起了在雅典为淮德拉悲鸣的女人。我感到一阵反胃，惊慌失措的泪水从脸上流了下来。

他想逼疯她们吗？这是他要教给她们的东西吗？我盯着他，他被自己召唤的蛇包围，女人们发出的动物般的号叫声回荡在天空中。我再也看不下去了。我手捂着嘴，逃到甲板下，来到女祭司们蜷缩的地方。她们的表情告诉我，狄俄尼索斯从未展现过现在这个样子。他身上已经发生了变化，我希望她们知道该怎么办。

"我们能做什么？"我绝望地问她们。

除了女人的尖叫声，我听到了另一种高亢的羊叫声。

我还记得那只在血祭仪式中被撕碎的山羊。当我闭上眼睛时，还能看到她们的手抓住它细弱的腿。听到它无助的哭声。看见女人们那空洞无神的脸。我诅咒自己的懦弱，但我不敢离开，不想看到同样的野蛮行径再次上演。

我和迈那得斯拉着手待在一起。

我们等待着它的结束。

# 第四十章

不知道过了多久,噪声完全消失了。噩梦般的疯狂尖叫变成了阴森的歌声,让人全身发麻,接着是狂笑。最后是哭声,起初很轻,然后像雨一样越来越大。

然后是一片寂静。

我看着围在我身边的人,她们都吓坏了。她们跟着狄俄尼索斯来到纳克索斯是为了避难。为了远离那些让她们的生活变得悲惨的人。不是为了现在这种担惊受怕的事。我突然感到了一阵排山倒海的愤怒。我们因为害怕狄俄尼索斯躲在漆黑的船舱里哭泣,他和阿尔戈斯的女人玩着可怕的游戏。她们除了拒绝他,什么也做不了。

我不能让这样的事再次发生。我站起来,跌跌撞撞地走到船的甲板上,大口大口地呼吸着上面的新鲜空气。我转身面对着城市。

一阵清新的微风吹过,云层落下晶莹的雨点,洗涤整个世界。没有蛇,没有风暴,没有疯狂的神向天空举起法杖进行可怕的报复。没有女人。城市的青铜大门紧闭,它的秘密被紧紧锁在里面。

一个金发的年轻人漫不经心地站在沙滩上,与我第一次看到他的那天相比没有任何变化。除非海枯石烂,天崩地裂,否则他都不会有任何变化。

他抬眼看着我。我无法从他的眼中看出他做了什么。

他瞬间来到我面前，像一尊雕像一样，脸上看不出任何破绽。我无法说服自己靠近他。

一声怪异的尖叫打破了寂静。城墙庄严地矗立着，另一声尖叫接踵而至，然后是呼喊声和金属碰撞的声音。

我问他："里面发生了什么事？"

他笑了，嘴角扭曲成一个怪异的弧度，几乎是变得狰狞。"我想他们在准备战斗。"

"为什么？"我无法相信我们在进行平静的对话。我想抓住他的外衣，揪出一个答案，但我不知道我还能否把手放在他身上。

他平静的脸庞似乎皱在一起，变成悲伤的表情，但很快就不见了。

他叹了口气，感觉提起了一件不便的小事。"珀耳修斯要向我报复。"

我强迫自己颤抖着向他走近一步。"为什么？"我问，"狄俄尼索斯，你做了什么？"

他握住我的手肘，快速带我走到船舱的最里面。他手指的触感让我打了个冷颤。他对我来说就像一个套着我丈夫模子的陌生人。我不知道他在想什么。

他撩开眉心的金色卷发。"我不是故意……"

我的心痛苦地跳动着。"他派了一支军队吗？告诉我！"

"珀耳修斯的军队对我来说不算什么。"他迅速说道，"待在这里，我会把他们挡在外面。"

我忍住厌恶的情绪，压抑逃跑的本能，双手捧着他的脸。他本可以甩开我，但他犹豫了。他看起来如此年轻，像一个捣蛋被抓住的小男孩，表情中混杂着愧疚和挑衅。

"珀耳修斯生气了，大张旗鼓要报复。我早该知道他会这样。我会处理的，他不会对我们造成真正的伤害。但你最好待在这里，别让人看见，我去让他冷静一下。"

我完全可以因为感到荒唐而大笑，不过，如果真有人能镇压一支整装待发的军队，我想应该只有狄俄尼索斯。他最为人津津乐道的天赋就是让人放松，通过轻微麻醉感官和令人感到舒缓的快乐和陪伴。现在，一个城市决心对我们展开报复，不知道他心里作何感想。如果他无法说服他们，我们该怎么办？多年前，在克里特岛，忒修斯对淮德拉说，她绝不想看到一支军队出现在自己的家门口。"狄俄尼索斯，告诉我为什么。"我生下了他的儿子，把这么多年的生命给了他。他却引来了战争，我应该得到一个解释，他知道这一点。

他松开我的手，从我身边移开。"我呼唤城市里的女人，"他说，仿佛我没看见一样，"她们拒绝了我的话，拒绝崇拜我。重复了一遍珀耳修斯说过的话，她们说她们不会喝酒，因为酒是肮脏的，只会带来羞耻和堕落。她们不想要我的仪式，拒绝我向她们展示任何东西。她们坚持服从自己的男人——"他停顿了一下，"我很生气。"

"所以你让她们变得疯狂，就像赫拉用疯狂把你赶出了奥林匹斯。"我喘着气说。

他把目光移向我。"你看到了，我做到了。我呼唤我的父亲，宙斯，然后那些女人就来找我。她们不知道自己做了什么。我要向她们展示我的力量——最极致的快乐，我要向她们证明——"他停了下来。

"山羊？"我大胆地说。

他摇了摇头，转过身。"女人回到了城里，她们被疯狂蒙蔽了双眼。她们带来的不是山羊。"

我紧张地等他继续说下去，指甲深深嵌进了手掌的肉里。

"我一直都能让山羊复活。狂热之后，它们就恢复完整，毫发无损。

这是我的礼物。"

我感到一阵反胃。"她们给你带来了什么？"

一道鸿沟在我们之间延伸开来。他摇了摇头，显得十分气愤困惑。"她们带来了自己的孩子。"

他不可能是我的丈夫。他不是那个温柔、痛苦的神。狄俄尼索斯知道抱着自己的儿子是多么甜美的感觉。他知道孩子是多么宝贵、脆弱。我猛地摇了摇头。不，这不可能。

"把人类从生死的边缘带回来……"他说，"是不一样的。可能，需要不同的咒语……我不知道。但狂热结束后，我无法复活她们的孩子。"

帕西淮。塞墨勒。美杜莎。还有现在一百个悲痛的母亲。傲慢的男人因为怨恨、欲望和贪婪犯下不可饶恕的罪恶，但我们却要为他们的行为付出代价，代价就是痛苦，像新磨的刀刃一样闪闪发光。我曾经以为狄俄尼索斯是最好的男人和最好的神，但我现在看清了他的真面目，他与最强大的神和最卑鄙的人没有什么区别。

不知不觉中，哭泣的迈那得斯已经聚集在我们周围。女人绝望的声音被军队发出的低吼声湮没，讨伐狄俄尼索斯的队伍已经集结。如果有人从我孩子头上拔下一根头发，我都会和他拼命。他屠杀了一座城的小孩。即使是奥林匹斯神的金口，也找不到言语平息这种暴行引起的愤怒。

我无法为这些母亲哭泣。这种痛苦之大、之深，我甚至无法想象。面对比海还要深的苦难深渊，眼泪是一种侮辱。纳克索斯的和平实则不堪一击，我告诉自己，我的丈夫为可怜的女人提供了一个避难所，她们终于可以宣泄自己的痛苦。但他超越了指挥闪电的父亲和震撼大地的叔叔——即使是他们也没有一举击垮过这么多女人。狄俄尼索斯现在可以称自己是奥林匹斯最令人心碎的神。他可以用受难的女人来衡量自己的荣耀，用新名号——婴儿的征服者、无辜者的毁灭者——大肆讲述自己的传奇。

冰冷的雨滴从天空中落下，洒在我仰起的脸上，冷却了我的皮肤，使我的头脑清醒。我想起了欧佛洛绪涅。她的痛苦和这些悲伤的母亲一样巨大，纳克索斯无法把孩子还给她，但可以给她安慰。即使狄俄尼索斯没有给阿尔戈斯带去灾难，很多女人也非常需要这样的庇护。如果狄俄尼索斯继续统治我们的岛屿，她们就找不到一个可以安身的地方，如果纳克索斯被珀耳修斯的军队烧成灰烬，她们也会失去这个庇护所。因为我知道，如果狄俄尼索斯无法阻止他们，他们会去拿回应得的东西。我的五个孩子还在纳克索斯。狄俄尼索斯的儿子的性命。

我听到青铜的碰撞声。城门打开了。士兵怒吼着向我们走来。

我感觉自己的头脑像一块水晶：清晰、坚硬、明亮。"去吧，"我对狄俄尼索斯说，"尽你所能拖住他们，但不要伤害他们。完成这里的事之后，你就离开吧。去你想去的地方，传播你那邪恶的教义。把纳克索斯留给我和那些女人。"

他看着我。他没有回答。然后他就消失不见了。

我气喘吁吁地转过身来，看着迈那得斯。"我打算求和。"我快速地说，"我要去找珀耳修斯，请求他的怜悯。我们是女人和孩子，没有对他做什么。这都是狄俄尼索斯一个人犯的错。我们不会为他的所作所为付出代价。我会向珀耳修斯保证：纳克索斯不再是血祭和献祭的地方。我们只是女人和孩子，不会对任何人构成威胁。"

我可以看到她们眼中的默许，但其中夹杂着怀疑。

我转过身看见乌泱泱的士兵正在穿过海滩。狄俄尼索斯正大步向穿着黑色铠甲的人群走去。他高高在上，全身散发着金光。一个真正的奥林匹斯神。

珀耳修斯正站在人群后方的山巅之上。他的盾在雨中闪耀着银光，美杜莎的头颅牢牢嵌在金属上，发出恐怖的尖叫。我必须现在就行动，在他下达冲锋的命令之前行动。在我丈夫造成更多的破坏之前，我必须说出自己的想法，这样下去，受苦的还是女人。

我咬紧牙关。我没有盔甲，没有保护。我必须现在就去，否则就太晚了。

我翻过船舷，跳进了冰冷的海浪中。我在海浪中挣扎，眼睛紧紧盯着珀耳修斯的身影。

狄俄尼索斯开始说话，他神圣的声音在海湾雷鸣般响起。"阿尔戈斯人，这是你们唯一的机会！扔掉手上的武器！不要对抗你们的神。追随我吧，我会宽恕你们。"

他继续他伟大的演讲，我以最快的速度朝着珀耳修斯所在的方向奔跑。我不愿想象这支军队抵达纳克索斯之后，我儿子们脸上恐惧的表情。

我遇到了行进中的队伍，在阿尔戈斯士兵的人流中逆行，在青铜铠甲保护的胸膛之间穿梭。他们困惑地看着我，说不出一句话；他们的重量压在我身上，我无法呼吸。我感受不到雨水落下，周围都是男人沉重的呼吸声，他们的脸挡住了太阳的光线。但我终于奇迹般地走到了一片空地。

我来到了山脚下，开始沿着山的侧面攀爬，带刺的灌木丛刮伤了我的身体。我可以看到珀耳修斯就在前方不远的地方，我越靠近他，脚下的路变得越平坦。但他没有看到我。我甚至可以听到戈耳工美杜莎的头颅发出的嘶叫声，但除此之外，我还听到了一个女人柔和的声音。

一个女人站在他身边，比他高，她头戴王冠正低着头在他耳边低语。她裸露的手臂闪着白光。

我放慢脚步,盯着看。珀耳修斯听着她说话,他的眼睛呆滞无神。

她抬起头,从他身边退开。她美丽的脸上露出一丝满意的微笑。她把头转向狄俄尼索斯,横眉怒目,眼睛里满是恨意。然后她洋洋得意地直视着我。是赫拉。她当然要守护自己的城邦。我再次重温昔日的噩梦,她令人窒息的目光让我感到一阵眩晕,我跌倒在地上。

珀耳修斯向后仰起头,发出了巨大的吼声,宣布开战。狄俄尼索斯猛地抬起头,震惊地看着我。青铜兵器的碰撞声此起彼伏,士兵们呼应珀耳修斯向我丈夫冲去。

珀耳修斯近在咫尺。我想起了他之前看我的眼神,我们之间存在一丝理解。我想要跟他做个交易,但是张嘴什么话也说不出来。他的眼睛盯着我的方向,但他根本没有看见我。赫拉为他编织的幻象吸引了他的视线,使他对我视而不见。我伸出双臂,希望能把他从催眠的状态中唤醒,但他大步向前,提起大剑,准备投入到下面的战斗中。就在他抡起身边巨大的银盘时,我躲到一边,但我没来得及转过头,双眼直视盾中心那张扭曲的脸。

我们四目相视。我原以为她的眼睛是绿色的,就像她头皮上蠕动的蛇的眼睛一样。但她的眼睛是蓝色的:像是无云的天空,平静的海洋。一口清澈的悲伤之井,一块蓝宝石般淡淡的忧伤。战斗的巨响变成了愈来愈远的嗡嗡声。我试着站起来,但我的腿是如此沉重。远处,一缕金色的火焰在我视线边缘燃起,但我的头无法转动。我的身体慢慢石化,变得僵硬、冰冷,他移动到我的面前。我听不到任何声音,我的嘴定格成一个愚蠢的、惊愕的形状。我无法叫出他的名字,但在我大脑缓慢的脉动中,我认出了他。

他在哭。我几乎感到惊讶。"阿里阿德涅。"他抚摸着我石刻的面颊,但我再也感觉不到他手指的触感。

我知道我们周围没有战斗，他带着我离开了战场。他身后是空旷的天空。他在说话，但我什么也没听到。他把脸贴在我的脸上：冰冷的石头贴着不朽的肉体。他的痛苦渗透了我逐渐麻痹的大脑。我感觉到了，他痛苦的脉搏。神的悲痛。我知道了，他无能为力。在我逐渐混沌的思绪中，我找寻着孩子们的脸。我看着他们直到我的视野全部消失。我看到我们大家跟以前一样在一起。

我们拥抱着，直到我垂死的心跳彻底停止。

然后狄俄尼索斯放开我，决绝的样子使他平静下来，抚平他扭曲的表情，变成我所熟悉的脸。

他挥了一下手，这个动作我以前见过，只有一次。几年前，他将我的王冠扔向天空。我本以为它消失在大海深处，但他告诉我抬头看夜空，它将永远在天空中燃烧。

我听不到他在说什么，但它只能是一件事。

再见了。

我茫然地盯着他，随着我体内涌动的血液硬化，脑海中最后一个闪念变成石头，我多么希望他能听到我的回答。

# 后　记

　　我漂浮在墨色的黑暗中。从你站立的地方看，只是一个小小的亮点，但却像火焰一样明亮。当太阳神赫利俄斯驾着战车下降到地平线之下，我的生命开始闪耀，我是王冠星座中央闪闪发光的宝石。我的思绪缓慢而绵长，在永恒的深处回响，但我看到了生命的完整。

　　我的儿子和他们的父亲一样，被温柔的女祭司抚养长大。他们没有被不朽血统的负担所诅咒，对荣耀不为所动。他们继续过着平静、不起眼的生活——这是生命赋予他们最好的礼物。时机一到，赫尔墨斯将带领他们渡过黑暗的海岸，进入哈迪斯的国度，他们没有遗憾，也不渴望传奇的名声。

　　狄俄尼索斯与珀耳修斯达成和平协议，并向阿尔戈斯人作出巨大赔偿。他把纳克索斯留给了儿子和迈那得斯。他们两兄弟继续争斗，但不再流血，一较高下的热情也渐渐散去。狄俄尼索斯位列奥林匹斯，我们的岛屿则留给了女人。

　　我漂浮在无边的黑暗中，倾听她们的祈祷：纳克索斯、克里特、雅典、阿尔戈斯以及世界上每个角落的女人，当阵痛来临的时候，当她们与人类最伟大的斗争角力的时候，当她们用尽每一盎司的决心和毅力为宇宙带来另一束光的时候，她们呼唤我，引导她们的婴儿平安降生到温暖的怀抱里。在漆黑的夜空中,我听到了她们的声音。我用自己的光芒照亮她们,让她们沐浴在不灭的光辉中,把她们聚集起来,一起分享我们不竭的力量。

# 致谢词

当我意识到出版一本书有多少人参与时，想感谢的人多到不知道从谁开始，如果我漏掉了一些人，这里先由衷地说声抱歉！虽然我无数次幻想着为自己的小说撰写致谢词，但真正动笔的时候，却找不到合适的词汇足以表达感激的心情。

首先，我要感谢我的文学代表茱丽叶·穆什斯（Juliet Mushens），她看到了我初稿的潜力，在我们第一次见面的时候，为我指出了写作的方向和方法，毫不夸张地说，她改变了我整个人生。

我还要感谢出版方 Wildfire，我十分荣幸能够与如此敬业、对图书充满感情的人共事。我的编辑凯特·史蒂文森（Kate Stephenson）见解独到深刻，给了我很多启发，我非常幸运有她为《阿里阿德涅》施展魔法。我的美国编辑、来自 Flatiron 图书的卡洛琳·布里克（Caroline Bleeke）同样才华横溢，有如此卓越的女性为我的工作保驾护航，我感到非常荣幸。我要感谢文字编辑珊·莫利·琼斯（Shan Morley Jones），她对细节一丝不苟，令人惊叹。我还要感谢版权团队，是他们将《阿里阿德涅》带到世界各地。

我想写一部以女人为主角的希腊神话，因此我必须感谢生命中那些激励着我的优秀女性。洪利英语系的女同学们：卡罗琳（Caroline）、瑞秋（Rachel）、萨拉（Sarah）、苏里安娜（Suriana）、克莱尔（Claire）、艾玛（Emma）、露辛达（Lucinda）和妮可（Nicole）多年来一直相信我、支持我。我从她们身上学到了很多东西，很高兴生命中能有她们的陪伴。同样，我也很幸运在成长、学习、工作和成为母亲的过程中结识了一直鼓励我写作的朋友们。

我要特别感谢大西洋彼岸的贝（Bee），她陪着我走过了《阿里阿德涅》诞生的每一步。感谢克莱尔（Claire）、菲奥娜（Fiona）、乔安娜（Johanna）、乔（Jo）和肖恩（Sean）多年来的友谊。

《阿里阿德涅》是一本以姐妹情谊为核心的书。我的姐妹莎莉（Sally）和凯瑟琳（Catherine）是我生命的核心，她们是我不断获得安慰、智慧、欢笑和爱的源泉。

我很幸运嫁给我的丈夫，他的家庭也全力支持我，尤其感谢我的婆婆琳恩（Lynne），她为我付出了很多，尤其是诺曼底的小房子，《阿里阿德涅》的结尾就是在那里写的。

我的父母汤姆（Tom）和安吉拉（Angela）一直对我充满信心，他们的爱和支持是我前进的动力。

最后，感谢艾利克斯（Alex），他与本书中的男人完全不同，他是我所需要的一切。